作者简介

汪曾祺（1920—1997）

著名作家。祖籍徽州，生于江苏高邮。1939年考入西南联大中文系，1949年后做过文学期刊编辑，1962年始，在北京京剧院担任编剧。1940年开始发表文学作品，在小说、散文、戏剧等创作中皆留下经典名篇，被誉为"抒情的人道主义者"。

插画作者简介

老树画画

本名刘树勇，1962年出生于山东省临朐县。1983年南开大学中文系毕业，执教于中央财经大学至今。目前主要研究方向为影像的媒介传播研究和具体实践。2007年，重拾画艺。

老树画画插图本

远方有人在歌唱

汪曾祺 著
老树画画 绘

人民文学出版社

图书在版编目（CIP）数据

远方有人在歌唱：老树画画插图本 / 汪曾祺著；老树画画绘. -- 北京：人民文学出版社，2025.
ISBN 978-7-02-019220-5

Ⅰ．I267

中国国家版本馆 CIP 数据核字第 2025EK8394 号

责任编辑	周墨西
装帧设计	李思安
责任印制	苏文强

出版发行	人民文学出版社
社　　址	北京市朝内大街166号
邮政编码	100705
印　　刷	北京博海升彩色印刷有限公司
经　　销	全国新华书店等
字　　数	292千字
开　　本	850毫米×1168毫米　1/32
印　　张	11.75　插页1
印　　数	1—6000
版　　次	2025年7月北京第1版
印　　次	2025年7月第1次印刷
书　　号	978-7-02-019220-5
定　　价	69.00元

如有印装质量问题，请与本社图书销售中心调换。电话：010-65233595

目录

一 草木虫鱼鸟兽

朱砂梅与百合·荔枝	3
仙人掌	5
关于葡萄	7
昆明的雨	16
葵·薤	21
昆明的花	26
灵通麻雀	32
云南茶花	34
马铃薯·腊梅花	37
熬鹰·逮獾子	43
泰山拾零	46
滇南草木状	53
蝉·蜻蜓	57
野鸭子是候鸟吗？——美国家书	59
香橼·木瓜·佛手	62
槐花	65
荷花·杜鹃花	68
夏天	72
果蔬秋浓	77
果园的收获	80
北京的秋花	84
猫	89
草木虫鱼鸟兽	92
昙花·鸟和猎鸟的人	97

二 四方食事

昆明的果品	103	寻常茶话	137
葵蒿、枸杞、荠菜、马齿苋	109	萝卜	143
苦瓜是瓜吗？	113	故乡的野菜	148
手把羊肉	116	豌豆·黄豆·扁豆	153
鳜鱼	119	豆腐	160
韭菜花	122	肉食者不鄙	167
四方食事	125	鱼我所欲也	172
王磐的《野菜谱》	133	清汤挂面	176

三 行·住

花园	181	冬天	225
公共汽车	190	沽源	228
桃花源记	195	漳州	232
泡茶馆	201	城隍·土地·灶王爷	235
读廉价书	210	西山客话	245
坝上	217	骑了毛驴考大学·水流云在	252
西南联大中文系	220		

◇ 四

人寰

波斯菊	259	雁不栖树	323
烟与寂寞	261	烟赋	325
歌声	263	书画自娱	333
沈从文和他的《边城》	266	《莼蒲深处》自序	336
听遛鸟人谈戏	282	我的父亲	339
沈从文的寂寞——浅谈他的散文	287	我的小学	347
故乡水	302	我的初中	357
严子陵钓台	311	看画	364
"无事此静坐"	315	北京人的遛鸟	369
写字	318		

〇一 草木虫鱼鸟兽

朱砂梅与百合·荔枝

朱砂梅与百合

  朱砂梅一半开在树上,一半开在瓶里。第一个原因是花的性格,其次才由于人性。这种花每一朵至少有三个星期可见生命,自然谢落之后是不计算在内的,只要一点点水,不把香、红、动、静,总之,它的蕊盛开了,决不肯死,而且它把所有力量倾注于盛开,能多久就多久。

  有一种百合花呢,插下来时是一朵蕾儿,裹得那么紧,含着羞,于自己的美;随便搁在哪儿吧,也许出于怜惜,也许出于疏忽的偶然,你,在鬓边,过两天,你已经忘了这回事,但你的眼睛终会忽然在镜里为惊异注满光和黑。——它开了,开得那么好!

荔　枝

  荔枝有鲜红的壳,招呼飞鸣的鸟,而鸟以为那一串串红只宜远处看看,颜色是吃不得的。它不知道那层壳是多么薄,它简直忘了它的嘴是尖的唉,于是果实转因此而自喜。孤宁和密合都是本能。而神又于万物身内分配得那么势均力敌,只要那一方稍弱些,能够看到的便只一面:荔枝壳转黑了,它自己酿成一种隽永的酒味。来,再不来就晚了。

一枝荔枝剥了壳，放在画着收获的盘子里。一直，一直放着。

(选自《灌园日记》)

仙人掌

昆明人家门。有几件带巫术性的玩意。门坎上贴红纸剪成的剪刀,锁。门上一个大木瓢,画一个青面鬼脸。一对未漆羊角生在羊头上似的生在门头上。角底下多悬仙人掌一片。不知这究竟是甚么意思,也问过几个本地人,说不出所以然,若是乡下人家则在炊烟薰得黑沉沉的土墙上还要挂一长串通红通红的辣椒,是家常吃的,与厌胜辟邪无关,但越显出仙人掌的绿,造成一种难忘的强烈印象。

仙人掌这东西真是贱,一点点水气即可以浓浓的绿下来,且茁出新的一片,即使是穿了洞又倒挂在门上。

心急的,坐怕担心费事,栽花木活,糟塌花罪过,而又喜欢自己种一点甚么出来看看的,你来插一片仙人掌吧,仙人掌有小刺毛,轻软得刺进手里还不知道,等知道时则一手都是了。一手都是你仍可以安然作事。你可以写信告诉人了,找种了一棵仙人掌,告诉人弄了一手刺。就像这个雨天,正好。你披上雨衣。

仙人掌有花,花极简单,花片如金箔,如蜡。没有花柄,直接生在掌片上,像是做假安上去的。从来没见过那么蠢那么可笑的花。它似乎一点不知道自己是个甚么样子,不怕笑。呒唷,听说还要结果子呢,叫做甚么"仙桃",能好吃么？它甚么都不管，只找个地方把多余的生命冒出来就完事，根本就没想到出果子。这是个不大可解的事，我没见过一头牛一匹羊嚼过一片仙人掌。我总以为这么又厚又长的大绿烧饼应当很对它们的胃口的。它们简直连看也不看一眼！

英国领事馆花园后墙外有仙人掌一大片，上多银青色长脚蜘蛛，这种蜘蛛一定有毒，样子多可怕。墙下有路，平常一天没有两三人走过。

（选自《昆明草木》）

关于葡萄

葡萄和爬山虎

一个学农业的同志告诉我：谷子是从狗尾巴草变来的，葡萄是从爬山虎变来的。我听了，觉得很有意思。谷子和狗尾巴草，葡萄和爬山虎，长得是很像。

另一个学农业的同志说：这没有科学根据，这是想象。

就算是想象吧，我还是觉得这想象得很有意思。我觉得不是没有这种可能。世界上的东西，总是由别的什么东西变来的。我们现在有了这么多品种的葡萄，有玫瑰香、马奶、金铃、秋紫、黑罕、白拿破仑、巴勒斯坦、虎眼、牛心、大粒白、柔丁香、白香蕉……颜色、形状、果粒大小、酸甜、香味，各不相同。它们是从来就有的么？不会的。最初一定只有一种果粒只有胡椒那样大，颜色半青半紫，味道酸涩的那么一种东西。是什么东西呢？大概就是爬山虎。

从狗尾巴草到谷子，从爬山虎到葡萄，是一个很漫长的过程。这种变化，是在人的参与之下完成的。人说：要大穗，要香甜多汁，于是谷子和葡萄就成了现在这样。

葡萄是人创造出来的。

葡萄的来历

至少玫瑰香不是张骞从西域带回来的。玫瑰香的家谱是可以查考的。它的故乡,是英国。

中国的葡萄是什么时候有的,从哪里来的,自来有不同的说法。

最流行的说法是:张骞从西域带回来的,在汉武帝的时候,即公元前130年左右。《图经》:"张骞使西域,得其种而还,种之,中国始有。"《齐民要术》:"汉武帝使张骞至大宛,取葡萄实,于离宫别馆旁尽种之。"人们很愿意相信这种说法,因为可以发思古之幽情。"空见葡萄入汉家",让人感到历史的寥廓。说张骞带回葡萄,是有根据的。现在还大量存在的夸耀汉朝的国力和武功的"葡萄海马镜",可以证明。新疆不是现在还出很好的葡萄么?

但是是不是张骞之前,中国就没有葡萄?有人是怀疑的。魏文帝曹丕《与吴监书》,是专谈葡萄的,他只说:"中国珍果甚多,且复为说葡萄。"安邑是个出葡萄的地方。《安邑县志》载:"《蒙泉杂言》、《酉阳杂俎》与《六帖》皆载:葡萄由张骞自大宛移植汉宫。按《本草》已具神农九种,当涂熄火,去骞未远;而魏文之诏,实称中国名果,不言西来。是唐以前无此论。"(《植物名实图考长编》引)《县志》的作者以为中国本来就有。他还以为中国本土的葡萄和张骞带回来的葡萄"别是一种"。

魏晋时葡萄还不多见,所以曹丕才专门写了一篇文章;庾信和尉瑾才对它"体"了半天"物",一个说"有类软枣",一个说"似生荔枝"。唐宋以后,就比较普遍,不是那样珍贵难得了。宋朝有一个和尚画家温日观就专门画葡萄。

张骞带回的葡萄是什么品种的呢?从"葡萄海马镜"上看不出。从拓片上看,只是黑的一串,果粒是圆的。

魏文帝吃的是什么葡萄?不知道。他只说是这种葡萄很好吃:"当其夏末涉秋,尚有余暑、醉酒宿醒,掩露而食,甘而不饴,脆而不酸,冷而不寒,味长汁多,除烦解倦",没有说是什么颜色,什么形状,——他吃的葡萄是"脆"的,这是什么葡萄?……

温日观所画的葡萄,我所见到的都是淡墨的,没有著色。从墨色看,是深紫的。果粒都作正圆,有点像是秋紫或是金铃。

反正,张骞带回来的,曹丕吃的,温日观画的,都不是玫瑰香。

中国现在的葡萄以玫瑰香为大宗。以玫瑰香为其大宗的现在的中国葡萄是从山东传开来的。其时最早不超过明代。

山东的葡萄是外国的传教士带进来的。

他们最先带来的是葡萄酒。——这种葡萄酒是洋酒,和"葡萄美酒夜光杯"的葡萄酒是两码事。这是传教必不可少的东西。在做礼拜领圣餐的时候,都要让信徒们喝一口葡萄酒,这是耶稣的血。传教士们漂洋过海地到中国来,船上总要带着一桶一桶的葡萄酒。

从本国带酒来很不方便，于是有的教士就想起带了葡萄苗来，到中国来种。收了葡萄，就地酿酒。

他们把葡萄种在教堂墙内的花园里。

中国的农民留神看他们种葡萄。哦，是这样的！这个农民撅了几根葡萄藤，插在土里。葡萄出芽了，长大了，结了很多葡萄。

这就传开了。

现在，中国到处都是玫瑰香。

这故事是一个种葡萄的果农告诉我的。他说：中国的农民是很能干的。什么事都瞒不过中国人。中国人一看就会。

葡萄月令

一月，下大雪。

雪静静地下着。果园一片白。听不到一点声音。

葡萄睡在铺着白雪的窖里。

二月里刮春风。

立春后，要刮四十八天"摆条风"。风摆动树的枝条，树醒了，忙忙地把汁液送到全身。树枝软了。树绿了。

雪化了，土地是黑的。

黑色的土地里，长出了茵陈蒿。碧绿。

葡萄出窖。

把葡萄窖一锹一锹挖开。挖下的土，堆在四面。葡萄藤露出来了，乌黑的。有的梢头已经绽开了芽苞，吐出指甲大的苍白的小叶。它已经等不及了。

把葡萄藤拉出来，放在松松的湿土上。

不大一会,小叶就变了颜色,叶边发红;——又不大一会,绿了。

三月,葡萄上架。

先得备料。把立柱、横梁、小棍,槐木的、柳木的、杨木的、桦木的,按照树棵大小,分别堆放在旁边。立柱有汤碗口粗的、饭碗口粗的、茶杯口粗的。一棵大葡萄得用八根,十根,乃至十二根立柱。中等的,六根、四根。

先刨坑,竖柱。然后搭横梁,用粗铁丝摽紧。然后搭小棍,用细铁丝缚住。

然后,请葡萄上架。把在土里趴了一冬的老藤扛起来,得费一点劲。大的,得四五个人一起来。"起!—— 起!"哎,它起来了。把它放在葡萄架上,把枝条向三面伸开,像五个指头一样的伸开,扇面似的伸开。然后,用麻筋在小棍上固定住。葡萄藤舒舒展展,凉凉快快地在上面呆着。

上了架,就施肥。在葡萄根的后面,距主干一尺,挖一道半月形的沟,把大粪倒在里面。葡萄上大粪,不用稀释,就这样把原汁大粪倒下去。大棵的,得三四桶。小葡萄,一桶也就够了。

四月,浇水。

挖窖挖出的土,堆在四面,筑成垄,就成一个池子。池里放满了水。葡萄园里水气泱泱,沁人心肺。

葡萄喝起水来是惊人的。它真是在喝哎!葡萄藤的组织跟别的果树不一样,它里面是一根一根细小的导管。这一点,中国的古人早就发现了。《图经》云:"根苗中空相通。圃人将货之,欲得厚利,暮溉其根,而晨朝水浸子中矣,故俗呼其苗为木通。""暮溉其根,而晨朝水浸子中矣",是不对的。葡萄成熟了,就不能再浇水了。再浇,果粒就会涨破。"中空相通"却是很准确的。浇了水,不大一会,它就从根直吸到梢,简直是小孩嘬奶似的拼命往上嘬。浇过了水,你再回来看看吧:梢头切断过的破口,就嗒嗒地往下滴水了。

是一种什么力量使葡萄拼命地往上吸水呢?

施了肥,浇了水,葡萄就使劲抽条、长叶子。真快!原来是几根根枯藤,几天功夫,就变成青枝绿叶的一大片。

五月,浇水,喷药,打梢,掐须。

葡萄一年不知道要喝多少水,别的果树都不这样。别的果树都是刨一个"树碗",往里浇几担水就得了,没有像它这样的:"漫灌",整池子的喝。

喷波尔多液。从抽条长叶,一直到坐果成熟,不知道要喷多少次。喷了波尔多液,太阳一晒,葡萄叶子就都变成蓝的了。

葡萄抽条,丝毫不知节制,它简直是瞎长!几天功夫,就抽出好长的一节的新条。这样长法还行呀,还结不结果呀?因此,过几天就得给它打一次条。葡萄打条,也用不着什么技巧,是个人就能干,拿起树剪,劈劈啪啪,把新抽出来的一截都给它铰了就得了。一铰,一地的长着新叶的条。

葡萄的卷须,在它还是野生的时候是有用的,好攀附在别的什么树木上。现在,已经有人给它好好地固定在架上了,就一点用也没有了。卷须这东西最耗养分,——凡是作物,都是优先把养分输送到顶端,因此,长出来就给它掐了,长出来就给它掐了。

葡萄的卷须有一点淡淡的甜味。这东西如果腌成咸菜,大概不难吃。

五月中下旬,果树开花了。果园,美极了。梨树开花了,苹果树开花了,葡萄也开花了。

都说梨花像雪,其实苹果花才像雪。雪是厚重的,不是透明的。梨花像什么呢?——梨花的瓣子是月亮做的。

有人说葡萄不开花,哪能呢?只是葡萄花很小,颜色淡黄微绿,不钻进葡萄架是看不出的。而且它开花期很短。很快,就结出了绿豆大的葡萄粒。

六月，浇水、喷药、打条、掐须。

葡萄粒长了一点了，一颗一颗，像绿玻璃料做的纽子。硬的。

葡萄不招虫。葡萄会生病，所以要经常喷波尔多液。但是它不像桃，桃有桃食心虫；梨，梨有梨食心虫。葡萄不用疏虫果。——果园每年疏虫果是要费很多工的。虫果没有用，黑黑的一个半干的球，可是它耗养分呀！所以，要把它"疏"掉。

七月，葡萄"膨大"了。

掐须、打条、喷药，大大地浇一水。

追一次肥。追硫铵。在原来施粪肥的沟里撒上硫铵。然后，就把沟填平了，把硫铵封在里面。

汉朝是不会追这次肥的。汉朝没有硫铵。

八月，葡萄"著色"。

你别以为我这里是把画家的术语借用来了。不是的。这是果农的语言，他们就叫"著色"。

下过大雨，你来看看葡萄园吧，那叫好看！白的像白玛瑙，红的像红宝石，紫的像紫水晶，黑的像黑玉。一串一串，饱满、磁棒、挺括，璀璨琳琅。你就把《说文解字》里的玉字偏旁的字都搬了来吧，那也不够用呀！

可是你得快来！明天，对不起，你全看不到了。我们要喷波尔多液了。一喷波尔多液，它们的晶莹鲜艳全都没有了，它们蒙上一层蓝分分、白糊糊的东西，成了磨砂玻璃。我们不得不这样干。葡萄是吃的，不是看的。我们得保护它。

过不两天，就下葡萄了。

一串一串剪下来，把病果、瘪果去掉，妥妥地放在果筐里。果筐满了，盖上盖,要一个棒小伙子跳上去蹦两下,用麻筋缝的筐盖。——新下的果子,不怕压,它很结实,压不坏。倒怕是装不紧,逛里逛当的。那,来回一晃悠,全得烂!

葡萄装上车,走了。

去吧,葡萄,让人们吃去吧!

九月的果园像一个生过孩子的少妇,宁静、幸福,而慵懒。

我们还给葡萄喷一次波尔多液。哦,下了果子,就不管了?人,总不能这样无情无义吧。

十月,我们有别的农活。我们要去割稻子。葡萄,你愿意怎么长,就怎么长着吧。

十一月。葡萄下架。

把葡萄架拆下来。检查一下,还能再用的,搁在一边。糟朽了的,只好烧火。立柱、横梁、小棍,分别堆垛起来。

剪葡萄条。干脆得很,除了老条,一概剪光。葡萄又成了一个大秃子。

剪下的葡萄条,挑有三个芽眼的,剪成二尺多长的一截,捆起来,放在屋里,准备明春插条。

其余的,连枝带叶,都用竹笤帚扫成一堆,装走了。

葡萄园光秃秃。

十一月下旬,十二月上旬,葡萄入窖。

这是个重活。把老本放倒,挖土把它埋起来。要埋得很厚实。外面要用铁锹拍平。这个活不能马虎。都要经过验收,才给记工。

葡萄窖，一个一个长方形的土墩墩。一行一行，整整齐齐的排列着。风一吹，土色发了白。

　　这真是一年的冬景了。热热闹闹的果园，现在什么颜色都没有了。眼界空阔，一览无余，只剩下发白的黄土。

　　下雪了。我们踏着碎玻璃碴似的雪，检查葡萄窖，扛着铁锹。

　　一冬天，要检查几次。不是怕别的。怕老鼠打了洞。葡萄窖里很暖和，老鼠爱往这里面钻。它倒是暖和了，咱们的葡萄可就受了冷啦！

昆明的雨

宁坤要我给他画一张画，要有昆明的特点。我想了一些时候，画了一幅：右上角画了一片倒挂着的浓绿的仙人掌，末端开出一朵金黄色的花；左下画了几朵青头菌和牛肝菌。题了这样几行字：

> 昆明人家常于门头挂仙人掌一片以辟邪，仙人掌悬空倒挂，尚能存活开花。于此可见仙人掌生命之顽强，亦可见昆明雨季空气之湿润。雨季则有青头菌、牛肝菌，味极鲜腴。

我想念昆明的雨。

我以前不知道有所谓雨季。"雨季"，是到昆明以后才有了具体感受的。

我不记得昆明的雨季有多长，从几月到几月，好像是相当长的。但是并不使人厌烦。因为是下下停停、停停下下，不是连绵不断，下起来没完。而且并不使人气闷。我觉得昆明雨季气压不低，人很舒服。

昆明的雨季是明亮的、丰满的，使人动情的。城春草木深，孟夏草木长。昆明的雨季，是浓绿的。草木的枝叶里的水分都到了饱和状态，显示出过分的、近于夸张的旺盛。

我的那张画是写实的。我确实亲眼看见过倒挂着还能开花的仙人掌。旧日昆明人家门头上用以辟邪的多是这样一些东西：一面小镜子，周围画着八卦，下面便是一片仙人掌，——在仙人掌上扎一个洞，用麻线穿了，挂在钉子上。昆明仙人掌多，且极肥大。有些人家在菜园的周围种了一圈仙人掌以代替篱笆。——种了仙人掌，猪羊便不敢进园吃菜了。仙人掌有刺，猪和羊怕扎。

　　昆明菌子极多。雨季逛菜市场，随时可以看到各种菌子。最多，也最便宜的是牛肝菌。牛肝菌下来的时候，家家饭馆卖炒牛肝菌，连西南联大食堂的桌子上都可以有一碗。牛肝菌色如牛肝，滑，嫩，鲜，香，很好吃。炒牛肝菌须多放蒜，否则容易使人晕倒。青头菌比牛肝菌略贵。这种菌子炒熟了也还是浅绿色的,格调比牛肝菌高。菌中之王是鸡㙡,味道鲜浓,无可方比。鸡㙡是名贵的山珍,但并不真的贵得惊人。一盘红烧鸡㙡的价钱和一碗黄焖鸡不相上下,因为这东西在云南并不难得。有一个笑话:有人从昆明坐火车到呈贡,在车上看到地上有一棵鸡㙡,他跳下去把鸡㙡捡了,紧赶两步,还能爬上火车。这笑话用意在说明昆明到呈贡的火车之慢,但也说明鸡㙡随处可见。有一种菌子,中吃不中看,叫做干巴菌。乍一看那样子,真叫人怀疑:这种东西也能吃?!颜色深褐带绿,有点像一堆半干的牛粪或一个被踩破了的马蜂窝。里头还有许多草茎、松毛,乱七八糟!可是下点功夫,把草茎松毛择净,撕成蟹腿肉粗细的丝,和青辣椒同炒,入口便会使你张目结舌:这东西这么好吃?!还有一种菌子,中看不中吃,叫鸡油菌。都是一般大小,有一块银圆那样大,滴溜圆,颜色浅黄,恰似鸡油一样。这种菌子只能做菜时配色用,没甚味道。

雨季的果子,是杨梅。卖杨梅的都是苗族女孩子。戴一顶小花帽子,穿着扳尖的绣了满帮花的鞋,坐在人家阶石的一角,不时吆唤一声:"卖杨梅——",声音娇娇的。她们的声音使得昆明雨季的空气更加柔和了。昆明的杨梅很大,有一个乒乓球那样大,颜色黑红黑红的,叫做"火炭梅"。这个名字起得真好,真是像一球烧得炽红的火炭!一点都不酸!我吃过苏州洞庭山的杨梅、井冈山的杨梅,好像都比不上昆明的火炭梅。

雨季的花是缅桂花。缅桂花即白兰花,北京叫做"把儿兰"(这个名字真不好听)。云南把这种花叫做缅桂花,可能最初这种花是从缅甸传入的,而花的香味又有点像桂花,其实这跟桂花实在没有什么关系。——不过话又说回来,别处叫它白兰、把儿兰,它和兰花也挨不上呀,也不过是因为它很香,香得像兰花。我在家乡看到的白兰多是一人高,昆明的缅桂是大树!我在若园巷二号住过,院里有一棵大缅桂,密密的叶子,把四周房间都映绿了。缅桂盛开的时候,房东(是一个五十多岁的寡妇)就和她的一个养女,搭了梯子上去摘,每天要摘下来好些,拿到花市上去卖。她大概是怕房客们乱摘她的花,时常给各家送去一些。有时送来一个七寸盘子,里面摆得满满的缅桂花!带着雨珠的缅桂花使我的心软软的,不是怀人,不是思乡。

　　雨,有时是会引起人一点淡淡的乡愁的。李商隐的《夜雨寄北》是为许多久客的游子而写的。我有一天在积雨少住的早晨和德熙从联大新校舍到莲花池去。看了池里的满池清水,看了作比丘尼装的陈圆圆的石像(传说陈圆圆随吴三桂到云南后出家,暮年投莲花池而死),雨又下起来了。莲花池边有一条小街,有一个小酒店,我们走进去,要了一碟猪头肉,半斤市酒(装在上了绿釉的土瓷杯里),坐了下来。雨下大了。酒店有几只鸡,都把脑袋反插在翅膀下面,一只脚着地,一动也不动地在檐下站着。酒店院子里有一架大木香花。昆明木香花很多。有的小河沿岸都是木香。但是这样大的木香却不多见。一棵木香,爬在架上,把院子遮得严严的。密匝匝的细碎的绿叶,数不清的半开的白花和饱涨的花骨朵,都被雨水淋得湿透了。我们走不了,就这样一直坐到午后。四十年后。我还忘不了那天的情味。写了一首诗:

   莲花池外少行人,
   野店苔痕一寸深。
   浊酒一杯天过午,
   木香花湿雨沉沉。

我想念昆明的雨。

一九八四年五月十九日

葵·薤

小时读汉乐府《十五从军征》，非常感动。

> 十五从军征，八十始得归。道逢乡里人，"家中有阿谁？"——"遥望是君家，松柏冢累累。"兔从狗窦入，雉从梁上飞，中庭生旅谷，井上生旅葵。舂谷持作饭，采葵持作羹。羹饭一时熟，不知贻阿谁。出门东向望，泪落沾我衣。

诗写得平淡而真实，没有一句迸出呼天抢地的激情，但是惨切沉痛，触目惊心。词句也明白如话，不事雕饰，真不像是两千多年前的人写出的作品，一个十来岁的孩子也完全能读懂。我未从过军，接触这首诗的时候，也还没有经过长久的乱离，但是不止一次为这首诗流了泪。

然而有一句我不明白，"采葵持作羹"。葵如何可以为羹呢？我的家乡人只知道向日葵，我们那里叫做"葵花"。这东西怎么能做羹呢？用它的叶子？向日葵的叶子我是很熟悉的，很大，叶面很粗，有毛，即使是把它切碎了，加了油盐，煮熟之后也还是很难下咽的。另外有一种秋葵，开淡黄色薄瓣的大花，叶如鸡脚，又名鸡爪葵。这东西也似不能做羹。还有一种蜀葵，又名锦葵，内蒙、山西一带叫做"蜀葵"。我们那里叫做端午花，因为在端午节前后盛开。我从来也没听说过端午花能吃，——包括它的叶、茎和花。后来我在济南的山东博物馆的庭院里看到一种戎葵，样子有点像秋葵，开着耀眼的朱红的大花，红得简直吓人一跳。我想，这种葵大概也不能吃。那么，持以作羹的葵究竟是一种什么东西呢？

后来我读到吴其濬的《植物名实图考长编》和《植物名实图考》。吴其濬是个很值得叫人佩服的读书人。他是嘉庆进士，自翰林院修撰官至湖南等省巡抚。但他并没有只是做官，他留意各地物产丰瘠与民生的关系，依据耳闻目见，辑录古籍中有关植物的文献，写成了《长编》和《图考》这样两部巨著。他的著作是我国十九世纪植物学极重要的专著。直到现在，西方的植物学家还认为他绘的图十分精确。吴其濬在《图考》中把葵列为蔬类的第一品。他用很激动的语气，几乎是大声疾呼，说葵就是冬苋菜。

然而冬苋菜又是什么呢？我到了四川、江西、湖南等省，才见到。我有一回住在武昌的招待所里，几乎餐餐都有一碗绿色的叶菜做的汤。这种菜吃到嘴是滑的，有点像莼菜。但我知道这不是莼菜，因为我知道湖北不出莼菜，而且样子也不像。我问服务员："这是什么菜？"——"冬苋菜！"第二天我过到一个巷子，看到有一个年轻的妇女在井边洗菜。这种菜我没有见过。叶片圆如猪耳，颜色正绿，叶梗也是绿的。我走过去问她洗的这是什么菜，——"冬苋菜！"我这才明白：这就是冬苋菜，这就是葵！那么，这种菜作羹正合适，——即使是旅生的。从此，我才算把《十五从军征》真正读懂了。

吴其濬为什么那样激动呢？因为在他成书的时候，已经几乎没有人知道葵是什么了。

蔬菜的命运，也和世间一切事物一样，有其兴盛和衰微，提起来也可叫人生一点感慨。葵本来是中国的主要蔬菜。《诗·邠风·七月》："七月烹葵及菽"，可见其普遍。后魏《齐民要术》以《种葵》列为蔬菜第一篇。"采葵莫伤根","松下清斋折露葵",时时见于篇咏。元代王祯的《农书》还称葵为"百菜之主"。不知怎么一来,它就变得不行了。明代的《本草纲目》中已经将它列入草类,压根儿不承认它是菜了!葵的遭遇真够惨的!到底是什么原因呢?我想是因为后来全国普遍种植了大白菜。大白菜取代了葵。齐白石题画中曾提出"牡丹为花之王,荔枝为果之王,独不论白菜为菜中之王,何也?"其实大白菜实际上已经成"菜之王"了。

幸亏南方几省还有冬苋菜,否则吴其濬就死无对证,好像葵已经绝了种似的。吴其濬是河南固始人,他的家乡大概早已经没有葵了,都种了白菜了。他要是不到湖南当巡抚,大概也弄不清葵是啥。吴其濬那样激动,是为葵鸣不平。其意若曰:葵本是菜中之王,是很好的东西;它并没有绝种!它就是冬苋菜!您到南方来尝尝这种菜,就知道了!

北方似乎见不到葵了。不过近几年北京忽然卖起一种过去没见过的菜:木耳菜。你可以买一把来,做个汤,尝尝。葵就是那样的味道,滑的。木耳菜本名落葵,是葵之一种,只是葵叶为绿色,而木耳菜则带紫色,且叶较尖而小。

由葵我又想到薤。

我到内蒙去调查抗日战争时期游击队的材料,准备写一个戏。看了好多份资料,都提到部队当时很苦,时常没有粮食吃,吃"荄荄",下面多于括号中注明"(音'害害')"。我想:"荄荄"是什么东西?再说"荄"读 gāi,也不读"害"呀!后来在草原上有人给我找了一棵实物,我一看,明白了:这是薤。薤音 xiè。内蒙、山西人每把声母为 X 的字读成 H 母,又好用叠字,所以把"薤"念成了"害害"。

薤叶极细。我捏着一棵薤,不禁想到汉代的挽歌《薤露》,"薤上露,何易晞,露晞明朝还复落,人死一去何时归?"不说葱上露、韭上露,是很有道理的。薤叶上实在挂不住多少露水,太易"晞"掉了。用此来比喻人命的短促，非常贴切。同时我又想到汉代的人一定是常常食薤的，故尔能近取譬。

北方人现在极少食薤了。南方人还是常吃的。湖南、湖北、江西、云南、四川都有。这几省都把这东西的鳞茎叫做"藠头"。"藠"音"叫"。南方的年轻人现在也有很多不认识这个藠字的。我在韶山参观，看到说明材料中提到当时用的一种土造的手榴弹，叫做"洋藠古"，一个讲解员就老实不客气地读成"洋晶古"。湖南等省人吃的藠头大都是腌制的，或入醋，味道酸甜；或加辣椒，则酸甜而极辣，皆极能开胃。

南方人很少知道藠头即是薤的。

北方城里人则连藠头也不认识。北京的食品商场偶尔从南方运了藠头来卖，趋之若鹜的都是南方几省的人。北京人则多用不信任的眼光端详半天，然后望望然而去之。我曾买了一些，请几位北方同志尝尝，他们闭着眼睛嚼了一口，皱着眉头说："不好吃！——这哪有糖蒜好哇！"我本想长篇大论地宣传一下藠头的妙处，只好咽回去了。

哀哉，人之成见之难于动摇也！

我写这篇随笔，用意是很清楚的。

第一，我希望年轻人多积累一点生活知识。古人说诗的作用：可以观，可以群，可以怨，还可以多识于草木虫鱼之名。这最后一点似乎和前面几点不能相提并论，其实这是很重要的。草木虫鱼，多是与人的生活密切相关。对于草木虫鱼有兴趣，说明对人也有广泛的兴趣。

第二，我劝大家口味不要太窄，什么都要尝尝，不管是古代的还是异地的食物，比如葵和薤，都吃一点。一个一年到头吃大白菜的人是没有口福的，许多大家都已经习以为常的蔬菜，比如菠菜和莴笋，其实原来都是外国菜。西红柿、洋葱，几十年前中国还没有，很多人吃不惯，现在不是也都很爱吃了么？许多东西，乍一吃，吃不惯，吃吃，就吃出味儿来了。

你当然知道，我这里说的，都是与文艺创作有点关系的问题。

一九八四年六月二十七日
选自《随笔两篇》

昆明的花

茶　花

张岱的文章里不止一次提到"滇茶一本"，云南茶花驰名久矣。茶花曾被选为云南省花。曾见过一本《云南茶花》照相画册，印制得很精美，大概就是那一年编印的。茶花品种很多，颜色、花形各异。滇茶为全国第一，在全世界也是有数的。这大概是因为云南的气候土壤都于茶花特别相宜。

西山某寺（偶忘寺名）有一棵很大的红茶花。一棵茶花，占了大雄宝殿前的院子的一多半，——寺庙的庭院都是很大的。花开时，至少有上百朵，花皆如汤碗口大。碧绿的厚叶子，通红的花头，使人不暇仔细观赏，只觉得烈烈轰轰的一大片，真是壮观。寺里的和尚怕树身负担不了那么多花头的重量，用杉木搭了很大的架子，支撑着四面的枝条。我一生没有看见过这样高大的茶花。

茶花的花期很长。我似乎没有见过一朵凋败在树上的茶花。这也是茶花的可贵处。

汤显祖把他的居室名为"玉茗堂"。俞平伯先生在一篇文章里说，玉茗是一种名贵的白茶花。我在《云南茶花》那本画册里好像没有发现"玉茗"这一名称。不过我相信云南是一定有玉茗的，也许叫做什么别的名字。

樱　花

春雨既足，风和日暖，圆通公园樱花盛开。花开时，游人很多，蜜蜂也很多。圆通公园多假山，樱花就开在假山的上上下下。樱花无姿态，花形也平常，不耐细看，但是当得一个"盛"字。那么多的花，如同明霞绛雪，真是热闹！身在耀眼的花光之中，满耳是嗡嗡的蜜蜂声音，使人觉得有点晕晕忽忽的。此时人与樱花已经融为一体。风和日暖，人在花中，不辨为人为花。

兰　花

曾到一位绅士家作客，——他的女儿是我们的同学。这位绅士曾经当过一任教育总长，多年闲居在家，每天除了看看报纸，研究在很远的地方进行的战争，谈谈中国的线装书和法国小说，剩下的嗜好是种兰花。他的客厅里摆着几十盆兰花。这间屋子仿佛已为兰花的香气所窨透，纱窗竹帘，无不带有淡淡的清香。屋里屋外都静极了。坐在这间客厅里，用细瓷盖碗喝着"滇绿",看看披拂的兰叶,清秀素雅的兰花箭子,闻嗅着兰花的香气,真不知身在何世。

我的一位老师曾在呈贡桃园住过几年。他的房东也是爱种兰花的。隔了差不多四十年,这位先生还健在,已经是一位老者了。经过"文化大革命",他的兰花居然能保存了下来。他的女儿要到北京来玩,劝说她父亲也到北京走走,老人不同意,他说:"我的这些兰花咋个整?"

缅桂花

昆明缅桂花多,树大,叶茂,花繁。每到雨季,一城都是缅桂花的浓香,我已于《昆明的雨》中说及,不复赘。

粉团花

粉团花即绣球。昆明人谓之"粉团",亦有理致。

云南民歌:"阿妹好像粉团花",用绣球花来比拟少女,别处的民歌里好像还未见过。于此可见云南绣球甚多,遍布城乡,所以歌手们能近取譬。

康乃馨·菖兰·夜来香

康乃馨昆明人谓之洋牡丹,菖兰即剑兰,夜来香在有的地方叫做晚香玉。这都是插瓶的花。康乃馨有红的、粉的、白的。菖兰的颜色更多,粉色的,白色的，黄色的，紫得发黑的。夜来香洁白如玉。昆明近日楼有一个很大的花市，卖花人把水灵灵的鲜花摊在一片芭蕉叶上卖。鲜花皆烂贱，买一大把鲜花和称二斤青菜的价钱差不多。

美人蕉和波斯菊

波斯菊叶子极细碎轻柔。花粉紫色，单瓣；瓣极薄。微风吹拂，花叶动摇，如梦如烟。

我原以为波斯菊只有南方有，后来在张家口坝上沽源县的街头也看见了这种花，只是塞北少雨水，花开得不如昆明滋润。在沽源看见波斯菊使我非常惊喜，因为它使我一下子想起了昆明。

波斯菊真是从波斯传来的么？那么你是一位远客了。

昆明的美人蕉皆极壮大，花也大，浓红如鲜血。红花绿叶，对比鲜明。我曾到郊区一中学去看一个朋友，未遇。学校已经放了暑假，一个人没有，安安静静的，校园的花圃里一大片美人蕉赫然地开着鲜红鲜红的大花。我感到一种特殊的，颜色强烈的寂寞。

叶子花

叶子花别处好像是叫做三角梅，昆明人就老是不客气地叫它叶子花，因为它的花瓣和叶子完全一样，只是长条的顶端的十几撮花的颜色是紫红的，而下边的叶子是深绿的。青莲街拐角有一家很大的公馆，围墙的墙头上种的都是叶子花。墙头上种花，少有！

报春花

我想查一查报春花的资料。家里只有一本《辞海》。我相信《辞海》里是不会收这一条的。报春花不是名花。但我还是抱着姑且查查看的心情翻开了《辞海》，不料竟有！

报春花……一年生草本。叶基生，长卵形，顶端圆钝，基部楔形或心形，边缘有不整齐缺裂，缺裂具细锯齿，上面被纤毛，下面有白粉或疏毛。秋季开花，花高脚碟状，红色或淡紫色，伞形花序2—4轮，蒴果球形。多生于荒野、田边。原产我国云南、贵州。各地栽培，供观赏。

不错，不错！就是它，就是它！难得是它把报春花描写得这样仔细。尤其使我欢喜的，是它告诉我云南是报春花的老家。

我在北京的一家花店里重遇报春花，栽在花盆里，标价一元一盆。我不禁冷笑了：这种东西也卖钱！我们在昆明市，到田边散步，一扯就是一大把！

一九八五年六月九日

灵通麻雀

闵兆华家有过一只很怪的麻雀。

这只麻雀跌在地上，折了一条腿（大概是小孩子拿弹弓打的），兆华的爱人捡了起来，给它上了一点消炎粉，用纱布裹巴裹巴，麻雀好了。好了，它就不走了。兆华有一顶旧棉帽子，挂在墙上，就成了它的窝。棉帽子里朝外，晚上，它钻进去，兆华的爱人把帽子翻了过来，它就在帽里睡一夜。天亮了，棉帽子往外一翻，它就忒楞楞要出来了。兆华家不给它预备鸟食。人吃什么它吃什么。吃饭的时候，它落在兆华爱人的肩上，兆华爱人随时喂它一口。它生了病——发烧，给它吃了一点四环素之类的药，也就好了。它每天就出去玩，但只要兆华爱人在窗口喊一声："鸟——"，它呼的一声就飞回来。

兆华爱人绣花。有时因事走开，麻雀就看着桌上的绣活，谁也不许动。你动一下，它就嗛你！

兆华领回了工资，放在大衣口袋里，麻雀会把钞票一张一张地叼出来，送到兆华爱人——它的女主人的面前！

我知道这只麻雀的时候，它已经活了四年多，毛色变得很深，发黑了。

有一位鸟类学专家曾特地到兆华家去看过这只麻雀。他认为有两点不可解：

一、麻雀的寿命一般是两年,这只麻雀怎么能活了四年多呢?

二、鸟类一般是没有思维的。这只麻雀能看绣活,叼钞票,这算什么呢?能够说是思维么?

天地间有许多事情需要作新的探索。

云南茶花

很多地方在选市花,这是好事。想一想十年大乱时期,公园都成了菜园,现在真是大不相同了。选市花,说明人们有了闲情逸致。人有闲情逸致,说明国运昌隆。

有些市的市民对市花有不同意见,一时定不下来。昆明的市花是不会有争议的。如果市民投票,一定会一致通过:茶花。几十年前昆明就选过一次(那时别的市还没有选举市花之风)。现在再选,还会维持原议。

云南茶花,——滇茶,久负盛名。

张岱《陶庵梦忆·逍遥楼》云:"滇茶故不易得,亦未有老其材八十余年者。朱文懿公逍遥楼滇茶,为陈海樵先生手植,扶疏蓊翳,老而愈茂。诸文孙恐其力不胜葩,岁删其萼盈斛,然所遗落枝头,犹自燔山熠谷焉。"

鲁迅说张岱的文章每多夸张。这一篇看起来也像有些夸张,但并不,而且写得极好,得滇茶之神理。

昆明西山华亭寺有一棵大茶花。走进山门,越过站着四大金刚的门道,一抬头便看见通红的一大片。是得抬头的,因为茶花非常高大。华亭寺大雄宝殿前的石坪是很大的,这棵茶花几乎占了石坪的一小半。花皆如汤碗大,一朵一朵,像烧得炽旺的火球。张岱说滇茶"燔山熠谷",是一点不错的。据说这棵茶花每年能开三百来朵。满树黑绿肥厚的大叶子衬托着，更显得热闹非常。这才真叫做大红大绿。这样的大红大绿显出一种强壮的生命力。华贵之极，却毫不俗气。这是一个夺人眼目的大景致。如果我的同乡人来看了，一定会大叫一声"乖乖咙的咚！"我不知道寺里的和尚是不是也"岁删其萼盈斛"，但是他们是怕这棵茶花负担不起这样多的大花的，便搭了一个杉木的架子，撑着四围的枝条。昆明茶花到处都有，而华亭寺的这一棵，大概要算最大的。

茶花的好处是花大，色浓，花期长，而树本极能耐久。华亭寺的茶花大概已经不止八十年了。

江西井冈山一带有一个风俗。人家生了孩子，孩子过周岁时，亲戚朋友送礼，礼物上都要放一枝带叶子的油茶。油茶常绿，越冬不凋，而且开了花就结果；茶果未摘，接着就开花。这是取一个吉兆，祝福这孩子活得像油茶一样强健。一个很美的风俗。我不知道油茶和山茶有没有亲属关系，我在思想上是把它们归为一类的。凡茶之类，都很能活。

中国是茶花的故乡。茶花分滇茶、浙茶。浙茶传到日本，又由日本传到美国。现在日本的浙茶比中国的好，美国的比日本的好。只有云南滇茶现在还是世界第一。

前几年，江西山里发现黄茶花，这是国宝。如果栽培成功，是可以换外汇的。

茶花女喜欢戴的是什么茶花？大概不是滇茶，滇茶太大。我想是浙茶。而且无端地觉得，是白的。

一九八六年十月二十日

马铃薯·腊梅花

马铃薯

马铃薯的名字很多。河北、东北叫土豆,内蒙、张家口叫山药,山西叫山药蛋,云南、四川叫洋芋,上海叫洋山芋。除了搞农业科学的人,大概很少人叫得惯马铃薯。我倒是叫得惯了。我曾经画过一部《中国马铃薯图谱》。这是我一生中的一部很奇怪的作品。图谱原来是打算出版的,因故未能实现。原稿旧存沙岭子农业科学研究所,"文化大革命"中毁了,可惜!

一九五八年,我下放张家口沙岭子农业科学研究所劳动。一九六〇年摘了右派分子帽子,结束了劳动,一时没有地方可去,留在所里打杂。所里要画一套马铃薯图谱,把任务交给了我。所里有一个下属的马铃薯研究站,设在沽源。我在张家口买了一些纸笔颜色,乘车往沽源去。

马铃薯是适于在高寒地带生长的作物。马铃薯会退化。在海拔较低、气候温和的地方种一二年,薯块就会变小。因此每年都有很多省市开车到张家口坝上来调种。坝上成为供应全国薯种的基地。沽源在坝上,海拔一千四,冬天冷到零下四十度,马铃薯研究站设在这里,很合适。

这里集中了全国的马铃薯品种,分畦种植。正是开花的季节,真是洋洋大观。

　　我在沽源,究竟是一种什么心情,真是说不清。远离了家人和故友,独自生活在荒凉的绝塞,可以谈谈心的人很少,不免有点寂寞。另外一方面,摘掉了帽子,总有一种轻松感。日子过得非常悠闲。没有人管我,也不需要开会。一早起来,到马铃薯地里(露水很重,得穿了浅靿的胶靴),掐了一把花,几枝叶子,回到屋里,插在玻璃杯里,对着它画。马铃薯的花是很好画的。伞形花序,有一点像复瓣水仙。颜色是白的,浅紫的。紫花有的偏红,有的偏蓝。当中一个高庄小窝头似的黄心。叶子大都相似,奇数羽状复叶,只是有的圆一点,有的尖一点,颜色有的深一点,有的淡一点,如此而已。我画这玩意又没有定额,尽可慢慢地画。不过我画得还是很用心的,尽量画得像。我曾写过一首长诗,记述我的生活,代替书信,寄给一个老同学。原诗已经忘了,只记得两句:"坐对一丛花,眸子炯如虎"。画画不是我的本行,但是"工作需要",我也算起了一点作用,倒是差堪自慰的。沽源是清代的军台,我在这里工作,可以说是"发往军台效力",我于是用画马铃薯的红颜色在带来的一本《梦溪笔谈》的扉页上画了一方图章:"效力军台"——我带来一些书,除《笔谈》外,有《癸巳类稿》、《十驾斋养新录》,还有一套商务印书馆铅印本《四史》。晚上不能作画——灯光下颜色不正,我就读这些书。我自成年后,读书读得最专心的,要算在沽源这一段时候。

　　我对马铃薯的科研工作有过一点很小的贡献:马铃薯的花都是没有香味的。我发现有一种马铃薯,麻土豆的花,却是香的。我告诉研究站的研究人员,他们都很惊奇:"是吗?——真的!我们搞了那么多年马铃薯,还没有发现。"

　　到了马铃薯逐渐成熟——马铃薯的花一落,薯块就成熟了,我就开始画薯块。那就更好画了,想画得不像都不大容易。画完一种薯块,我就把它放进牛粪火里烤烤,然后吃掉。全国像我一样吃过那么多种马铃薯的人,大概不多！马铃薯的薯块之间的区别比花、叶要明显。最大的要数"男爵"，一个可以当一顿饭。有一种味极甜脆，可以当水果生吃。最好的是"紫土豆"，外皮乌紫，薯肉黄如蒸栗，味道也像蒸栗，入口更为细腻。我曾经扛回一袋，带到北京。春节前后，一家大小，吃了好几天。我很奇怪："紫土豆"为什么不在全国推广呢？

马铃薯原产南美洲，现在遍布全世界。苏联卫国战争时期的小说，每每写战士在艰苦恶劣的前线战壕中思念家乡的烤土豆。"马铃薯"和"祖国"几乎成了同义字。罗宋汤、沙拉，离开了马铃薯做不成，更不用说奶油烤土豆、炸土豆条了。

马铃薯传入中国，不知始于何时。我总觉得大概是明代，和郑和下西洋有点缘分。现在可以说遍及全国了。沽源马铃薯研究站不少品种是从康藏高原、大小凉山移来的。马铃薯是山西、内蒙、张家口的主要蔬菜。这些地方的农村几乎家家都有山药窖，民歌里都唱："想哥哥想得迷了窍，抱柴禾跌进了山药窖"。"交城的山里没有好茶饭,只有莜面栲栳栳,还有那山药蛋"。山西的作者群被称为"山药蛋派"。呼和浩特的干部有一点办法的,都能到武川县拉一车山药回来过冬。大笼屉蒸新山药,是待客的美餐。张家口坝上、坝下,山药、西葫芦加几块羊肉爊一锅烩菜,就是过年。

中国的农民不知有没有一天也吃上罗宋汤和沙拉。也许即使他们的生活提高了,也不吃罗宋汤和沙拉,宁可在大烩菜里多加几块肥羊肉。不过也说不定。中国人过去是不喝啤酒的,现在北京郊区的农民喝啤酒已经习惯了。我希望中国农民会爱吃罗宋汤和沙拉。因为罗宋汤和沙拉是很好吃的。

一九八七年二月十六日

腊梅花

"雪花、冰花、腊梅花……"我的小孙女这一阵老是唱这首儿歌。其实她没有见过真的腊梅花,只是从我画的画上见过。

周紫芝《竹坡诗话》云:"东南之有腊梅,盖自近时始。余为儿童时,犹未之见。元祐间,鲁直诸公方有诗,前此未尝有赋此诗者。政和间,李端叔在姑谿,元夕见之僧舍中,尝作两绝,其后篇云:'程氏园当尺五天,千金争赏凭朱栏。莫因今日家家有,便作寻常两等看。'观端叔此诗,可以知前日之未尝有也。"看他的意思,腊梅是从北方传到南方去的。但是据我的印象,现在倒是南方多,北方少见,尤其难见到长成大树的。我在颐和园藻鉴堂见过一棵,种在大花盆里,放在楼梯拐角处。因为不是开花的时候,绿叶披纷没有人注意。和我一起住在藻鉴堂的几个搞剧本的同志,都不认识这是什么。

我的家乡有腊梅花的人家不少。我家的后园有四棵很大的腊梅。这四棵腊梅,从我记事的时候,就已经是那样大了。很可能是我的曾祖父在世的时候种的。这样大的腊梅,我以后在别处没有见过。主干有汤碗口粗细,并排种在一个砖砌的花台上。这四棵腊梅的花心是紫褐色的，按说这是名种，即所谓"檀心磬口"。腊梅有两种，一种是檀心的，一种是白心的。我的家乡偏重白心的，美其名曰"冰心腊梅"，而将檀心的贬为"狗心腊梅"。腊梅和狗有什么关系呢？真是毫无道理！因为它是狗心的，我们也就不大看得起它。

不过凭良心说，腊梅是很好看的。其特点是花极多——这也是我们不太珍惜它的原因。物稀则贵，这样多的花，就没有什么稀罕了。每个枝条上都是花，无一空枝。而且长得很密，一朵挨着一朵，挤成了一串。这样大的四棵大腊梅，满树繁花，黄灿灿的吐向冬日的晴空，那样的热热闹闹，而又那样的安安静静，实在是一个不寻常的境界。不过我们已经司空见惯，每年都有一回。

每年腊月，我们都要折腊梅花。上树是我的事。腊梅木质疏松，枝条脆弱，上树是有点危险的。不过腊梅多枝杈，便于登踏，而且我年幼身轻，正是"一日上树能三回"的时候，从来也没有掉下来过。我的姐姐在下面指点着:"这枝,这枝! —— 哎,对了,对了!"我们要的是横斜旁出的几枝,这样的不蠢;要的是几朵半开,多数是骨朵的,这样可以在瓷瓶里养好几天 —— 如果是全开的,几天就谢了。

下雪了,过年了。大年初一,我早早就起来,到后园选摘几枝全是骨朵的腊梅,把骨朵都剥下来,用极细的铜丝 —— 这种铜丝是穿珠花用的,就叫做"花丝",把这些骨朵穿成插鬓的花。我们县北门的城门口有一家穿珠花的铺子,我放学回家路过,总要钻进去看几个女工怎样穿珠花,我就用她们的办法穿成各式各样的腊梅珠花。我在这些腊梅珠子花当中嵌了几粒天竺果 —— 我家后园的一角有一棵天竺。黄腊梅、红天竺,我到现在还很得意:那是真很好看的。我把这些腊梅珠花送给我的祖母,送给大伯母,送给我的继母。她们梳了头,就插戴起来。然后,互相拜年。我应该当一个工艺美术师的,写什么屁小说!

一九八七年二月十八日

(选自《散文四篇》)

熬鹰·逮獾子

　　北京人骂晚上老耗着不睡的人："你熬鹰哪！"北京过去有养活鹰的。养鹰为了抓兔子。养鹰，先得去掉它的野性。其法是：让鹰饿几天，不喂它食；然后用带筋的牛肉在油里炸了，外用细麻线缚紧；鹰饿极了，见到牛肉，一口就吞了；油炸过的牛肉哪能消化呀，外面还有一截细麻线哪；把麻线一拎，牛肉又拎出来了，还拎出了鹰肚里的黄油；这样吞几次，拎几次，把鹰肚里的黄油都拉干净了，鹰的野性就去了。鹰得熬。熬，就是不让它睡觉。把鹰架在胳臂上，鹰刚一迷糊，一闭眼，就把胳臂猛然一抬，鹰又醒了。熬鹰得两三个人轮流熬，一个人丁不住。干嘛要熬？鹰想睡，不让睡，它就变得非常烦躁，这样它才肯逮兔子。吃得饱饱的，睡得好好的，浑身舒舒服服的，它懒得动弹。架鹰出猎，还得给鹰套上一顶小帽子，把眼遮住。到了郊外，一摘鹰帽，鹰眼前忽然一亮，全身怒气不打一处来，一翅腾空，看见兔子的影儿，眼疾爪利，一爪子就把兔子叼住了。

　　北京过去还有逮獾子的。逮獾子用狗。一般的狗不行，得找大饭庄养的肥狗。有那种人，专门偷大饭庄的狗，卖给逮獾子的主。狗，先得治治它，把它的尾巴给擀了。把狗捆在一条长板凳上，用擀面杖把尾巴使劲一擀，只听见咯巴咯巴咯巴……狗尾巴的骨节都折了。瞧这狗，屎、尿都下来了。疼啊！干嘛要把尾巴擀了？狗尾巴老摇，到了草窝里，尾巴一摇，树枝草叶窸窸地响，獾子就跑了。尾巴擀了，就只能耷拉着了，不摇了。

你说人有多坏，怎么就想出了这些个整治动物的法子！

逮住獾子了，就到处去喝茶。有几个起哄架秧子，傍吃傍喝的帮闲食客"傍"着，提搂着獾子，往茶桌上一放。旁人一瞧："喝，逮住獾子啦！"露脸！多会等九城的茶馆都坐遍了，脸露足了，獾子也臭了，才再想什么新鲜的玩法。

熬鹰、逮獾子，这都是八旗子弟、阔公子哥儿的"乐儿"。穷人家谁玩得起这个！不过这也是一种文化。

獾油治烧伤有奇效。现在不好淘换了。

三月十三日

泰山拾零

游过泰山的人很多，关于泰山的书籍、文章、导游的小册子也很多。凡别人已经记过的，不欲再记。且我往游泰山，距今已十好几年，印象淡忘，难以追忆。只记一些现在还记得的小事，少留鸿印去尔。

陈庙长

泰山管理处设在岱庙，主任姓陈。但是当地人都不叫他陈主任，而叫他陈庙长，因为他在庙里办公，在庙里住。陈庙长对泰山非常熟悉，有重要一点的客人来，都由他接待。陈庙长有一套讲究的衣服，毛料的中山装。有外宾来，他就换上这身衣服。当地人一看陈庙长走在街上，就互相传告："今天有外国人来，陈庙长换衣服了！"这是一个很幽默健谈的人，他向我们介绍了泰山概况，背了几首咏泰山的诗，最后还背了韩复榘的大作。

韩复榘是国民党时期山东省政府主席，是个没有文化的军阀，有许多关于他的笑话。流传得最广的是，蒋介石规定行人靠左走，韩复榘说："蒋委员长提倡的事我都赞成，就是这一点不行。大家都靠左走，右边谁走呢？"

韩复榘咏泰山诗如下：

远看泰山黑乎乎,

上边细来下边粗。

有朝一日倒过来,

下边细来上边粗。

这是咏泰山诗的压卷之作!

韩复榘还有一首咏济南趵突泉的诗,也不错:

趵突泉,

泉趵突,

三个泉眼一般粗,

咕嘟咕嘟又咕嘟。

陈庙长在陪我们游山途中还讲了一些韩复榘的轶事,以与泰山无关,不录。当然,韩复榘的故事和诗,都是别人编出来的。

经石峪

泰山留给我印象最深的是经石峪。

在半山的巉岩间忽然有一片巨大的石坂,石色微黄,是一整块,极平,略有倾斜,上面刻了一部《金刚经》,字大径斗,笔势浑雄厚重,大巧著拙,字体微偏,非隶非魏。郭沫若断为齐梁人所书,有人有不同意见。经石峪成为中国书法里的独特的字体。龚定庵谓:南书无过《瘗鹤铭》,北书无过《金刚经》。《瘗鹤铭》在镇江焦山,《金刚经》即指泰山经石峪。

为甚么在这里刻了一部经?积雨之后,山水下注,流过石面,淙淙作响,有如梵唱,流水念经,亦是功德。

快活三里

登泰山,紧十八,慢十八,不紧不慢又十八。"十八"指的是十八里还是十八盘,未详。反正爬完三个十八,就到南天门了。三个十八,爬起来都很累人。当中忽有一段平路,名曰"快活三里"。这名字起得好!若在原隰,三里平路,有何稀奇!但在陡峻的山路上,爬得上气不接下气,忽遇坦途,可以直起身来,均匀地呼吸,放脚走去,汗收体爽,真是快活。人生道路,亦犹如此。

讨 钱

泰山山道旁,有不少人家以讨钱为生。讨钱的大都是老婆婆和小孩子。她们坐在路边,并不出声,进香的善男信女,就自动把钱丢进她们面前的瓢里。小孩子有时缠着奶奶:"奶奶,我今天跟你去讨钱!"——"不叫你去!"——"要去嘛,要去嘛!"这些孩子不觉得讨钱有甚么羞耻,他要跟奶奶去讨钱,就跟要跟奶奶去逛庙会或上街买东西一样。这些人家的日子过得不错。每年香期,收入很可观。讨钱是山上居民的专利,山下乞丐不能分享。她们穿戴得整整齐齐,并不故作褴褛。

泰山老奶奶

泰山是道教的山。中国的山不是属于佛教就是属于道教。天下名山僧侣多。峨嵋、五台、普陀、九华山,是佛教的四大名山,各为普贤、文殊、观音、地藏的道场。青城、武当是道教的山。泰山的主神似为碧霞元君。碧霞元君是东岳大帝的女儿。但据陈庙长告诉我,当地老乡不知道甚么碧霞元君,都叫她泰山老奶奶。不知道为甚么,元君的塑像不是一个要眇的少女,却是一个很富态的半老的宫妆的命妇,秉笏端正,毫无表情。碧霞元君祠长年锁闭,参拜的人只能从窗格的窟窿间看一眼。善男信女,只能从窟窿里把奉献的香钱丢进去。一年下来，祠内堆满了钱。每年打开祠门，清点一次。明清以来有定制，这钱是皇后嫔妃的脂粉钱，别人不得擅用。

绣球花

泰山五大夫松附近有一家茶馆。爬了一气山，进去喝一壶热茶，太好了。水好，茶叶不错，房屋净洁，座位也舒服。

茶馆有一个院子，院里的石条上放了十多盆绣球花。这里的绣球的花头比我在别处看过的小。别处的绣球一球有一个脑袋大，这里的只比拳头略大一点。花瓣不像别处的是纯白的，是豆绿色的。花瓣较小而略厚。干不高，不到二尺；枝多横生。枝干皆老，如盆景。叶深墨绿色，甚整齐，无一叶残败。这些绣球显出一种充足而又极能自制的生命力。我不知道这样的豆绿色的绣球是泰山的水土使然，还是别是一种。茶馆的主人以茶客喝剩的茶水洗之，盆面积了颇厚的茶叶。这几盆绣球真美，美得使人感动。我坐在花前，谛视良久，恋恋不忍即去。别之已十几年，犹未忘。

山顶夜宴

　　游泰山的，大都在山顶住一夜，等着第二天看日出。山顶有招待所。招待所供应晚餐，煮挂面，陈庙长特意给我们安排了一顿正式的晚餐。在泰山绝顶，这样的晚餐算是非常丰盛的了：烧鸡、卤肉、炒鸡蛋、炸花生米，还有炒棍儿扁豆。这棍豆是山上出的，照上海人的说法，真是"嫩得不得了"！我平生吃过的棍豆，以泰山顶上的最为鲜嫩。还有一种很特别的菜，油炸的绿叶。陈庙长说这是藿香，泰山的特产。颜色碧绿，入口酥脆而有清香，嚼之下酒，真是妙绝。这顿夜宴，不知费了几许人力，惭愧惭愧。

　　把青菜的叶子油炸了吃，这是山东特有的吃法，我后来在别处还吃过油炸菠菜，也很好吃。山东菜谱中皆未载此种做法。

看日出

　　游泰山的最大希望在看日出。很多人看不到，因为天气不好。

　　等着看日出，要受一点罪。山顶上夜里很冷，风大。招待所床位已经全部租出，有人只能裹了一件潮乎乎的棉大衣在庙下蜷缩一夜。

　　夜里下了雨。

　　次日拂晓，雨停了。有几个青年大叫："天晴了！快去！快去！"

　　天气还不很好，但总算看到日出了。但是并不像许多传文里所描写过的，气势磅礴，灿烂辉煌，红黄赤白，瞬息万变，使人目眩神移，欢喜赞叹。下山后有人问我："看到日出了么？怎么样？"我只能说："看到了，还不错。"这样的日出，我在别处也看见过。在井冈山黄洋界看到日出，所得印象即比在泰山看到的要深，因为是无意中看到的，更令人惊奇不置，想要高歌大叫。

　　世间事物，宣传太过，即使真的了不起，也很难使人满足。

耙和尚

泰山是道教的山，但后山山脚却有一座佛寺，寺名今忘（好像是叫宝庆寺）。寺里的罗汉塑得很好。据说这寺里的罗汉和苏州紫金庵的、昆明筇竹寺的鼎足而三，可以齐名。那两处的我都看过。紫金庵的比较小，罗汉神态安详，是坐像。筇竹寺门的罗汉有的踞坐，有的靠墙，有的向前探头，有的侧卧着，姿态各异，而彼此之间互相顾盼，有所交流，是一组有联系的，带一点戏剧性的群像。这寺里的罗汉是立像，各各站在一个龛里，比常人稍高大。塑得的确不错，眉目如生，肌肉似有弹性，衣纹繁复而流畅，涂色精细但不琐碎。龛面罩了玻璃，保存得很好。

寺后有一片庄稼地。陈庙长告诉我们，这有一段故事，寺里的和尚很霸道，强占了很多民田。这里的庄户人和和尚打了多年官司，一直打到皇帝那里。皇帝看了呈子，说"罢了吧"。"罢了吧"意思是算了吧，不要再打官司了。庄户人一听，圣旨下来了，就把寺里的和尚都活埋在地里，只露出一个个和尚脑袋，用耙地的耙都给耙了。这当然只是个故事，不过当地人说确实有过那么回事，他们这么说，咱就听着，不抬杠。

莱芜讴

我们顺便到莱芜看了看。莱芜有中国最大的淡水养鱼湖，据说湖的面积有三个西湖大。坐了汽艇在湖里游了一圈，确实很大。有几只船在捕鱼，鱼都很大。

午饭、晚饭都上了鳜鱼，鳜鱼有七八斤重，而且不止一条。可惜煮治不甚得法，太淡。凡做鱼，宁偏咸，毋偏淡。厨师口诀云："咸鱼淡肉"，——肉淡一点不妨。这样大的鱼，宜做松鼠鱼，红烧白煮皆不易入味。

晚上看了莱芜梆子。莱芜梆子的特别处是每逢尾腔都倒吸气，发出"讴——"的声音。所以叫做"莱芜讴"。倒吸气，向里唱，怎么能出声音呢？

我试了试，不行。这种唱法不知是怎么形成的，别的剧种从无这样的唱法。由"莱芜讴"我想到"赵代秦楚之讴"会不会也是这种唱法？"讴歌"，讴和歌应该是有区别的。"讴"，会不会是吸气发声？这当然是瞎想，毫无佐证。不过我在内蒙确曾遇到一个蒙古人，他的说话方式很特别，一句话的上半句是呼气说出的，下半句却是吸着气说的。说不定古代曾有过吸气而讴的讴法，后来失传了。

一九八七年三月廿四日

滇南草木状

尤加利树 尤加利树北方没有。四十六年前到昆明始识此树。树叶厚重,风吹作金石声。在屋里静坐读书,听着哗啦哗啦的声音,会忽然想起:这是昆明。说不上是乡愁,只是有点觉得此身如寄。因此对尤加利树颇有感情。

尤加利树木理旋拧,有一个特殊的用途,作枕木,经得起震,不易裂。现在枕木大都改成钢或水泥制造的了,这种树就不那么受到重视了。树叶提汁,可制糖果,即桉叶糖。爱吃桉叶糖的人也不是很多。

连云宾馆门内有一棵大尤加利树,粗可合抱,少见。

叶子花 昆明叶子花多,楚雄更多。龙江公园到处都是叶子花。这座公园是新建的,建筑物的墙壁栏杆的水泥都发干净的灰白色,叶子花的紫颜色更把公园衬托得十分明朗爽洁。芒市宾馆一丛叶子花攀附在一棵大树上。树有四丈高,花一直开到树顶。

叶子花的紫,紫得很特别,不像丁香,不像紫藤,也不像玫瑰。它就是它自己那样的一种紫。

叶子花夏天开花。但在我的印象里,它好像一年到头都开,老开着,没有见它枯萎凋谢过。大概它自己觉得不过是叶子,就随便开开吧。

叶子花不名贵,但不讨厌。

马缨花　走进龙江公园，我对市文联的同志说："楚雄如果选市花，可以选叶子花。"文联的同志说："彝族有自己的花，——马缨花。"马缨花？马缨花即合欢，北方多得很。"这是杜鹃科，杜鹃的一种。"那么这不是合欢。走进开座谈会的会议室，桌上摆了一盆很大的花，我问："这是不是马缨花？"——"是的，是的。"名不虚传！这株马缨花干粗如酒杯口，横卧而出，矫矢如龙，似欲冲盆飞去。叶略似杜鹃而长，一丛一丛的，相抱如莲花瓣。周围的叶子深绿色，中心则为嫩绿。干端叶较密集，绿叶中开出一簇火红的花。花有点像杜鹃，但花瓣较坚厚，不像杜鹃那样的薄命相。花真是红。这是正红，大红。彝族人叫它马缨花是有道理的。云南的马缨不是麻丝攒成的，而是用一方红布扎成一个绣球。马缨不是缀在马的颈下，而是结在马的前额，如果是白马或黑马，老远就看得见，非常显眼。额头有马缨的马，多半是马帮里的头马。把这种花叫做马缨花，神似。马缨花大红大绿，颜色华贵，而姿态又颇奔放，于端庄中透出粗野，真是难得！

车行在高黎贡山中，公路两边的丛岭中，密林深处，时时可以看到一树通红通红的马缨花。

令箭　云南人爱种花。楚雄街上两边楼房的栏杆上摆得满满的花，各色各样，令箭尤其多。令箭北方常见，但不如楚雄的开花开得多。北方令箭，开十几朵就算不错，楚雄的令箭一盆开花上百朵。一片叶子上密密匝匝地涨出了好多骨朵，大概都有三十几个，真不得了！滇南草木，得天独厚，没话说。

一品红　北京的一品红是栽在盆里的，高二三尺。芒市、盈江的一品红长成一人多高的树，绿叶少而红叶多，这也未免太过分了！

兰　云南兰花品类极多。盈江县招待所庭中有一棵香樟树，树丫里寄生的兰花就有四种。这都是热带兰花。有一种是我认得的，虎头兰。花大，浅黄色。有一舌，色白，舌端有紫色斑点。其余三种都未见过。一种开白花，一种开浅绿花。另一种开淡银红色的花,花瓣近似剪秋罗,很长的一串,除了有兰花一样的长叶子披下来,真很难说这是兰花。

兰中最贵重的是素心兰。大理街上有一家门前放了两盆素心兰,旁贴一纸签:"出售"。一看标价:二百。大理是素心兰的产地,本地昂贵如此,运到外地,可想而知。素心兰种在高高的泥盆里。盆腹鼓起,如一小坛。

在保山,有人要送我一盆虎头兰。怎么带呢?

茶花 茶花已经开过了。遗憾。

闻丽江有一棵茶花王,每年开花万朵,号称"万朵茶花",——当然这是累计的,一次开不了那样多。不过这也是奇迹了。有人告诉过我,茶花最多只能开三百朵。

大青树 大青树不成材，连烧火都不燃，故能不遭斤斧，保其天年，唯堪与过往行人遮阴，此不材之材。滇南大青树多"一树成林"。

紫薇 紫薇我没有见过很大的。昆明金殿两边各有一棵紫薇，树上挂一木牌，写明是"明代紫薇"，似可信。树干近根部已经老得不成样子，疙瘩流秋。梢头枝叶犹繁茂，开花时，必有可观。用手指搔搔它的树干，无反应。它已经那么老了，不再怕痒痒了。

一九八七年五月十一日

（选自《滇游新记》）

蝉·蜻蜓

蝉

蝉大别有三类。一种是"海溜",最大,色黑,叫声宏亮。这是蝉里的楚霸王,生命力很强。我曾捉了一只,养在一个断了发条的旧座钟里,活了好多天。一种是"嘟溜",体较小,绿色而有点银光,样子最好看,叫声也好听:"嘟溜 —— 嘟溜 —— 嘟溜"。一种叫"叽溜",最小,暗赭色,也是因其叫声而得名。

蝉喜欢栖息在柳树上。古人常画"高柳鸣蝉",是有道理的。

北京的孩子捉蝉用粘竿,—— 竹竿头上涂了粘胶。我们小时候则用蜘蛛网。选一根结实的长芦苇，一头撅成三角形，用线缚住，看见有大蜘蛛网就一绞，三角里络满了蜘蛛网，很粘。瞅准了一只蝉，轻轻一捂，蝉的翅膀就被粘住了。

佝偻丈人承蜩，不知道用的是什么工具。

蜻 蜓

家乡的蜻蜓有三种。

一种极大，头胸浓绿色，腹部有黑色的环纹，尾部两侧有革质的小圆片，叫做"绿豆钢"。这家伙利害得很，飞时巨大的翅膀磨得嚓嚓地响。或捉之置室内，它会对着窗玻璃猛撞。

一种即常见的蜻蜓，有灰蓝色和绿色的。蜻蜓的眼睛很尖，但到黄昏后眼力就有点不济。他们栖息着不动，从后面轻轻伸手，一捏就能捏住。玩蜻蜓有一种恶作剧的玩法：掐一根狗尾巴草，把草茎插进蜻蜓的屁股，一撒手，蜻蜓就带着狗尾草的穗子飞了。

一种是红蜻蜓。不知道什么道理，说这是灶王爷的马。

另有一种纯黑的蜻蜓，身上，翅膀都是深黑色，我们叫它鬼蜻蜓，因为它有点鬼气。也叫"寡妇"。

（选自《夏天的昆虫》）

野鸭子是候鸟吗？
——美国家书

爱荷华河里常年有不少野鸭子，游来游去，自在得很。听在这个城市里住了二十多年的老住户说，这些野鸭子原来也是候鸟，冬天要飞走的（爱荷华气候跟北京差不多，冬天也颇冷，下大雪），近二三年，它们不走了，因为吃得太好了。你拿面包扔在它们的身上，它们都不屑一顾。到冬天，爱荷华大学的学生用棉花给它们在大树下絮了窝，它们就很舒服地躲在里面。它们不但是"寓公"，简直像要永久定居了。动物的生活习性也是可以改变的。这些野鸭都长得极肥大，看起来和家鸭差不多。

在美国，汽车压死一只野鸭子是要罚钱的。高速公路上有一只野鸭子，汽车就得停下来，等它不慌不忙地横穿过去。

诗人保罗·安格尔的家（他家的门上钉了一块铜牌，下面一行是安格尔的姓，上面一行是两个隶书的中国字"安寓"，这一定是夫人聂华苓的主意）在一个小山坡上，下面即是公路。由公路到安寓也就是二百米。他家后面有一小块略为倾斜的空地。每天都有一些浣熊来拜访。给这些浣熊投放面包，成了安格尔的日课。安格尔七十九岁生日，我写了一首打油诗送给他，中有句云：

  心闲如静水，
  无事亦匆匆。
  弯腰拾山果，
  投食食浣熊。

  聂华苓说："他就是这样，一天为这样的事忙忙叨叨。"浣熊有点像小熊猫，尾巴有节，但较短，颜色则有点像大熊猫，黑白相间，胖乎乎的，样子很滑稽。它们用前爪捧着面包片，忙忙地嚼啮，有时停下来，向屋里看两眼。我们和它们只隔了一扇安了玻璃的门，真是近在咫尺。除了浣熊，还有鹿。有时三只，四只，多的时候会有七只。安格尔喂它们玉米粒，它们的"餐厅"地势较浣熊的略高，玉米粒均匀地撒在草地上。一般情况下，它们大都在下午光临。隔着窗户，可以静静地看它们半天。它们吃玉米粒，安格尔和我喝"波尔本"，彼此相安无事。离开汽车不断奔驰的公路只有两百米的地方有浣熊，有鹿，这在中国是不可想象的事。乌热尔图曾和安格尔开玩笑，说："我要是有一支枪，就可以打下一只鹿"，安格尔说："你拿枪打它，我就拿枪打你！"

美国的动物不知道怕人。我在爱荷华大学校园里看见一只野兔悠闲地穿过花圃，旁若无人。它不时还要停下来，四边看看。它是在看风景，不是看有没有"敌情"。

在斯勃凌菲尔德的林肯故居前草地看见一只松鼠走过。我在中国看到的松鼠总是窜来窜去，惊惊慌慌，随时作逃走的准备，像这样在平地上"走"着的松鼠，还是头一次见到。

白宫前面草坪上有很多松鼠，有人用面包喂它们，松鼠即于人的手掌中就食，自来自去，对人了无猜疑。

在保护动物这一点上，我觉得美国人比咱们文明。他们是绝对不会用枪打死白天鹅的。

一九八八年十一月七日

香橼·木瓜·佛手

我家的"花园"里实在没有多少花。花园里有一座"土山"。这"土山"不知是怎么形成的,是一座长长的隆起的土丘。"山"上只有一棵龙爪槐,旁枝横出,可以倚卧。我常常带了一块带筋的酱牛肉或一块榨菜,半躺在横枝上看小说,读唐诗。"山"的东麓有两棵碧桃,一红一白,春末开花极繁盛。"山"的正面却种了四棵香橼。我不知道我的祖父在开园堆山时为什么要栽了这样几棵树。这玩意就是"橘逾淮南则为枳"的枳(其实这是不对的,橘与枳自是两种)。这是很结实的树。木质坚硬,树皮紧细光滑。叶片经冬不凋,深绿色。树枝有硬刺。春天开白色的花。花后结圆球形的果,秋后成熟。香橼不能吃,瓤极酸涩,很香,不过香得不好闻。凡花果之属有香气者,总要带点甜味才好,香橼的香气里却带有苦味。香橼很肯结,树上累累的都是深绿色的果子。香橼算是我家的"特产",可以摘了送人。但似乎不受欢迎。没有什么用处,只好听它自己碧绿地垂在枝头。到了冬天,皮色变黄了,放在盘子里,摆在水仙花旁边,也还有点意思,其时已近春节了。总之,香橼不是什么佳果。

　　香橼皮晒干,切片,就是中药里的枳壳。

　　花园里有一棵木瓜,不过不大结。我们所玩的木瓜都是从水果摊上买来的。所谓"玩",就是放在衣口袋里,不时取出来,凑在鼻子跟前闻闻。——那得是较小的,没有人在口袋里揣一个茶叶罐大小的木瓜的。木瓜香味很好闻。屋子里放几个木瓜,一屋子随时都是香的,使人心情恬静。

　　我们那里木瓜是不吃的。这东西那么硬,怎么吃呢? 华南切为小薄片,制为蜜饯。——厦门人是什么都可以做蜜饯的,加了很多味道奇怪的药料。昆明水果店将木瓜切为大片,泡在大玻璃缸里。有人要买,随时用筷子夹出两片。很嫩,很脆,很香。泡木瓜的水里不知加了什么,否则这木头一样的瓜怎么会变得如此脆嫩呢? 中国人从前是吃木瓜的。《东京梦华录》载"木瓜水",这大概是一种饮料。

　　佛手的香味也很好。不过我真不知道一个水果为什么要长得这么奇形怪状! 佛手颜色嫩黄可爱。《红楼梦》贾母提到一个蜜腊佛手,蜜腊雕为佛手,颜色、质感都近似,设计这件摆设的工匠是个聪明人。蜜腊不是很珍贵的玉料,但是能够雕成一个佛手那样大的蜜腊却少见,贾府真是富贵人家。

佛手、木瓜皆可泡酒。佛手曲微有黄色,木瓜酒却是红色的。

(选自《淡淡秋光》)

槐花

玉渊潭洋槐花盛开,像下了一场大雪,白得耀眼。来了放蜂的人。蜂箱都放好了,他的"家"也安顿了。一个刷了涂料的很厚的黑色的帆布篷子。里面打了两道土堰,上面架起几块木板,是床。床上一卷铺盖。地上排着油瓶、酱油瓶、醋瓶。一个白铁桶里已经有多半桶蜜。外面一个蜂窝煤炉子上坐着锅。一个女人在案板上切青蒜。锅开了,她往锅里下了一把干切面。不大会儿,面熟了,她把面捞在碗里,加了作料、撒上青蒜,在一个碗里舀了半勺豆瓣。一人一碗。她吃的是加了豆瓣的。

蜜蜂忙着采蜜,进进出出,飞满一天。

我跟养蜂人买过两次蜜,绕玉渊潭散步回来,经过他的棚子,大都要在他门前的树墩上坐一坐,抽一枝烟,看他收蜜,刮蜡,跟他聊两句,彼此都熟了。

这是一个五十岁上下的中年人,高高瘦瘦的,身体像是不太好,他做事总是那么从容不迫,慢条斯理的。样子不像个农民,倒有点像一个农村小学校长。听口音,是石家庄一带的。他到过很多省,哪里有鲜花,就到哪里去。菜花开的地方,玫瑰花开的地方,苹果花开的地方,枣花开的地方。每年都到南方去过冬,广西、贵州。到了春暖,再往北翻。我问他是不是枣花蜜最好，他说是荆条花的蜜最好。这很出乎我的意外。荆条是个不起眼的东西，而且我从来没有见过荆条开花，想不到荆条花蜜却是最好的蜜。我想他每年收入应当不错，他说比一般农民要好一些，但是也落不下多少：蜂具，路费；而且每年要赔几十斤白糖，——蜜蜂冬天不采蜜，得喂它糖。

女人显然是他的老婆。不过他们岁数相差太大了。他五十了，女人也就是三十出头。而且，她是四川人，说四川话。我问他：你们是怎么认识的？他说：她是新繁县人。那年他到新繁放蜂，认识了。她说北方的大米好吃，就跟来了。

有那么简单？也许她看中了他的脾气好，喜欢这样安静平和的性格？也许她觉得这种放蜂生活，东南西北到处跑，好耍？这是一种农村式的浪漫主义。四川女孩子做事往往很洒脱，想咋个就咋个，不像北方女孩子有那么多考虑。他们结婚已经几年了。丈夫对她好，她对丈夫也很体贴。她觉得她的选择没有错，很满意，不后悔。我问养蜂人：她回去过没有？他说：回去过一次，一个人。他让她带了两千块钱，她买了好些礼物送人，风风光光地回了一趟新繁。

一天，我没有看见女人，问养蜂人，她到哪里去了。养蜂人说：到我那大儿子家去了，去接我那大儿子的孩子。他有个大儿子，在北京工作，在汽车修配厂当工人。

　　她抱回来一个四岁多的男孩，带着他在棚子里住了几天。她带他到甘家口商场买衣服，买鞋，买饼干，买冰糖葫芦。男孩子在床上玩鸡啄米，她靠着被窝用勾针给他勾一顶大红的毛线帽子。她很爱这个孩子。这种爱是完全非功利的，既不是讨丈夫的欢心，也不是为了和丈夫的儿子一家搞好关系。这是一颗很善良，很美的心。孩子叫她奶奶，奶奶笑了。

　　过了几天，她把孩子又送了回去。

　　过了两天，我去玉渊潭散步，养蜂人的棚子拆了，蜂箱集中在一起。等我散步回来，养蜂人的大儿子开来一辆卡车，把棚柱、木板、煤炉、锅碗和蜂箱装好，养蜂人两口子坐上车，卡车开走了。

　　玉渊潭的槐花落了。

（选自《人间草木》）

荷花·杜鹃花

荷　花

我们家每年要种两缸荷花，种荷花的藕不是吃的藕，要瘦得多，节间也长，颜色黄褐，叫做"藕秧子"。在缸底铺一层马粪，厚约半尺，把藕秧子盘在马粪上，倒进多半缸河泥，晒几天，到河泥坼裂有缝，倒两担水，将平缸沿。过个把星期，就有小荷叶嘴冒出来。过几天荷叶长大了。冒出花骨朵了。荷花开了，露出嫩黄的小莲蓬，很多很多花蕊。清香清香的。荷花好像说："我开了。"

荷花到晚上要收朵。轻轻地合成一个大骨朵。第二天一早，又放开。荷花收了朵，就该吃晚饭了。

下雨了。雨打在荷叶上啪啪地响。雨停了，荷叶面上的雨水水银似的摇晃。一阵大风，荷叶倾侧，雨水流泻下来。

荷叶的叶面为什么不沾水呢？

荷叶粥和荷叶粉蒸肉都很好吃。

荷叶枯了。

下大雪，荷花缸里落满了雪。

杜鹃花

淡淡的三月天,
杜鹃花开在山坡上,
杜鹃花开在小溪旁,
多美丽哦,
乡村家的小姑娘,
乡村家的小姑娘。

这是抗日战争期间昆明的小学生很爱唱的一首歌。董林肯词,徐守廉曲。这是一首曲调明快的抒情歌,很好听。不单小学生爱唱,中学生也爱唱,大学生也有爱唱的，因为一听就记住了。

董林肯和徐守廉是同济大学的学生，原来都是育才中学毕业的。育才中学是全面培养学生才能的，而且是实行天才教育的学校。学生多半有艺术修养。董林肯、徐守廉都是学工的（同济大学是工科大学），但都对艺术有很虔诚的兴趣，因此能写词谱曲。

我是怎么认识他们俩的呢？因为董林肯主办了班台莱耶夫的《表》的演出，约我去给演员化妆，我到同济大学的宿舍里去见他们，认识了。那时昆明，只要有艺术上的共同爱好，有人一介绍，就会熟起来的。

董林肯为什么要主持《表》的演出？我想是由于在昆明当时没有给孩子看的戏。他组织这次演出是很辛苦的，而且演戏总有些叫人头疼的事，但是还是坚持了下来。他不图什么，只是因为有一颗班台莱耶夫一样的爱孩子的心。

我记得这个戏的导演是劳元干。演员里我记得演监狱看守的是刺杀孙传芳的施剑翘的弟弟，他叫施什么我已经忘记了。他是个身材魁梧的胖子。我管化妆,主要是给他贴一个大仁丹胡子。有当时有中国秀兰邓波儿之称的小明星,长大后曾参与搜集整理《阿诗玛》,现在写小说、散文的女作家刘绮。有一次,不知为什么,剧团内部闹了意见,戏几乎开不了场,刘绮在后台大哭。刘绮一哭,事情就解决了。

刘绮,有这回事么?

前几年我重到昆明,见到刘绮。她还能看出一点小时候的模样。不过,听说已经当了奶奶了。

不知道为什么,我有时还会想起董林肯和徐守廉。我觉得这是两个对艺术的态度极其纯真,像我前面所说的,虔诚的人。他们身上没有一点明星气、流氓气。这是两个通身都是书卷气的搞艺术的人。

  淡淡的三月天,
  杜鹃花开在山坡上,
  杜鹃花开在小溪旁……

(选自《花》)

一九九三年一月二十九日

夏天

　　夏天的早晨真舒服。空气很凉爽，草尖还挂着露水（蜘蛛网上也挂着露水）。写大字一张，读古文一篇。夏天的早晨真舒服。

　　凡花大都是五瓣，栀子花却是六瓣。山歌云："栀子花开六瓣头。"栀子花粗粗大大，色白，近蒂处微绿，极香，香气简直有点叫人受不了，我的家乡人说是："碰鼻子香"。栀子花粗粗大大，又香得掸都掸不开，于是为文雅人不取，以为品格不高。栀子花说："去你妈的，我就是要这样香，香得痛痛快快，你们他妈妈的管得着吗！"

　　人们往往把栀子花和白兰花相比。苏州姑娘串街卖花，娇声叫卖："栀子花！白兰花！"白兰花花朵半开，娇娇嫩嫩，如象牙白玉，香气文静，但有点甜俗，为上海长三堂子的"倌人"所喜，因为听说白兰花要到夜间枕上才格外地香。我觉得红"倌人"的枕上之花，不如船娘髻边花更为刺激。

　　夏天的花里最为幽静的是珠兰。
　　牵牛花短命。早晨沾露才开，午时即已萎谢。
　　秋葵也命薄。瓣淡黄，白心，心外有紫晕。风吹薄瓣，楚楚可怜。

凤仙花有单瓣者，有重瓣者。重瓣者如小牡丹，凤仙花茎粗肥，湖南人用以腌"臭咸菜"，此吾乡所未有。

马齿苋、狗尾巴草、益母草，都长得非常旺盛。

淡竹叶开浅蓝色小花，如小蝴蝶，很好看。叶片微似竹叶而较柔软。

"万把钩"即苍耳。因为结的小果上有许多小钩，碰到它就会挂在衣服上，得小心摘去，所以孩子叫它"万把钩"。

我们那里有一种"巴根草"，贴地而长，见缝扎根，一棵草蔓延开来，长了很多根，横的，竖的，一大片。而且非常顽强，拉扯不断。很小的孩子就会唱：

>巴根草，
>绿茵茵，
>唱个唱，
>把狗听。

最讨厌的是"臭芝麻"。掏蟋蟀、捉金铃子，常常沾了一裤腿。其臭无比，很难除净。

西瓜以绳络悬之井中，下午剖食，一刀下去，喀嚓有声，凉气四溢，连眼睛都是凉的。

天下皆重"黑籽红瓤"，吾乡独以"三白"为贵：白皮、白瓤、白籽。"三白"以东墩产者最佳。

香瓜有：牛角酥，状似牛角，瓜皮淡绿色，刨去皮，则瓜肉浓绿，籽赤红，味浓而肉脆，北京亦有，谓之"羊角蜜"；虾蟆酥，不甚甜而脆，嚼之有黄瓜香；梨瓜，大如拳，白皮，白瓤，生脆有梨香；有一种较大，皮色如虾蟆，不甚甜，而极"面"，孩子们称之为"奶奶哼"，说奶奶一边吃，一边"哼"。

蝈蝈，我的家乡叫做"叫蚰子"。叫蚰子有两种。一种叫"侉叫蚰子"，那真是"侉"，跟一个叫驴子似的，叫起来"咶咶咶咶"很吵人。喂它一点辣椒，更吵得厉害。一种叫"秋叫蚰子"，全身碧绿如玻璃翠，小巧玲珑，鸣声亦柔细。

别出声，金铃子在小玻璃盒子里爬哪！它停下来，吃两口食，—— 鸭梨切成小骰子块。于是它叫了"丁铃铃铃"……

乘凉。

搬一张大竹床放在天井里，横七竖八一躺，浑身爽利，暑气全消。看月华。月华五色晶莹，变幻不定，非常好看。月亮周围有了一个模模糊糊的大圆圈，谓之"风圈"，近几天会刮风。"乌猪子过江了"—— 黑云漫过天河，要下大雨。

一直到露水下来，竹床子的栏杆都湿了，才回去，这时已经很困了，才沾藤枕（我们那里夏天都枕藤枕或漆枕），已入梦乡。

鸡头米老了，新核桃下来了，夏天就快过去了。

果蔬秋浓

今天的活是收萝卜。收萝卜是可以随便吃的 —— 有些果品不能随便吃，顶多尝两个，如二十世纪明月（梨）、柔丁香（葡萄），因为产量太少了，很金贵。萝卜起出来，堆成小山似的。农业工人很有经验，一眼就看出来，这是一般的，过了磅卖出去；这几个好，留下来自己吃。不用刀，用棒子打它一家伙，"棒打萝卜"嘛。喀嚓一声，萝卜就裂开了。萝卜香气四溢，吃起来甜、酥、脆。我们种的是心里美。张家口这地方的水土好像特别宜于萝卜之类作物生长，苤蓝有篮球大，疙瘩白（圆白菜）像一个小铜盆。萝卜多汁，不艮，不辣。

红皮小水萝卜，生吃也很好（有萝卜我不吃水果），我的家乡叫作"杨花萝卜"，因为杨树开花时卖。过了那几天就老了。小红萝卜气味清香。

江青一辈子只说过一句正确的话："小萝卜去皮，真是煞风景！"我们有时陪她看电影，开座谈会，听她东一句西一句地漫谈。开会都是半夜（她白天睡觉，夜里办公），会后有一点夜宵。有时有凉拌小萝卜。人民大会堂的厨师特别巴结，小萝卜都是削皮的。萝卜去皮，吃起来不香。

南方的黄瓜不如北方的黄瓜，水叽叽的，吃起来没有黄瓜香。

都爱吃夏初出的顶花带刺的嫩黄瓜，那是很好吃，一咬满口香。嫩黄瓜最好攥在手里整咬，不必拍，更不宜切成细丝。但也有人爱吃二茬黄瓜——秋黄瓜。

呼和浩特有一位老八路，官称"老李森"。此人保留了很多农民的习惯，说起话来满嘴粗话。我们请他到宾馆里来介绍情况，他脱下一只袜子来，一边摇着这只袜子，一边谈，嘴里隔三句就要加一个"我操你妈！"他到一个老朋友曹文玉家来看我们。曹家院里有几架自种的黄瓜，他进门就摘了两条嚼起来。曹文玉说："你洗一洗！"——"洗它做啥！"

我老是想起这两句话："宁吃一斗葱，莫逢屈突通。"这两句话大概出自杨升庵的《古谣谚》。屈突通不知是什么人，印象中好像是北朝的一个很凶恶的武人。读书不随手作点笔记，到要用时就想不起来了。我为什么老是要想起这两句话呢？因为我每天都要吃葱，爱吃葱。

"小葱拌豆腐——一青（清）二白"，每年小葱下来时我都要吃几次小葱拌豆腐。盐，香油，少量味精。

羊角葱蘸酱卷煎饼。

再过几天，新葱 —— 新鲜的大葱就下来了。

我在1958年定为右派，尚未下放，曾在西山八大处干了一阵活，为大葱装箱。是山东大葱，出口的，可能是出口到东南亚的。这样好的大葱我真没有见过，葱白够一尺长，粗如擀面杖。我们的任务是把大葱在木箱里码整齐，钉上木板。闻得出来，这大葱味甜不辣，很香。

新山药（土豆，马铃薯）快下山来了，新山药入大笼蒸熟，一揭屉盖，喷香！山药说不上有什么味道，可是就是有那么一种新山药气。羊肉卤蘸莜面卷，新山药，塞外美食。

苤蓝，茄子，口外都可生吃。

（选自《果蔬秋浓》）

果园的收获

这是一个地区性的综合的农业科学研究所的供实验研究用的果园，规模不大，但是水果品种颇多。有些品种是外面见不到的。

山西、张家口一带把苹果叫果子。不是所有的水果都叫果子，只有苹果叫果子。有个山西梆子唱"红"（即老生）的演员叫丁果仙，山西人称她为"果子红"（她是女的）。山西人非常喜爱果子红，听得过瘾，就大声喊叫"果果！"，这真是有点特别，给演员喝彩，不是鼓鼓掌，或是叫一声"好"而是大叫"果果！"，我还没有见过。叫"果果"，大概因为丁果仙的嗓音唱法甜、美、浓、脆。

这个实验果园一般的苹果都有，有的品种，黄元帅、金皇后、黄魁、红香蕉……这些都比较名贵，但我觉得都有点贵族气，果肉过于细腻，而且过于偏甜。水果品种栽培各论，记录水果的特点，大都说是"酸甜合度"，怎么叫"合度"，很难捉摸。我比较喜欢的是国光、红玉，因为它有点酸头。我更喜欢国光，因为果肉脆，一口咬下去，嘎叭一声，而且耐保鲜，因为果皮厚，果汁不易蒸发。秋天收的国光，储存到过春节，从地窖里取出来，还是像新摘的一样。

我在果园劳动的时候,"红富士"还没有,后来才引进推广。"红富士"固自佳,现在已经高踞苹果的榜首。

有人警告过我,在太原街上,千万不能说果子红不好。只要说一句,就会招了一大群人围上来和你辩论。碰不得的!

果园品种最多的是葡萄,大概有四十几种。"柔丁香"、"白香蕉"是名种。"柔丁香"有丁香香味,"白香蕉"味如香蕉,这在市面上买不到,是每年留下来给"首长"送礼的。有些品种听名字就知道是从国外引进的:"黑罕"、"巴勒斯坦"、"白拿破仑"……有些最初也是外来的(葡萄本都是外来的,但在中国落户已久,曹操就作文赞美过葡萄),日子长了,名字也就汉化了,如"大粒白"、"马奶子"、"玫瑰香",甚至连它们的谱系也难于查考了。葡萄的果粒大小形状各异。"玫瑰香"的果枝长,显得披头散发;有一种葡萄,我忘记了叫什么名字了,果粒小而密集,一粒一粒挤得紧紧的,一穗葡萄像一个白马牙老玉米棒子。葡萄里我最喜欢的还是玫瑰香，确实有一股玫瑰花的香味，入口浓甜。现在市上能买到的"玫瑰香"已退化失真。

葡萄喜肥，喜水。施的肥是大粪。挨着葡萄根，在后面挖一个长槽，把粪倒入进去。一棵大葡萄得倒三四桶，小棵的一桶也够了。"农家肥"之外，还得下人工肥，硫氨。葡萄喝水，像小孩子喝奶一样，使劲地嘬。葡萄藤中通有小孔，水可从地面一直吮到藤顶，你简直可以听到它吸水的声音。喝足了水，用小刀划破它一点皮，水就从皮破处沁出滴下。一般果树浇水，都是在树下挖一个"树碗"，浇一两担水就足矣，葡萄则是"漫灌"。这家伙，真能喝水！

有一年，结了一串特大的葡萄，"大粒白"。大粒白本来就结得多，多的可达七八斤。这串大粒白竟有二十四五斤。原来是一个技术员把两穗"靠接"在一起了。这串葡萄只能作展览用。大粒白果大如乒乓球，但不好吃。为了给这串葡萄增加营养，竟给它注射了葡萄糖！给葡萄注射葡萄糖，这简直是胡闹。这是"大跃进"那年的事。"大跃进"整个是一场胡闹。

葡萄一天一个样，一天一天接近成熟，再给它透透地浇一次水，喷一次波尔多液（葡萄要喷多次波尔多液，——硫酸铜兑石灰水，为了防治病害），给它喝一口"离娘奶"，备齐了果筐、剪子，就可以收葡萄了。葡萄装筐，要压紧。得几个壮汉跳上去压。葡萄不怕压，怕压不紧，怕松。装筐装松了，一晃逛，就会破皮掉粒。水果装筐都是这样。

最怕葡萄收获的时候下雹子。有一年，正在葡萄透熟的时候下了一场很大的雹子，"蛋打一条线"——山西、张家口称雹子为"冷蛋"，齐刷刷地把整园葡萄都打落下来，满地狼藉，不可收拾。干了一年，落得这样的结果，真是叫人伤心。

梨之佳种为"二十世纪明月"，为"日面红"。"二十世纪明月"个儿不大，果皮玉色，果肉细，无渣，多汁，果味如蜜。"日面红"朝日的一面色如胭脂，背阳的一面微绿，入口酥脆。其他大部分是鸭梨。

杏树不甚为人重视，只于地头、"四基"、水边、路边种之。杏怕风。一树杏花开得正热闹，一阵大风，零落殆尽。农科所杏多为黄杏，"香白杏"、"杏儿——吧哒"没有。

我一九五八年在果园劳动，距今已经三十八年。前十年曾到农科所看了看，熟人都老了。在渠沿碰到张素花和刘美兰，我们以前是天天在一起劳动的。我叫她们，刘美兰手搭凉篷，眯了眼，问："是不是个老汪？"问刘美兰现在还老跟丈夫打架吗（两口子过去老打），她说："俇（她是柴沟堡人，"我"字念成俇）都当了奶奶了！"

日子过得真快。

一九九六年四月九日

北京的秋花

桂　花

桂花以多为胜。《红楼梦》薛蟠的老婆夏金桂家"单有几十顷地种桂花",人称"桂花夏家"。"几十顷地种桂花",真是一个大观!四川新都桂花甚多。杨升庵祠在桂湖,环湖植桂花,自山坡至水湄,层层叠叠,都是桂花。我到新都谒升庵祠,曾作诗:

桂湖老桂发新枝,
湖上升庵旧有祠。
一种风流谁得似,
状元词曲罪臣诗。

杨升庵是才子,以一甲一名中进士,著作有七十种。他因"议大礼"获罪,充军云南,七十余岁,客死于永昌。陈老莲曾画过他的像,"醉则簪花满头",面色酡红,是喝醉了的样子。从陈老莲的画像看,升庵是个高个儿的胖子。但陈老莲恐怕是凭想象画的,未必即像升庵。新都人为他在桂湖建祠,升庵死者有知,亦当欣慰。

北京桂花不多，且无大树。颐和园有几棵，没有什么人注意。我曾在藻鉴堂小住，楼道里有两棵桂花，是种在盆里的，不到一人高！

我建议北京多种一点桂花。桂花美荫，叶坚厚，入冬不凋。开花极香浓，干制可以做元宵馅、年糕。既有观赏价值，也有经济价值，何乐而不为呢？

菊　花

秋季广交会上摆了很多盆菊花。广交会结束了，菊花还没有完全开残。有一个日本商人问管理人员："这些花你们打算怎么处理？"答云："扔了！"——"别扔，我买。"他给了一点钱，把开得还正盛的菊花全部包了，订了一架飞机，把菊花从广州空运到日本，张贴了很大的海报："中国菊展"。卖门票，参观的人很多。他捞了一大笔钱。这件事叫我有两点感想：一是日本商人真有商业头脑，任何赚钱的机会都不放过，我们的管理人员是老爷，到手的钱也抓不住。二是中国的菊花好，能得到日本人的赞赏。

中国人长于艺菊，不知始于何年，全国有几个城市的菊花都负盛名，如扬州、镇江、合肥，黄河以北，当以北京为最。

菊花品种甚多，在众多的花卉中也许是最多的。

首先，有各种颜色。最初的菊大概只有黄色的。"鞠有黄华"、"零落黄花满地金"，"黄华"和菊花是同义词。后来就发展到什么颜色都有了。黄色的、白色的、紫的、红的、粉的，都有。挪威的散文家别伦·别尔生说各种花里只有菊花有绿色的，也不尽然，牡丹、芍药、月季都有绿的，但像绿菊那样绿得像初新的嫩蚕豆那样，确乎是没有。我几年前回乡，在公园里看到一盆绿菊，花大盈尺。

其次，花瓣形状多样，有平瓣的、卷瓣的、管状瓣的。在镇江焦山见过一盆"十丈珠帘"，细长的管瓣下垂到地，说"十丈"当然不会，但三四尺是有的。

北京菊花和南方的差不多，狮子头、蟹爪、小鹅、金背大红……南北皆相似，有的连名字也相同。如一种浅红的瓣，极细而卷曲如一头乱发的，上海人叫它"懒梳妆"，北京人也叫它"懒梳妆"，因为得其神韵。

有些南方菊种北京少见。扬州人重"晓色"，谓其色如初日晓云，北京似没有。"十丈珠帘"，我在北京没见过。"枫叶芦花"，紫平瓣，有白色斑点，也没有见过。

我在北京见过的最好的菊花是在老舍先生家里。老舍先生每年要请北京市文联、文化局的干部到他家聚聚，一次是腊月，老舍先生的生日（我记得是腊月二十三）；一次是重阳节左右，赏菊。老舍先生的哥哥很会莳弄菊花。花很鲜艳；菜有北京特点（如芝麻酱炖黄花鱼、"盒子菜"）；酒"敞开供应"，既醉既饱，至今不忘。

我不赞成搞菊山菊海，让菊花都按部就班，排排坐，或挤成一堆，闹闹嚷嚷。菊花还是得一棵一棵地看，一朵一朵地看。更不赞成把菊花缚扎成龙、成狮子，这简直是糟蹋了菊花。

秋葵、鸡冠、凤仙、秋海棠

秋葵我在北京没有见过，想来是有的。秋葵是很好种的，在篱落、石缝间随便丢几个种子，即可开花。或不烦人种，也能自己开落。花瓣大、花浅黄，淡得近乎没有颜色，瓣有细脉，瓣内侧近花心处有紫色斑。秋葵风致楚楚，自甘寂寞。不知道为什么，秋葵让我想起女道士。秋葵亦名鸡脚葵，以其叶似鸡爪。

我在家乡县委招待所见一大丛鸡冠花，高过人头，花大如扫地笤帚，颜色深得吓人一跳。北京鸡冠花未见有如此之粗野者。

凤仙花可染指甲，故又名指甲花。凤仙花捣烂，入少矾，敷于指尖，即以凤仙叶裹之,隔一夜,指甲即红。凤仙花茎可长得很粗,湖南人或以入臭坛腌渍,以佐粥,味似臭苋菜秆。

秋海棠北京甚多,齐白石喜画之。齐白石所画,花梗颇长,这在我家那里叫做"灵芝海棠"。诸花多为五瓣,惟秋海棠为四瓣。北京有银星海棠,大叶甚坚厚,上洒银星,杆亦高壮,简直近似木本。我对这种孙二娘似的海棠不大感兴趣。我所不忘的秋海棠总是伶仃瘦弱的。我的生母得了肺病,怕"过人"——传染别人,独自卧病,在一座偏房里,我们都叫那间小屋为"小房"。她不让人去看她,我的保姆要抱我去让她看看,她也不同意。因此我对我的母亲毫无印象。她死后,这间"小房"成了堆放她的嫁妆的储藏室,成年锁着。我的继母偶尔打开,取一两件东西,我也跟了进去。"小房"外面有一个小天井,靠墙有一个秋叶形的小花坛,不知道是谁种了两三棵秋海棠,也没有人管它,它到秋天竟也开花。花色苍白,样子很可怜。不论在哪里,我每看到秋海棠,总要想起我的母亲。

黄栌、爬山虎

霜叶红于二月花。

西山红叶是黄栌,不是枫树。我觉得不妨种一点枫树,这样颜色更丰富些。日本枫娇红可爱,可以引进。

近年北京种了很多爬山虎,入秋,爬山虎叶转红。

沿街的爬山虎红了。

北京的秋意浓了。

猫

我不喜欢猫。

我的祖父有一只大黑猫。这只猫很老了,老得懒得动,整天在屋里趴着。从这只老猫我知道猫的一些习性:

猫念经。猫不知道为什么整天"念经",整天呜噜呜噜不停。这呜噜呜噜的声音不知是从哪里发出来的,怎么发出来的。不是从喉咙里,像是从肚子里发出的。呜噜呜噜 …… 真是奇怪。别的动物没有这样不停地念经的。

猫洗脸。我小时洗脸很马虎,我的继母说我是猫洗脸。猫为什么要"洗脸"呢?

猫盖屎。北京人把做了见不得人的事想遮掩而又遮不住,叫"猫盖屎"。猫怎么知道拉了屎要盖起来的? 谁教给它的? —— 母猫,猫的妈?

我的大伯父养了十几只猫。比较名贵的是玳瑁猫 —— 有白、黄、黑色的斑块。如是狮子猫,即更名贵。其他的猫也都有品,如"铁棒打三桃",——白猫黑尾,身有三块桃形的黑斑;"雪里拖枪";黑猫、白猫、黄猫、狸猫……

我觉得不论叫什么名堂的猫,都不好看。

只有一次,在昆明,我看见过一只非常好看的小猫。

这家姓陈,是广东人。我有个同乡,姓朱,在轮船上结识了她们,母亲和女儿，攀谈起来。我这同乡爱和漂亮女人来往。她的女儿上小学了。女儿很喜欢我，爱跟我玩。母亲有一次在金碧路遇见我们，邀我们上她家喝咖啡。我们去了。这位母亲已经过了三十岁了，人很漂亮，身材高高的，腿很长。她看人眼睛眯眯的，有一种恍恍惚惚的成熟的美。她斜靠在长沙发的靠枕上，神态有点慵懒。在她脚边不远的地方，有一个绣墩，绣墩上一个墨绿色软缎圆垫上卧着一只小白猫。这猫真小，连头带尾只有五六寸，雪白的，白得像一团新雪。这猫也是懒懒的，不时睁开蓝眼睛顾盼一下，就又闭上了。屋里有一盆很大的素心兰，开得正好。好看的女人、小白猫、兰花的香味，这一切是一个梦境。

猫的最大的劣迹是交配时大张旗鼓地嚎叫。有的地方叫做"猫叫春"，北京谓之"闹猫"。不知道是由于快感或痛感，郎猫女猫（这是北京人的说法，一般地方都叫公猫、母猫）一递一声，叫起来没完，其声凄厉，实在讨厌。鲁迅"仇猫"，良有以也。有一老和尚为其叫声所扰，以至不能入定，乃作诗一首。诗曰：

> 春叫猫儿猫叫春，
> 看他越叫越来神。
> 老僧亦有猫儿意，
> 不敢人前叫一声。

一九九七年三月二十三日

草木虫鱼鸟兽

雁

"爬山调":"大雁南飞头朝西……"

诗人韩燕如告诉我,他曾经用心观察过,确实是这样。他惊叹草原人民对生活的观察的准确而细致。他说:"生活!生活!……"

为什么大雁南飞要头朝着西呢?草原上的人说这是依恋故土。"爬山调"是用这样的意思作比喻和起兴的。

"大雁南飞头朝西……"

河北民歌:"八月十五雁门开,孤雁头上带霜来……"

"孤雁头上带霜来",这写得多美呀!

琥 珀

我在祖母的首饰盒子里找到一个琥珀扇坠。一滴琥珀里有一只小黄蜂。琥珀是透明的,从外面可以清清楚楚地看到黄蜂。触须、翅膀、腿脚,清清楚楚,形态如生,好像它还活着。祖母说,黄蜂正在乱动,一滴松脂滴下来,恰巧把它裹住。松脂埋在地下好多年,就成了琥珀。祖母告诉我,这样的琥珀并非罕见，值不了多少钱。

后来我在一个宾馆的小卖部看到好些人造琥珀的首饰。各种形状的都有，都琢治得很规整，里面也都压着一个昆虫。有一个项链上的淡黄色的琥珀片里竟至压着一只蜻蜓。这些昆虫都很完整，不缺腿脚，不缺翅膀，但都是僵直的，缺少生气。显然这些昆虫是弄死了以后，精心地，端端正正地压在里面的。

我不喜欢这种里面压着昆虫的人造琥珀。

我的祖母的那个琥珀扇坠之所以美，是因为它是偶然形成的。

美，多少要包含一点偶然。

瓢 虫

瓢虫有好几种，外形上的区别是鞘翅上有多少星点。这种星点，昆虫学家谓之"星"。有七星瓢虫，十四星瓢虫，二十星瓢虫……。有的瓢虫是益虫，它吃蚜虫，是蚜虫的天敌；有的瓢虫是害虫，吃马铃薯的嫩芽。

瓢虫的样子是差不多的。

中国画里很早就有画瓢虫的了。通红的一个圆点，在绿叶上，很显眼，使画面增加了生趣。

齐白石爱画瓢虫。他用藤黄涂成一个葫芦，上面栖息了一只瓢虫，对比非常鲜明。王雪涛、许麟庐都画过瓢虫。

谁也没有数过画里的瓢虫身上有几个黑点，指出这只瓢虫是害虫还是益虫。

科学和艺术有时是两回事。

瓢虫像一粒用硃漆制成的小玩意。

北京的孩子（包括大人）叫瓢虫为"花大姐"，这个名字很美。

螃　蟹

螃蟹的样子很怪。

《梦溪笔谈》载：关中人不识螃蟹。有人收得一只干蟹，人家病疟，就借去挂在门上。——中国过去相信生疟疾是由于疟鬼作祟。门上挂了一只螃蟹，疟鬼不知道这是什么玩意，就不敢进门了。沈括说：不但人不识，鬼亦不识也。"不但人不识，鬼亦不识也"，这说得很幽默！

在拉萨八角街一家卖藏药的铺子里看到一只小螃蟹，蟹身只有拇指大，金红色的，已经干透了，放在一只盘子里。大概西藏人也相信这只奇形怪状的虫子有某种魔力，是能治病的。

螃蟹为什么要横着走呢？

螃蟹的样子很凶恶，很奇怪，也很滑稽。

凶恶和滑稽往往近似。

豆　芽

朱小山去点豆子。地埂上都点了，还剩一把，他懒得带回去，就搬起一块石头，把剩下的豆子都塞到石头下面。过了些日子，朱小山发现：石头离开地面了。豆子发了芽，豆芽把石头顶起来了。朱小山非常惊奇。

朱小山为这件事惊奇了好多年。他跟好些人讲起过这件事。

有人问朱小山："你老说这件事是什么意思？是要说明一种什么哲学吗？"

朱小山说："不，我只是想说说我的惊奇。"

过了好些年，朱小山成了一个知名的学者，他回他的家乡去看看。他想找到那块石头。

他没有找到。

落　叶

漠漠春阴柳未青，
冻云欲湿上元灯。
行过玉渊潭畔路，
去年残叶太分明。

汽车开过湖边。
带起一群落叶。
落叶追着汽车，
一直追得很远。
终于没有力气了，
又纷纷地停下了。
"你神气什么？

还的的地叫!"
"甭理它。
咱们讲故事。"
"秋天,
早晨的露水……"

啄木鸟

啄木鸟追逐着雌鸟,
红胸脯发出无声的喊叫,
它们一翅飞出树林,
落在湖边的柳梢。
不知从哪里钻出一个孩子,
一声大叫。
啄木鸟吃了一惊,
他身边已经没有雌鸟。
不一会树林里传出啄木的声音,
他已经忘记了刚才的烦恼。

昙花·鸟和猎鸟的人

昙　花

邻居送给他一片昙花的叶子，他把它种在花盆里，给它浇水、施肥。昙花长大了，长出了一片又一片新叶。白天，他把昙花放到阳台上，晚上端进屋里，放在床前的桌上。他老是梦见昙花开花了。

有一天他在梦里闻到一股醉人的香味。他睁开眼睛：昙花真的开了！

他坐起来，望着昙花，望着昙花白玉一样的花瓣，浅黄浅黄的花蕊，闻着醉人的香味。

他困了，又睡着了。

他又梦见昙花开花了。

他有了两盆昙花，一盆真的，一盆梦里的。

鸟和猎鸟的人

我在草地上航行，在光滑的青草上轻快地奔跑，肺里吸满了空气。

忽然，我看见什么东西通红的在树林里闪动。

是一个猎人，打着红布的裹腿。

他一步一步，不慌不忙地在树林里走着。

飞起了一只斑鸠,飞不多远,落在一棵树上。

猎人折回来,走向斑鸠落下的那棵树。

斑鸠又飞起来,飞回原来的那棵树。

猎人又折回来。他在追逐着这只斑鸠,不慌不忙,一步一步,非常的冷静,他的红裹腿像一声凄厉的喊叫。

斑鸠为什么不飞出去,飞出这片树林?为什么不改变方向,老是这样来回地飞?

斑鸠沉不住气了。它知道逃不掉了。它飞得急迫了,不稳了,有点歪歪斜斜的了。

我看见斑鸠的惊慌失措的大眼睛。

砰的一声,斑鸠掉在地上了。

我简直没有看见猎人开枪。

斑鸠连挣扎都没有挣扎一下,死了。没有一滴血,羽毛还是整整齐齐的,看不出子弹是从哪里打进去的。它的身体一定还是热的。

猎人拾起斑鸠,装在袋里,走了。

〈二〉

四方食事

昆明的果品

梨

我们刚到昆明的时候,满街都是宝珠梨。宝珠梨形正圆,——"宝珠"大概即由此得名,皮色深绿,肉细嫩无渣,味甜而多汁,是梨中的上品。我吃过河北的鸭梨、山东的莱阳梨、烟台的茄梨……宝珠梨的味道和这些梨都不相似。宝珠梨有宝珠梨的特点。只是因为出在云南,不易远运,外省人知道的不多,名不甚著。

昆明卖梨的办法颇为新鲜,论"十",不论斤,"几文一十",一次要买就是十个;三个、五个,不卖。据说这是因为卖梨的不会算账,零买,他不知道要多少钱。恐怕也不见得,这只是一种古朴的习惯而已。宝珠梨大小都差不多,很"匀溜",没有太大和很小的,论十要价,倒也公道。我们那时的胃口也很惊人,一次吃下十只梨不算一回事。现在这种"论十"的办法大概已经改变了,想来已经都用磅秤约斤了。

还有一种梨叫"火把梨",即北方的红绡梨,所以名为火把,是因为皮色黄里带红,有的竟是通红的。这种梨如果挂在树上,太阳一照,就更像是一个一个点着了的小火把了。火把梨味道远不如宝珠梨,——酸!但是如果走长路,带几个在身上,到中途休憩时,嚼上两个,是很能"杀渴"的。

我曾和几个朋友骑马到金殿。下马后，买了十个火把梨。赶马的（昆明租马，马的主人大都要随在马后奔跑）也买了十个。我们买梨是自己吃。赶马的却是给马吃。他把梨托在手里，马就掀动嘴唇，把梨咬破，咯吱咯吱嚼起来。看它一边吃，一边摇脑袋，似乎觉得梨很好吃。我从来没见过马吃梨。看见过马吃梨的人大概不多。吃过梨的马大概也不多。

石　榴

河南石榴，名满天下。"白马甜榴，一实值牛"，北魏以来，即有口碑。我在北京吃过河南石榴，觉得盛名之下，其实难副。粒小、色淡、味薄。比起昆明的宜良石榴差得远了。宜良石榴都很大，个个开裂，颗粒甚大，色如红宝石，——有一种名贵的红宝石即名为"石榴米"，味道很甜。苏东坡曾谓读贾岛诗如食小鱼，"所得不偿劳"，我小时吃石榴，觉得吃得一嘴籽儿，而吮不出多少味道，真是"所得不偿劳"，在昆明吃宜良石榴即无此感，觉得很满足，很值得。

昆明有石榴酒，乃以石榴米于白酒中泡成，酒色透明，略带浅红，稍有甜味，仍极香烈。

不知道为什么，昆明人把宜良叫成米良。

桃

　　昆明桃大别为离核和"面核"两种。桃甚大,一个即可吃饱。我曾在暑假中,在桃子下来的时候,买一个很大的离核黄桃当早点。一掰两半,紫核黄肉,香甜满口,至今难忘。

坐在芭蕉树下
嚼了两颗木瓜
心中别无
意思
眼前几
枝闲花
甲午太忰

杨 梅

昆明杨梅名火炭梅，极大极甜，颜色黑紫，正如炽炭。卖杨梅的苗族女孩常用鲜绿的树叶衬着，炎炎熠熠，数十步外，摄人眼目。

木 瓜

此所谓木瓜非华南的番木瓜。

《辞海》："木瓜，植物名。……亦称'楙樝'。蔷薇种。落叶灌木或小乔木。树皮常作片状剥落，痕迹鲜明。叶椭圆状卵形，有锯齿，嫩叶背面被绒毛。春末夏初开花，花淡红色。果实秋季成熟，长椭圆形，长10—15厘米，淡黄色，味酸涩，有香气。……"

木瓜我是很熟悉的，我的家乡有。每当炎暑才退，菊绽蟹肥之际，即有木瓜上市。但是在我的家乡，木瓜只是用来闻香的。或放在瓷盘里，作为书斋清供；或取其体小形正者于手中把玩，没有吃的。且不论其味酸涩，就是那皮肉也是硬得咬不动的。至于木瓜可以入药,那我是知道的。

我到昆明,才第一次知道木瓜可以吃。昆明人把木瓜切成薄片,浸泡在水里(水里不知加了什么东西),用一个桶形的玻璃罐子装着,于水果店的柜台上出卖。我吃过,微酸,不涩,香脆爽口,别有风味。

中国古代大概是吃木瓜的。唐以前我不知道。宋代人肯定是吃的。《东京梦华录·是月巷陌杂卖》有"药木瓜、水木瓜"。《梦粱录·果之品》:"木瓜,青色而小,土人劚片爆熟,入香药货之;或糖煎,名爁木瓜"。《武林旧事·果子》有"爁木瓜",《凉水》有"木瓜汁"。看来昆明市上所卖的木瓜当是"水木瓜"。浸泡木瓜的水即当是"木瓜汁"。至于"爁木瓜"则我于昆明尚未见过,这大概是以药物泡制,如广东的陈皮梅、泉州的霉姜一类的东西,木瓜的本味已经保存不多了。

我觉得昆明吃木瓜的方法可以在全国推广。吃木瓜,从某种意义上,也可以说是我们国家的一项文化遗产。

地　瓜

地瓜不是水果,但对吃不起水果的穷大学生来说,它也就算是水果了。

地瓜,湖南、四川叫做凉薯或良薯。它的好处是可以不用刀削皮,用手指即可沿藤茎把皮撕净,露出雪白的薯肉。甜,多水。可以解渴,也可充饥。这东西有一股土腥气。但是如果没有这点土腥气,地瓜也就不成其为地瓜了,它就会是另外一种什么东西了。正是这点土腥气让我想起地瓜,想起昆明,想起我们那一段穷日子,非常快乐的穷日子。

胡萝卜

联大的女同学吃胡萝卜成风。这是因为女同学也穷,而且馋。昆明的胡萝卜也很好吃。昆明的胡萝卜是浅黄色的,长至一尺以上,脆嫩多汁而有甜味，胡萝卜味儿也不是很重。胡萝卜有胡萝卜素，富维生素 C，对身体有益，这是大家都知道的。不知道是谁提出，胡萝卜还含有微量的砒，吃了可以驻颜。这一来，女同学吃胡萝卜的就更多了。她们常常一把一把地买来吃。一把有十多根。她们一边谈着克列斯丁娜·罗赛蒂的诗、布朗底的小说，一边咯吱咯吱地咬胡萝卜。

核桃糖

昆明的核桃糖是软的，不像稻香村卖的核桃粘或椒盐胡桃。把蔗糖熬化，倾在瓷盆里，和核桃肉搅匀，反扣在木板上，就成了。卖的时候用刀沿边切块卖，就跟北京卖切糕似的。昆明核桃糖极便宜，便宜到令人不敢相信。华山南路口，青莲街拐角，直对逼死坡，有一家，高台阶门脸，卖核桃糖。我们常常从市里回联大，路过这一家，花极少的钱买一大块，边吃边走，一直走进翠湖，才能吃完。然后在湖水里洗洗手，到茶馆里喝茶。核桃在有些地方是贵重的山果，在昆明不算什么。

糖炒栗子

昆明的糖炒栗子，天下第一。第一，栗子都很大。第二，炒得很透，颗颗裂开，轻轻一捏，外壳即破，栗肉迸出，无一颗"护皮"。第三，真是"糖炒栗子"，一边炒，一边往锅里倒糖水，甜味透心。在昆明吃炒栗子，吃完了非洗手不可，——指头上粘得都是糖。

呈贡火车站附近，有一片大栗树林，方圆数里。树皆合抱，枝叶浓密，树上无虫蚁，树下无杂草，干净之极，我曾几次骑马过栗树林，如入画境。

蒌蒿、枸杞、荠菜、马齿苋

小说《大淖记事》:"春初水暖,沙洲上冒出很多紫红色的芦芽和灰绿色的蒌蒿,很快就是一片翠绿了。"我在书页下方加了一条注:"蒌蒿是生于水边的野草,粗如笔管,有节,生狭长的小叶,初生二寸来高,叫做'蒌蒿薹子',加肉炒食极清香。……"蒌蒿的蒌字,我小时不知怎么写,后来偶然看了一本什么书,才知道的。这个字音"吕"。我小学有一个同班同学,姓吕,我们就给他起了个外号,叫"蒌蒿薹子"(蒌蒿薹子家开了一爿糖坊,小学毕业后未升学,我们看见他坐在糖坊里当小老板,觉得很滑稽)。但我查了几本字典,"蒌"都音"楼",我有点恍惚了。"楼"、"吕"一声之转。许多从"娄"的字都读"吕",如"屡"、"缕"、"褛"……这本来无所谓,读"楼"读"吕",关系不大。但字典上都说蒌蒿是蒿之一种,即白蒿,我却有点不以为然了。我小说里写的蒌蒿和蒿其实不相干。读苏东坡《惠崇春江晚景》诗:"竹外桃花三两枝,春江水暖鸭先知。蒌蒿满地芦芽短,正是河豚欲上时。"此蒌蒿生于水边,与芦芽为伴,分明是我的家乡人所吃的蒌蒿,非白蒿。或者"即白蒿"的蒌蒿别是一种,未可知矣。深望懂诗、懂植物学,也懂吃的博雅君子有以教我。

我的小说注文中所说的"极清香",很不具体。嗅觉和味觉是很难比方,无法具体的。昔人以为荔枝味似软枣，实在是风马牛不相及。我所谓"清香"，即食时如坐在河边闻到新涨的春水的气味。这是实话，并非故作玄言。

枸杞到处都有。开花后结长圆形的小浆果，即枸杞子，我们叫它"狗奶子"，形状颇像。本地产的枸杞子没有入药的，大概不如宁夏产的好。枸杞是多年生植物。春天，冒出嫩叶，即枸杞头。枸杞头是容易采到的。偶尔也有近城的乡村的女孩子采了，放在竹篮里叫卖："枸杞头来！……"枸杞头可下油盐炒食；或用开水焯了，切碎，加香油、酱油、醋，凉拌了吃。那滋味，也只能说"极清香"。春天吃枸杞头，云可以清火，如北方人吃莴苣菜一样。

"三月三，荠菜花赛牡丹"，俗谓是日以荠菜花置灶上，则蚂蚁不上锅台。

北京也偶有荠菜卖。菜市上卖的是园子里种的，茎白叶大，颜色较野生者浅淡，无香气。农贸市场间有南方的老太太挑了野生的来卖，则又过于细瘦，如一团乱发，制熟后强硬扎嘴。总不如南方野生的有味。

江南人惯用荠菜包春卷，包馄饨，甚佳。我们家乡有用来包春卷的，用来包馄饨的没有，——我们家乡没有"菜肉馄饨"。一般是凉拌。荠菜焯熟剁碎，界首茶干切细丁，入虾米，同拌。这道菜是可以上酒席作凉菜的。酒席上的凉拌荠菜都用手抟成一座尖塔，临吃推倒。

马齿苋现在很少有人吃。古代这是相当重要的菜蔬。苋分人苋、马苋。人苋即今苋菜，马苋即马齿苋。我们祖母每于夏天摘肥嫩的马齿苋晾干，过年时作馅包包子。她是吃长斋的，这种包子只有她一个人吃。我有时从她的盘子里拿一个，蘸了香油吃，挺香。马齿苋有点淡淡的酸味。

马齿苋开花，花瓣如一小囊。我们有时捉了一个哑巴知了，——知了是应该会叫的，捉住一个哑巴，多么扫兴！于是就摘了两个马齿苋的花瓣套住它的眼睛,——马齿苋花瓣套知了眼睛正合适,一撒手,这知了就拼命往高处飞,一直飞到看不见!

三年自然灾害,我在张家口沙岭子吃过不少马齿苋。那时候,这是宝物!

(选自《故乡的食物》)

苦瓜是瓜吗?

昨天晚上,家里吃白兰瓜。我的一个小孙女,还不到三岁,一边吃,一边说:"白兰瓜、哈密瓜、黄金瓜、华莱士瓜、西瓜,这些都是瓜。"我很惊奇了:她已经能自己经过归纳,形成"瓜"的概念了(没有人教过她)。这表示她的智力已经发展到了一个重要的阶段。凭借概念,进行思维,是一切科学的基础。她奶奶问她:"黄瓜呢?"她点点头。"苦瓜呢?"她摇摇头。我想:她大概认为"瓜"是可吃的,并且是好吃的(这些瓜她都吃过)。今天早起,又问她:"苦瓜是不是瓜?"她还是坚决地摇了摇头,并且说明她的理由:"苦瓜不像瓜。"我于是进一步想:我对她的概念的分析是不完全的。原来在她的"瓜"概念里除了好吃不好吃,还有一个像不像的问题(苦瓜的表皮疙里疙瘩的,也确实不大像瓜)。我翻了翻《辞海》,看到苦瓜属葫芦科。那么,我的孙女认为苦瓜不是瓜,是有道理的。我又翻了翻《辞海》的"黄瓜"条:黄瓜也是属葫芦科。苦瓜、黄瓜习惯上都叫做瓜;而另一种很"像"是瓜的东西,在北方却称之为"西葫芦"。瓜乎?葫芦乎?苦瓜是不是瓜呢?我倒胡涂起来了。

前天有两个同乡因事到北京,来看我。吃饭的时候,有一盘炒苦瓜。同乡之一问:"这是什么?"我告诉他是苦瓜。他说:"我倒要尝尝。"夹了一小片入口:"乖乖!真苦啊!——这个东西能吃?为什么要吃这种东西?"我说:"酸甜苦辣咸,苦也是五味之一。"他说:"不错!"我告诉他们这就是癞葡萄。另一同乡说:"'癞葡萄',那我知道的。癞葡萄能这个吃法?"

"苦瓜"之名,我最初是从石涛的画上知道的。我家里有不少有正书局珂罗版印的画集,其中石涛的画不少。我从小喜欢石涛的画。石涛的别号甚多,除石涛外有释济、清湘道人、大涤子、瞎尊者和苦瓜和尚。但我不知道苦瓜为何物。到了昆明,一看:哦,原来就是癞葡萄!我的大伯父每年都要在后园里种几棵癞葡萄,不是为了吃,是为了成熟之后摘下来装在盘子里看着玩的。有时也剖开一两个,挖出籽儿来尝尝。有一点甜味,并不好吃。而且颜色鲜红,如同一个一个血饼子,看起来很刺激,也使人不大敢吃它。当作菜,我没有吃过。有一个西南联大的同学,是个诗人,他整了我一下子。我曾经吹牛,说没有我不吃的东西。他请我到一个小饭馆吃饭,要了三个菜:凉拌苦瓜、炒苦瓜、苦瓜汤!我咬咬牙,全吃了。从此,我就吃苦瓜了。

苦瓜原产于印度尼西亚,中国最初种植是广东、广西。现在云南、贵州都有。据我所知,最爱吃苦瓜的似是湖南人。有一盘炒苦瓜,——加青辣椒、豆豉,少放点猪肉,湖南人可以吃三碗饭。石涛是广西全州人,他从小就是吃苦瓜的，而且一定很爱吃。"苦瓜和尚"这别号可能有一点禅机，有一点独往独来，不随流俗的傲气，正如他叫"瞎尊者"，其实并不瞎；但也可能是一句实在话。石涛中年流寓南京，晚年久住扬州。南京人、扬州人看见这个和尚拿癞葡萄来炒了吃，一定会觉得非常奇怪的。

  北京人过去是不吃苦瓜的。菜市场偶尔有苦瓜卖，是从南方运来的。买的也都是南方人。近二年北京人也有吃苦瓜的了，有人还很爱吃。农贸市场卖的苦瓜都是本地的菜农种的，所以格外鲜嫩。看来人的口味是可以改变的。

  由苦瓜我想到几个有关文学创作的问题：

  一、应该承认苦瓜也是一道菜。谁也不能把苦从五味里开除出去。我希望评论家、作家——特别是老作家，口味要杂一点，不要偏食。不要对自己没有看惯的作品轻易地否定、排斥。不要像我的那位同乡一样，问道"这个东西能吃？为什么要吃这种东西？"提出"这样的作品能写？为什么要写这样的作品？"我希望他们能习惯类似苦瓜一样的作品，能吃出一点味道来，如现在的某些北京人。

  二、《辞海》说苦瓜"未熟嫩果作蔬菜，成熟果瓤可生食"。对于苦瓜，可以各取所需，愿吃皮的吃皮，愿吃瓤的吃瓤。对于一个作品，也可以见仁见智。可以探索其哲学意蕴，也可以踪迹其美学追求。北京人吃凉拌芹菜，只取嫩茎，西餐馆做罗宋汤则专要芹菜叶。人弃人取，各随尊便。

  三、一个作品算是现实主义的也可以，算是现代主义的也可以，只要它真是一个作品。作品就是作品。正如苦瓜，说它是瓜也行，说它是葫芦也行，只要它是可吃的。苦瓜就是苦瓜。——如果不是苦瓜，而是狗尾巴草，那就另当别论。截至现在为止，还没有人认为狗尾巴草很好吃。

一九八六年九月六日
（选自《吃食和文学》）

手把羊肉

到了内蒙,不吃几回手把羊肉,算是白去了一趟。

到了草原,进蒙古包作客,主人一般总要杀羊。蒙古人是非常好客的。进了蒙古包,不论识与不识,坐下来就可以吃喝。有人骑马在草原上漫游,身上只背了一只羊腿。到了一家,主人把这只羊腿解下来。客人吃喝一晚,第二天上路时,主人给客人换一只新鲜羊腿,背着。有人就这样走遍几个盟旗,回家,依然带着一只羊腿。蒙古人诚实,家里有什么,都端出来。客人醉饱,主人才高兴。你要是虚情假意地客气一番,他会生气的。这种风俗的形成,和长期的游牧生活有关。一家子住在大草原上,天苍苍,野茫茫,多见牛羊少见人,他们很盼望来一位远方的客人谈谈说说。一坐下来,先是喝奶茶,吃奶食。奶茶以砖茶熬成,加奶,加盐。这种略带咸味的奶茶香港人大概是喝不惯的,但为蒙古人所不可或缺。奶食有奶皮子、奶豆腐、奶渣子。这时候,外面已经有人动手杀羊了。

蒙古人杀羊极利索。不用什么利刃,就是一把普通的折刀就行了。一会儿的工夫,一只整羊剔剥出来了,羊皮晾在草地上,羊肉已经进了锅。杀了羊,草地上连一滴血都不沾。羊血和内脏喂狗。蒙古狗极高大凶猛,样子怕人,跑起来后爪搭至前爪之前,能追吉普车!

手把羊肉就是白煮的带骨头的大块羊肉。一手攥着，一手用蒙古刀切割着吃。没有什么调料，只有一碗盐水，可以蘸蘸。这样的吃法，要有一点技巧。蒙古人能把一块肉搜剔得非常干净，吃完，只剩下一块雪白的骨头，连一丝肉都留不下。咱们吃了，总要留下一些筋头巴脑。蒙古人一看就知道：这不是一个牧民。

　　吃完手把肉，有时也用羊肉汤煮一点挂面。蒙古人不大吃粮食，他们早午喝奶茶时吃一把炒米，——黄米炒熟了，晚饭有时吃挂面。蒙古人买挂面不是论斤，而是一车一车地买。蒙古人搬家，——转移牧场，总有几辆勒勒车——牛车。牛车上有的装的是毛毯被褥，有一车装的是整车的挂面。蒙古人有时也吃烙饼,牛奶和的,放一点发酵粉,极香软。

我们在达茂旗吃了一次"羊贝子",羊贝子即全羊。这是招待贵客才设的。整只的羊,在水里煮四十五分钟就上来了。吃羊贝子有一套规矩。全羊趴在一个大盘子里,羊蹄剁掉了,羊头切下来放在羊的颈部,先得由最尊贵的客人,用刀子切下两条一定部位的肉,斜十字搭在羊的脊背上,然后,羊头撤去,其他客人才能拿起刀来各选自己爱吃的部位片切了吃。我们同去的人中有的对羊贝子不敢领教。因为整只的羊才煮四十五分钟,有的地方一刀切下去,会沁出血来。本人则是"照吃不误"。好吃么?好吃极了!鲜嫩无比,人间至味。蒙古人认为羊肉煮老了不好吃!也不好消化;带一点生,没有关系。

我在新疆吃过哈萨克族的手把肉,肉块切得较小,和面条同煮,吃时用右手抓了羊肉和面条同时入口,风味与内蒙的不同。

鳜鱼

读《徐文长佚草》,有一首《双鱼》:

如罽鳜鱼如栉鲋,鬐张腮呷跳纵横。遗民携立岐阳上,要就官船脍具烹。

青藤道士画并题。鳜鱼不能屈曲,如僵蹶也。罽音计,即今花毯,其鳞纹似之,故曰罽鱼。鲫鱼群附而行,故称鲋鱼。旧传败栉所化,或因其形似耳。

这是一首题画诗。使我发生兴趣的是诗后的附注。鳜鱼为什么叫做鳜鱼呢?是因为它"不能屈曲,如僵蹶也"。此说似有理。鳜鱼是不能屈曲的,因为它的脊刺很硬。但又觉得有些勉强,有点像王安石的《字说》。这种解释我没有听说过,很可能是徐文长自己琢磨出来的。但说它为什么又叫罽鱼,是有道理的。附注里的"即今花毬","毬"字肯定是刻错了或排错了的字,当作"毯"。"罽"是杂色的毛织品,是一种衣料。《汉书·高帝纪下》:"贾人毋得衣锦绣、绮縠、缔纻、罽"。这种毛料子大概到徐文长的时候已经没有了,所以他要注明"即今花毯"。其实罽有花,却不是毯子。用毯子做衣服,未免太厚重。用当时可见的花毯来比鳜，原也是没有办法的办法。而且鳜或鯞，这个字十六世纪认得的人就不多了，所以徐文长注曰"音计"。鳜鱼有些地方叫做"鲈花鱼"，如松花江畔的哈尔滨和我的家乡高邮。北京人则反过来读成"花鲈"。叫做"鲈花"是没有讲的。正字应写成"鳜花"。鳜鱼身上有杂色斑点，大概古代的鳜就是那样。不过如果有哪家饭馆里的菜单上写出"清蒸鳜花鱼"，绝大部分顾客一定会不知道这是什么东西。即使写成"鳜鱼"，有人怕也不认识，很可能念成"厥鱼"（今音）。我小时候有一位老师教我们张志和的《渔父》，"西塞山前白鹭飞，桃花流水鳜鱼肥"，就把"鳜鱼"读成"厥鱼"。因此，现在很多饭馆都写成"桂鱼"。其实这是都可以的吧，写成"鲈花鱼"、"桂鱼"，都无所谓，只要是那个东西。不过知道"鳜花鱼"的由来，也不失为一件有趣的事。

　　鳜鱼是非常好吃的。鱼里头，最好吃的，我以为是鳜鱼。刀鱼刺多，鲥鱼一年里只有那么几天可以捕到。堪与鳜鱼匹敌的，大概只有南方的石斑，尤其是青斑，即"灰鼠石斑"。鳜鱼刺少，肉厚。蒜瓣肉。肉细，嫩，鲜。清蒸、干烧、糖醋、做松鼠鱼，皆妙。氽汤，汤白如牛乳，浓而不腻，远胜鸡汤鸭汤。我在淮安曾多次吃过"干炸鲈花鱼"。二尺多长的活治整鳜鱼入大锅滚油干炸，蘸椒盐，吃了令人咋舌。至今思之，只能如张岱所说："酒醉饭饱，惭愧惭愧！"

鳜鱼的缺点是不能放养，因为它是吃鱼的。"大鱼吃小鱼"，其实吃鱼的鱼并不多。据我所知，吃鱼的鱼，只有几种：鳜鱼、鲖鱼、黑鱼（鲨鱼、鲸鱼不算）。鲖鱼本名鮰。《本草纲目·鳞部四》："北人呼鱯，南人呼鮰，并与鲖音相近，迩来通称鲖鱼，而鱯、鮰之名不彰矣。"黑鱼本石乌鳢。现在还有这么叫的。林斤澜《矮凳桥风情》里写了乌鳢，有人看了以为这是一种带神秘色彩的古怪东西，其实即黑鱼而已。

凡吃鱼的鱼，生命力都极顽强。我小时曾在河边看人治黑鱼，内脏都掏空了，此黑鱼仍跃入水中游去。我在小学时垂钓，曾钓着一条大黑鱼，心里喜欢得怦怦跳，不料大黑鱼把我的钩线挣断，嘴边挂着鱼钩和挺长的一截线游走了！

一九八七年七月八日

韭菜花

五代杨凝式是由唐代的颜柳欧褚到宋四家苏黄米蔡之间的一个过渡人物。我很喜欢他的字。尤其是"韭花帖"。不但字写得好，文章也极有风致。文不长，录如下：

昼寝乍兴，辆饥正甚，忽蒙简翰，猥赐盘飧。当一叶报秋之初，乃韭花逞味之始。助其肥羜（zhù 音柱），实谓珍羞。充腹之余，铭肌载切，谨修状陈谢，伏惟鉴察，谨状。

七月十一日　凝式状

使我兴奋的是：

一、韭花见于法帖，此为第一次，也许是惟一的一次。此帖即以"韭花"名，且文字完整，全篇可读，读之如今人语，至为亲切。我读书少，觉韭花见之于"文学作品"，这也是头一回。韭菜花这样的虽说极平常，但极有味的东西，是应该出现在文学作品里的。

二、杨凝式是梁、唐、晋、汉、周五朝元老，官至太子太保，是个"高干"，但是收到朋友赠送的一点韭菜花，却是那样的感激，正儿八经地写了一封信（杨凝式多作草书，黄山谷说："谁知洛阳杨风子，下笔便到乌丝阑"，"韭花帖"却是行楷），这使我们想到这位太保在口味上和老百姓的离脱不大。彼时亲友之间的馈赠，也不过是韭菜花这样的东西。今天，恐怕是不行的了。

　　三、这韭菜花不知道是怎样做成的，是清炒的，还是腌制的？但是看起来是配着羊肉一起吃的。"助其肥羜"，"羜"是出生五个月的小羊，杨凝式所吃的未必真是五个月的羊羔子，只是因为《诗·小雅·伐木》有"既有肥羜"的成句，就借用了吧。但是以韭花与羊肉同食，却是可以肯定的。北京现在吃涮羊肉，缺不了韭菜花，或以为这办法来自蒙古或西域回族，原来中国五代时已经有了。杨凝式是陕西人，以韭菜花蘸羊肉吃，盖始于中国西北诸省。

　　北京的韭菜花是腌了后磨碎了的，带汁。除了是吃涮羊肉必不可少的调料外，就这样单独地当咸菜吃也是可以的。熬一锅虾米皮大白菜，佐以一碟韭菜花，或臭豆腐，或卤虾酱，就着窝头、贴饼子，在北京的小家户，就是一顿不错的饭食。从前在科班里学戏,给饭吃,但没有菜,韭菜花、青椒糊、酱油,拿开水在大木桶里一沏,这就是菜。韭菜花很便宜,拿一只空碗,到油盐店去,3分钱、5分钱,售货员就能拿铁勺子舀给你多半勺。现在都改成用玻璃瓶装,不卖零,一瓶要一块多钱,很贵了。

过去有钱的人家自己腌韭菜花,以韭花和沙果、京白梨一同治为碎齑,那就很讲究了。

云南的韭菜花和北方的不一样。昆明韭菜花和曲靖韭菜花不同。昆明韭菜花是用酱腌的,加了很多辣子。曲靖韭菜花是白色的,乃以韭花和切得极细的、风干了的萝卜丝同腌成,很香,味道不很咸而有一股说不出来淡淡的甜味。曲靖韭菜花装在一个浅白色的茶叶筒似的陶罐里。凡到曲靖的,都要带几罐送人。我常以为曲靖韭菜花是中国咸菜里的"神品"。

我的家乡是不懂得把韭菜花腌了来吃的,只是在韭花还是骨朵儿,尚未开放时,连同掐得动的嫩薹,切为寸段,加瘦猪肉,炒了吃。这是"时菜",过了那几天,菜薹老了,就没法吃了。作虾饼,以爆炒的韭菜骨朵儿衬底,美不可言。

四方食事

（一）口味

"口之于味，有同嗜焉"。好吃的东西大家都爱吃。宴会上有烹大虾（得是极新鲜的），大都剩不下。但是也不尽然。羊肉是很好吃的。"羊大为美"。中国吃羊肉的历史大概和这个民族的历史同样久远。中国羊肉的吃法很多，不能列举。我以为最好吃的是手把羊肉。维吾尔、哈萨克都有手把肉，但似以内蒙为最好。内蒙很多盟旗都说他们那里的羊肉不膻，因为羊吃了草原上的野葱，生前已经自己把膻味解了。我以为不膻固好，膻亦无妨。我曾在达茂旗吃过"羊贝子"，即白煮全羊。整只羊放在锅里只煮45分钟（为了照顾远来的汉人客人，多煮了15分钟，他们自己吃，只煮半小时），各人用刀割取自己中意的部位，蘸一点作料（原来只备一碗盐水，近年有了较多的作料）吃。羊肉带生，一刀切下去，会汪出一点血，但是鲜嫩无比。内蒙人说，羊肉越煮越老，半熟的，才易消化，也能多吃。我几次到内蒙，吃羊肉吃得非常过瘾。同行有一位女同志，不但不吃，连闻都不能闻。一走进食堂，闻到羊肉气味就想吐。她只好每顿用开水泡饭，吃咸菜，真是苦煞。全国不吃羊肉的人，不在少数。

"鱼羊为鲜"，有一位老同志是获鹿县人，是回民，他倒是吃羊肉的，但是一生不解何所谓鲜。他的爱人是南京人,动辄说:"这个菜很鲜",他说:"什么叫'鲜'? 我只知道什么东西吃着'香'。"要解释什么是"鲜",是困难的。我的家乡以为最能代表鲜味的是虾子。虾子冬笋、虾子豆腐羹,都很鲜。虾子放得太多,就会"鲜得连眉毛都掉了"的。我有个小孙女,很爱吃我配料煮的龙须挂面。有一次我放了虾子,她尝了一口,说"有股什么味!"不吃。

中国不少省份的人都爱吃辣椒。云、贵、川、黔、湘、赣。延边朝鲜族也极能吃辣。人说吃辣椒爱上火。井冈山人说:"辣子有补(没有营养),两头受苦"。我认识一个演员,他一天不吃辣椒,就会便秘! 我认识一个干部,他每天在机关吃午饭,什么菜也不吃,只带了一小饭盒油炸辣椒来,吃辣椒下饭,顿顿如此。此人真是个吃辣椒专家,全国各地的辣椒,都设法弄了来吃。据他的品评,认为土家族的最好。有一次他带了一饭盒来,让我尝尝,真是又辣又香。然而有人是不吃辣的。我曾随剧团到重庆体验生活。四川无菜不辣,有人实在受不了。有一个演员带了几个年轻的女演员去吃汤圆,一个唱老旦的演员进门就嚷嚷:"不要辣椒!"卖汤圆的白了她一眼:"汤圆没有放辣椒的!"

北方人爱吃生葱生蒜。山东人特爱吃葱,吃煎饼、锅盔,没有葱是不行的。有一个笑话:婆媳吵嘴,儿媳妇跳了井。儿子回来,婆婆说:"可了不得啦,你媳妇跳井啦!"儿子说:"不咋!"拿了一根葱在井口逛了一下,媳妇就上来了。山东大葱的确很好吃,葱白长至半尺,是甜的。江浙人不吃生葱蒜,做鱼肉时放葱,谓之"香葱",实即北方的小葱,几根小葱,挽成一个疙瘩,叫做"葱结"。他们把大葱叫做"胡葱",即做菜时也不大用。有一个著名女演员,不吃葱,她和大家一同去体验生活,菜都得给她单做。"文化大革命"斗她的时候,这成了一条罪状。北方人吃炸酱面,必须有几瓣蒜。在长影拍片时,有一天我起晚了,早饭已经开过,我到厨房里和几位炊事员一块吃。那天吃的是炸油饼,他们吃油饼就蒜。我说,"吃油饼哪有就蒜的!"

一个河南籍的炊事员说:"嘿!你试试!"果然,"另一个味儿"。我前几年回家乡,接连吃了几天鸡鸭鱼虾,吃腻了,我跟家里人说:"给我下一碗阳春面,弄一碟葱,两头蒜来。"家里人看我生吃葱蒜,大为惊骇。

有些东西,本来不吃,吃吃也就习惯了。我曾经夸口,说我什么都吃,为此挨了两次捉弄。一次在家乡。我原来不吃芫荽(香菜),以为有臭虫味。一次,我家所开的中药铺请我去吃面,——那天是药王生日,铺中管事弄了一大碗凉拌芫荽,说:"你不是什么都吃吗?"我一咬牙,吃了。从此我就吃芫荽了。比来北地,每吃涮羊肉,调料里总要撒上大量芫荽。一次在昆明。苦瓜,我原来也是不吃的,——没有吃过。我们家乡有苦瓜,叫做癞葡萄,是放在瓷盘里看着玩,不吃的。有一位诗人请我下小馆子,他要了三个菜:凉拌苦瓜、炒苦瓜、苦瓜汤。他说:"你不是什么都吃吗?"从此,我就吃苦瓜了。北京人原来是不吃苦瓜的,近年也学会吃了。不过他们用凉水连"拔"

三次，基本上不苦了，那还有什么意思！

有些东西，自己尽可不吃，但不要反对旁人吃。不要以为自己不吃的东西，谁吃，就是岂有此理。比如广东人吃蛇，吃龙虱；傣族人爱吃苦肠，即牛肠里没有完全消化的粪汁，蘸肉吃。这在广东人、傣族人，是没有什么奇怪的。他们爱吃，你管得着吗？不过有些东西，我也以为以不吃为宜，比如炒肉芽——腐肉所生之蛆。

总之，一个人的口味要宽一点、杂一点，"南甜北咸东辣西酸"，都去尝尝。对食物如此，对文化也应该这样。

（二）切脍

《论语·乡党》："食不厌精，脍不厌细"，中国的切脍不知始于何时。孔子以"食"、"脍"对举，可见当时是相当普遍的。北魏贾思勰《齐民要术》提到切脍。唐人特重切脍，杜甫诗累见。宋代切脍之风亦盛。《东京梦华录·三月一日开金明池琼林苑》："多垂钓之士，必于池苑所买牌子，方许捕鱼。游人得鱼，倍其价买之。临水斫脍，以荐芳樽，乃一时佳味也。"元代，关汉卿曾写过"望江亭中秋切脍"。明代切脍，也还是有的，但《金瓶梅》中未提及，很奇怪。《红楼梦》也没有提到。到了近代，很多人对切脍是怎么回事，都茫然了。

脍是什么？杜诗邵注："鲙，即今之鱼生、肉生。"更多指鱼生，脍的繁体字是"鱠"，可知。

杜甫《阌乡姜七少府设鲙戏赠长歌》对切脍有较详细的描写。脍要切得极细，"脍不厌细"，杜诗亦云："无声细下飞碎雪"。脍是切片还是切丝呢？段成式《酉阳杂俎·物革》云："进士段硕尝识南孝廉者，善斫脍，縠薄丝缕，轻可吹起。"看起来是片和丝都有的。切脍的鱼不能洗。杜诗云："落砧何曾白纸湿"，邵注："凡作鲙，以灰去血水，用纸以隔之"，大概是隔着一层纸用灰吸去鱼的血水。《齐民要术》："切鲙不得洗，洗则鲙湿。"加什么佐料？一般是加葱的，杜诗："有骨已剁觜春葱。"《内则》："鲙，春用葱，夏用芥。"葱是葱花，不会是葱段。至于下不下盐或酱油，乃至酒、醋，则无从臆测，想来总得有点咸味，不会是淡吃。

切鲙今无实物可验。杭州楼外楼解放前有名菜醋鱼带靶。所谓"带靶"即将活草鱼的脊背上的肉剔下，切成极薄的片，浇好酱油，生吃。我以为这很近乎切鲙。我在1947年春天曾吃过，极鲜美。这道菜听说现在已经没有了，不知是因为有碍卫生，还是厨师无此手艺了。

日本鱼生我未吃过。北京西四牌楼的朝鲜冷面馆卖过鱼生、肉生。鱼生乃切成一寸见方、厚约二分的鱼片，蘸极辣的作料吃。这与"縠薄丝缕"的切鲙似不是一回事。

与切鲙有关联的，是"生吃螃蟹活吃虾"。生螃蟹我未吃过，想来一定非常好吃。活虾我可吃得多了。前几年回乡，家乡人知道我爱吃"呛虾"，于是餐餐有呛虾。我们家乡的呛虾是用酒把白虾（青虾不宜生吃）"醉"死了的。解放前杭州楼外楼呛虾，是酒醉而不待其死，活虾盛于大盘中，上覆大碗，上桌揭碗，虾蹦得满桌，客人捉而食之。用广东话说，这才真是"生猛"。听说楼外楼现在也不卖呛虾了，惜哉！

下生蟹活虾一等的，是将虾蟹之属稍加腌制。宁波的梭子蟹是用盐腌过的，醉蟹、醉泥螺、醉蚶子、醉蛏鼻，都是用高粱酒"醉"过的。但这些都还是生的。因此，都很好吃。

我以为醉蟹是天下第一美味。家乡人贻我醉蟹一小坛。有天津客人来，特地为他剁了几只。他吃了一小块，问："是生的？"就不敢再吃。

"生的"，为什么就不敢吃呢？法国人、俄罗斯人，吃牡蛎，都是生吃。我在纽约南海岸吃过鲜蚌，那是绝对是生的，刚打上来的，而且什么作料都不搁，经我要求，服务员才给了一点胡椒粉。好吃么？好吃极了！

为什么"切脍"、生鱼活虾好吃？曰：存其本味。

我以为切脍之风，可以恢复。如果觉得这不卫生，可以仿照纽约南海岸的办法：用"远红外"或什么东西处理一下，这样既不失本味，又无致病之虞。如果这样还觉得"膈应"，吞不下，吞下要反出来，那完全是观念上的问题。当然，我也不主张普遍推广，可以满足少数老饕的欲望，"内部发行"。

（三）河豚

阅报，江阴有人食河豚中毒，经解救，幸得不死，杨花扑面，节近清明，这使我想起，正是吃河豚的时候了。苏东坡诗：

> 竹外桃花三两枝，
> 春江水暖鸭先知。
> 蒌蒿满地芦芽短，
> 正是河豚欲上时。

梅圣俞诗：

> 河豚当此时，
> 贵不数鱼虾。

宋朝人是很爱吃河豚的，没有真河豚，就用了不知什么东西做出河豚的样子和味道，谓之"假河豚"，聊以过瘾，《东京梦华录》等书都有记载。

江阴当长江入海处不远，产河豚最多，也最好。每年春天，鱼市上有很多河豚卖。河豚的脾气很大，用小木棍捅捅它，它就把肚子鼓起来，再捅，再鼓，终至成了一个圆球。江阴河豚品种极多。我所就读的南菁中学的生物实验室里搜集了各种河豚，浸在装了福尔马林的玻璃器内。有的很大，有的小如金钱龟。颜色也各异，有带青绿色的，有白的，还有紫红的。这样齐全的河豚标本，大概只有江阴的中学才能搜集得到。

河豚有剧毒。我在读高中一年级时，江阴乡下出了一件命案，"谋杀亲夫"。"奸夫"、"淫妇"在游街示众后，同时枪决。毒死亲夫的东西，即是一条煮熟的河豚。因为是"花案"，那天街的两旁有很多人鹄立伫观。但是实在没有什么好看，奸夫淫妇都蠢而且丑，奸夫还是个黑脸的麻子。这样的命案，也只能出在江阴。

但是河豚很好吃，江南谚云："拼死吃河豚"，豁出命去，也要吃，可见其味美。据说整治得法，是不会中毒的。我的几个同学都曾约定请我上家里吃一次河豚，说是"保证不会出问题"。江阴正街上有一家饭馆，是卖河豚的。

这家饭馆有一块祖传的木板，刷印保单，内容是如果在他家铺里吃河豚中毒致死，主人可以偿命。

河豚之毒在肝脏、生殖腺和血，这些可以小心地去掉。这种办法有例可援，即"洁本金瓶梅"是。

我在江阴读书两年，竟未吃过河豚，至今引为憾事。

（四）野菜

春天了，是挖野菜的时候了。踏青挑菜，是很好的风俗。人在屋里闷了一冬天，尤其是妇女，到野地里活动活动，呼吸一点新鲜空气，看看新鲜的绿色，身心一快。

南方的野菜，有枸杞、荠菜、马兰头……北方野菜则主要的是苣荬菜。枸杞、荠菜、马兰头用开水焯过，加酱油、醋、香油凉拌。苣荬菜则是洗净，去根，蘸甜面酱生吃。或曰吃野菜可以"清火"，有一定道理。野菜多半带一点苦味，凡苦味菜，皆可清火。但是更重要的是吃个新鲜。有诗人说："这是吃春天"，这话说得有点做作，但也还说得过去。

敦煌变文、《云谣集杂曲子》、打枣杆、挂枝儿、吴歌，乃至《白雪遗音》等等，是野菜。因为它新鲜。

一九八九年四月十八日

王磐的《野菜谱》

我对王西楼很感兴趣。他是明代的散曲大家。我的家乡会出一个散曲作家，我总觉得是奇怪的事。王西楼写散曲，在我的家乡可以说是空前绝后，在他以前，他的同时和以后，都不曾听说有别的写散曲的。西楼名磐，字鸿渐，少时薄科举，不应试，在高邮城西筑楼居住，与当时文士谈咏其间，自号西楼。高邮城西濒临运河，王西楼的名曲《朝天子·咏喇叭》："官船来往乱如麻，全仗你，抬声价"，正是运河堤上所见。我小时还在堤上见过接送官船的"接官厅"。高邮很多人知道王西楼，倒不是因为他写散曲。我在亲戚家的藏书中没有见过一本《西楼乐府》，不少人甚至不知"散曲"为何物。大多数市民知道王西楼是个画家。高邮到现在还流传一句歇后语："王西楼嫁女儿——画（话）多银子少"。关于王西楼的画，有一些近乎神话似的传说，但是他的画一张也没有留下来。早就听说他还著了一部《野菜谱》，没有见过，深以为憾。近承朱延庆君托其友人于扬州师范学院图书馆所藏陶珽重编《说郛》中查到，影印了一册寄给我，快读一过，对王西楼增加了一分了解。

留心可以度荒的草木，绘成图谱，似乎是明朝人的一种风气。朱元璋的第五个儿子朱橚就曾搜集了可以充饥的草木四百余种，在自己的园囿里栽种，叫画工依照实物绘图，加了说明，编了一部《救荒本草》。王磐是个庶民，当然不能像朱橚那样雇人编绘了那样卷帙繁浩的大书，编了，也刻不起。他的《野菜谱》只收了五十二种，不过那都是他目验、亲尝、自题、手绘的。而且多半是自己掏钱刻印的，——谁愿意刻这种无名利可图的杂书呢？他的用心是可贵的，也是感人的。

《野菜谱》卷首只有简单的题署：

野菜谱

高邮王鸿渐

无序跋，亦无刊刻的年月。我以为这书是可信的，这种书不会有人假冒。五十二种野菜中，我所认识的只有：白鼓钉（蒲公英）、蒲儿根、马栏头、青蒿儿（即茵陈蒿）、枸杞头、野菉豆、蒌蒿、荠菜儿、马齿苋、灰条。其余的不但不识，连听都没听说过，如"燕子不来香"、"油灼灼"……。

《野菜谱》上文下图。文约占五分之三，图占五分之二。"文"，在菜名后有两三行说明，大都是采食的时间及吃法，如：

白鼓钉

名蒲公英，四时皆有，唯极寒天小而可用，采之熟食。

后面是近似谣曲的通俗的乐府短诗，多是以菜名起兴，抒发感慨，嗟叹民生的疾苦。穷人吃野菜是为了度荒，没有为了尝新而挑菜的。我的家乡很穷，因为多水患，《野菜谱》几处提及，如：

眼子菜

眼子菜，如张目，年年盼春怀布谷，犹向秋来望时熟。何事频年倦不开，愁看四野波漂屋。

猫耳朵

猫耳朵，听我歌，今年水患伤田禾，仓廪空虚鼠弃窝，猫兮猫兮将奈何！

灾荒年月，弃家逃亡，卖儿卖女，是常见的事。《野菜谱》有一些小诗，写得很悲惨，如：

江 荠

江荠青青江水绿，江边挑菜女儿哭。爷娘新死兄趁熟，止存我与妹看屋。

抱娘蒿

抱娘蒿，结根牢，解不散，如漆胶。君不见昨朝儿卖客船上，儿抱娘哭不肯放。

读了这样的诗，我们可以理解王磐为什么要写《野菜谱》，他和朱橚编《救荒本草》的用意是不相同的。同时也让我们知道，王磐怎么会写出《朝天子·咏喇叭》那样的散曲。我们不得不想到一个多年来人们不爱用的一个词儿：人民性。我觉得王磐与和他被并称为"南曲之冠"的陈大声有所不同，陈大声不免油滑，而王磐的感情是诚笃的。

《野菜谱》的画不是作为艺术作品来画的，只求形肖。但是王磐是画家，昔人评其画品"天机独到"，原作绝不会如此的毫无笔力。《说郛》本是复刻的，刻工不佳，我非常希望能看到初刻本。

我觉得对王西楼的评价应该调高一些，这不是因为我是高邮人。

一九八九年七月三日

寻常茶话

我对茶实在是个外行。茶是喝的,而且喝得很勤,一天换三次叶子。每天起来第一件事,便是坐水,沏茶。但是毫不讲究。对茶叶不挑剔。青茶、绿茶、花茶、红茶、沱茶、乌龙茶,但有便喝。茶叶多是别人送的,喝完了一筒,再开一筒。喝完了碧螺春,第二天就可以喝蟹爪水仙。但是不论什么茶,总得是好一点的。太次的茶叶,便只好留着煮茶叶蛋。《北京人》里的江泰认为喝茶只是"止渴生津利小便",我以为还有一种功能,是:提神。《陶庵梦忆》记闵老子茶,说得神乎其神。我则有点像董日铸,以为"浓、热、满三字尽茶理"。我不喜欢喝太烫的茶,沏茶也不爱满杯。我的家乡论为客人斟茶斟酒:"酒要满,茶要浅",茶斟得太满是对客人不敬,甚至是骂人。于是就只剩下一个字:浓。我喝茶是喝得很酽的。曾在机关开会,有女同志尝了我的一口茶,说是"跟药一样"。

我读小学五年级那年暑假,我的祖父不知怎么忽然高了兴,要教我读书。"穿堂"的右侧有两间空屋。里间是佛堂,挂了一幅丁云鹏画的佛像,佛的袈裟是朱红的。佛像下,是一尊乌斯藏铜佛。我的祖母每天早晚来烧一炷香。外间本是个贮藏室,房梁上挂着干菜,干的粽叶,靠墙有一坛"臭卤",面筋、百叶、笋头、苋菜秸都放在里面臭。临窗设一方桌,便是我的书桌。祖父每天早晨来讲《论语》一章，剩下的时间由我自己写大小字各一张。大字写《圭峰碑》，小字写《闲邪公家传》，都是祖父从他的藏帖里拿来给我的。隔日作文一篇，还不是正式的八股，是一种叫做"义"的文体，只是解释《论语》的内容。题目是祖父出的。我共做了多少篇"义"，已经不记得了。只记得有一题是"孟子反不伐义"。

　　祖父生活俭省，喝茶却颇考究。他是喝龙井的，泡在一个深栗色的扁肚子的宜兴砂壶里，用一个细瓷小杯倒出来喝。他喝茶喝得很酽，一次要放多半壶茶叶。喝得很慢，喝一口，还得回味一下。

　　他看看我的字、我的"义"；有时会另拿一个杯子，让我喝一杯他的茶。真香。从此我知道龙井好喝，我的喝茶浓酽，跟小时候的熏陶也有点关系。

　　后来我到了外面，有时喝到龙井茶，会想起我的祖父，想起孟子反。

　　我的家乡有"喝早茶"的习惯，或者叫做"上茶馆"。上茶馆其实是吃点心，包子、蒸饺、烧麦、千层糕……茶自然是要喝的。在点心未端来之前，先上一碗干丝。我们那里原先没有煮干丝，只有烫干丝。干丝在一个敞口的碗里堆成塔状，临吃，堂倌把装在一个茶杯里的佐料——酱油、醋、麻油浇入。喝热茶、吃干丝，一绝！

抗日战争时期，我在昆明住了七年，几乎天天泡茶馆。"泡茶馆"是西南联大学生特有的说法。本地人叫做"坐茶馆"，"坐"，本有消磨时间的意思，"泡"则更胜一筹。这是从北京带过去的一个字，"泡"者，长时间地沉溺其中也，与"穷泡"、"泡蘑菇"的"泡"是同一语源。联大学生在茶馆里往往一泡就是半天。干什么的都有。聊天、看书、写文章。有一位教授在茶馆里读梵文。有一位研究生，可称泡茶馆的冠军。此人姓陆，是一怪人。他曾经徒步旅行了半个中国，读书甚多，而无所著述，不爱说话。他简直是"长"在茶馆里。上午、下午、晚上，要一杯茶，独自坐着看书。他连漱洗用具都放在一家茶馆里，一起来就到茶馆里洗脸刷牙。听说他后来流落在四川，穷困潦倒而死，悲夫！

昆明茶馆里卖的都是青茶，茶叶不分等次，泡在盖碗里。文林街后来开了一家"摩登"茶馆，用玻璃杯卖绿茶、红茶——滇红、滇绿。滇绿色如生青豆，滇红色似"中国红"葡萄酒，茶味都很厚。滇红尤其经泡，三开之后，还有茶色。我觉得滇红比祁（门）红、英（德）红都好，这也许是我的偏见。当然比斯里兰卡的"利普顿"要差一些——有人喝不来"利普顿"，说是味道很怪。人之好恶，不能勉强。

我在昆明喝过烤茶。把茶叶放在粗陶的烤茶罐里，放在炭火上烤得半焦，倾入滚水，茶香扑人。几年前在大理街头看到有烤茶罐卖，犹豫一下，没有买。买了，放在煤气灶上烤，也不会有那样的味道。

1946年冬，开明书店在绿杨邨请客。饭后，我们到巴金先生家喝功夫茶。几个人围着浅黄色的老式圆桌，看陈蕴珍（萧珊）"表演"：濯器、炽炭、注水、淋壶、筛茶。每人喝了三小杯。我第一次喝功夫茶，印象深刻。这茶太酽了，只能喝三小杯。在座的除巴先生夫妇,有靳以、黄裳。一转眼,43年了。靳以、萧珊都不在了。巴老衰病,大概没有喝一次功夫茶的兴致了。那套紫砂茶具大概也不在了。

我在杭州喝过一杯好茶。

1947年春,我和几个在一个中学教书的同事到杭州去玩。除了"西湖景",使我难忘的有两样方物,一是醋鱼带把。所谓"带把",是把活草鱼的脊肉剔下来,快刀切为薄片,其薄如纸,浇上好秋油,生吃。鱼肉发甜,鲜脆无比。我想这就是中国古代的"切脍"。一是在虎跑喝的一杯龙井。真正的狮峰龙井雨前新芽,每蕾皆一旗一枪,泡在玻璃杯里,茶叶皆直立不倒,载浮载沉,茶色颇淡,但入口香浓,直透脏腑,真是好茶!只是太贵了。一杯茶,一块大洋,比吃一顿饭还贵。狮峰茶名不虚传,但不得虎跑水不可能有这样的味道。我自此方知道,喝茶,水是至关重要的。

我喝过的好水有昆明的黑龙潭泉水。骑马到黑龙潭,疾驰之后,下马到茶馆里喝一杯泉水泡的茶,真是过瘾。泉就在茶馆檐外地面,一个正方的小池子,看得见泉水咕嘟咕嘟往上冒。井冈山的水也很好,水清而滑。有的水是"滑"的,"温泉水滑洗凝脂"并非虚语。井冈山水洗被单,越洗越白;以泡"狗古〔牯〕脑"茶,色味俱发,不知道水里含了什么物质。天下第一泉、第二泉的水,我没有喝出什么道理。济南号称泉城,但泉水只能供观赏,以泡茶,不觉得有什么特点。

有些地方的水真不好。比如盐城。盐城真是"盐城",水是咸的。中产以上人家都吃"天落水"。下雨天,在天井上方张了布幕,以接雨水,存在缸里,备烹茶用。最不好吃的水是菏泽,菏泽牡丹甲天下,因为菏泽土中含碱,牡丹喜碱性土。我们到菏泽看牡丹,牡丹极好,但茶没法喝。不论是青茶、绿茶,沏出来一会儿就变成红茶了,颜色深如酱油,入口咸涩。由菏泽往梁山,住进招待所后,第一件事便是赶紧用不带碱味的甜水沏一杯茶。

老北京早起都要喝茶,得把茶喝"通"了,这一天才舒服。无论贫富,皆如此。1948年我在午门历史博物馆工作。馆里有几位看守员,岁数都很大了。他们上班后,都是先把带来的窝头片在炉盘上烤上,然后轮流用水氽坐水沏茶。茶喝足了,才到午门城楼的展览室里去坐着。他们喝的都是花茶。

北京人爱喝花茶,以为只有花茶才算是茶(北京很多人把茉莉花叫做"茶叶花")。我不太喜欢花茶,但好的花茶例外,比如老舍先生家的花茶。

老舍先生一天离不开茶。他到莫斯科开会,苏联人知道中国人爱喝茶,倒是特意给他预备了一个热水壶。可是,他刚沏了一杯茶,还没喝几口,一转脸,服务员就给倒了。老舍先生很愤慨地说:"他妈的!他不知道中国人喝茶是一天喝到晚的!"一天喝茶喝到晚,也许只有中国人如此。外国人喝茶都是论"顿"的,难怪那位服务员看到多半杯茶放在那里,以为老先生已经喝完了,不要了。

龚定庵以为碧螺春天下第一。我曾在苏州东山的"雕花楼"喝过一次新采的碧螺春。"雕花楼"原是一个华侨富商的住宅,楼是进口的硬木造的,到处都雕了花,八仙庆寿、福禄寿三星、龙、凤、牡丹……真是集恶俗之大成。但碧螺春真是好。不过茶是泡在大碗里的,我觉得这有点煞风景。后来问陆文夫,文夫说碧螺春就是讲究用大碗喝的。茶极细,器极粗,亦怪!

我还在湖南桃源喝过一次擂茶。茶叶、老姜、芝麻、米、加盐放在一个擂钵里,用硬木的擂棒"擂"成细末,用开水冲开,便是擂茶。

茶可入馔,制为食品。杭州有龙井虾仁,想不恶。裘盛戎曾用龙井茶包饺子,可谓别出心裁。日本有茶粥。《俳人的食物》说俳人小聚,食物极简单,但"唯茶粥一品,万不可少"。茶粥是啥样的呢?我曾用粗茶叶煎汁,加大米熬粥,自以为这便是"茶粥"了。有一阵子,我每天早起喝我所发明的茶粥,自以为很好喝。四川的樟茶鸭子乃以柏树枝、樟树叶及茶叶为熏料,吃起来有茶香而无茶味。曾吃过一块龙井茶心的巧克力,这简直是恶作剧! 用上海人的话说:巧克力与龙井茶实在完全"弗搭界"。

一九八九年九月十六日

萝卜

杨花萝卜即北京的小水萝卜。因为是杨花飞舞时上市卖的,我的家乡名之曰"杨花萝卜"。这个名称很富于季节感。我家不远的街口一家茶食店的檐下有一个岁数大的女人摆一个小摊子,卖供孩子食用的便宜的零吃。杨花萝卜下来的时候,卖萝卜。萝卜一把一把地码着。她不时用炊帚洒一点水,萝卜总是鲜红的。给她一个铜板,她就用小刀切下三四根萝卜。萝卜极脆嫩,有甜味,富水分。自离家乡后,我没有吃过这样好吃的萝卜。或者不如说自我长大后没有吃过这样好吃的萝卜——小时候吃的东西都是最好吃的。

除了生嚼,杨花萝卜也能拌萝卜丝。萝卜斜切为薄片,再切为细丝,加酱油、醋、香油略拌,撒一点青蒜,极开胃。小孩子的顺口溜唱道:

人之初,
鼻涕拖,
油炒饭,
拌萝菠。①

---

① 我的家乡称萝卜为萝菠。

油炒饭加一点葱花，在农村算是美食，佐以拌萝卜丝一碟，吃起来是很香的。

萝卜丝与细切海蜇皮同拌，在我的家乡是上酒席的，与香干拌荠菜、盐水虾、松花蛋同为凉碟。

北京的拍水萝卜也不错，但宜少入白糖。

北京人用水萝卜切片，氽羊肉汤，味鲜而清淡。

烧小萝卜，来北京前我没有吃过（我的家乡杨花萝卜没有熟吃的），很好。有一位台湾女作家来北京，要我亲自做一顿饭请她吃。我给她做了几个菜，其中一个是烧小萝卜。她吃了赞不绝口。那当然是不难吃的：那两天正是小萝卜最好的时候，都长足了，但还很嫩，不糠；而且我是用干贝烧的。她说台湾没有这种小水萝卜。

我们家乡有一种穿心红萝卜，粗如黄酒盏，长可三四寸，外皮深紫红色，里面的肉有放射形的紫红纹，紫白相间。若是横切开来，正如中药里的槟榔片（卖时都是直切），当中一线贯通，色极深，故名穿心红。卖穿心红萝卜的挑担，与山芋（红薯）同卖，山芋切厚片。都是生吃。

紫萝卜不大，大小如一个大衣扣子，为扁圆形，皮色乌紫。据说这是五棓子染的。看来不是本色，因为它掉色，吃了，嘴唇牙肉也是乌紫乌紫的。里面的肉却是嫩白的。这种萝卜非本地所产，产在泰州。每年秋末，就有泰州人来卖紫萝卜，都是女的，挎一个柳条篮子，沿街吆唤："紫萝 —— 卜！"

我在淮安头一回吃到青萝卜。曾在淮安中学读过一个学期，一到星期日，就买了七八个青萝卜，一堆花生，几个同学，尽情吃一顿。后来我到天津吃过青萝卜，觉得淮安青萝卜比天津的好。大抵一种东西头一回吃，总是最好的。

天津吃萝卜是一种风气。五十年代初，我到天津，一个同学的父亲请我们到天华景听曲艺。座位之前有一溜长案，摆得满满的。除了茶壶茶碗，瓜子花生米碟子，还有几大盘切成薄片的青萝卜。听"玩艺儿"吃萝卜，此风为别处所无。天津谚云："吃了萝卜喝热茶，气得大夫满街爬。"吃萝卜喝茶，此风亦为别处所无。

心里美萝卜是北京特色。1948年冬天，我到了北京，街头巷尾，每听到吆唤："嗳萝卜，赛梨来 —— 辣来换……"声音高亮打远。看来在北京做小买卖的，都得有条好嗓子。卖"萝卜赛梨"的，萝卜都是一个一个挑选过的，用手指头一弹，当当的；一刀切下去，咔嚓咔嚓的响。

我在张家口沙岭子劳动，曾参加过收获心里美萝卜。张家口土质于萝卜相宜，心里美皆甚大。收萝卜时是可以随便吃的。和我一起收萝卜的农业工人起出一个萝卜，看一看，不怎么样的，随手扔进了大堆。一看，这个不错，往地下一扔，叭嚓，裂成了几瓣，"行！"于是各拿一块啃起来。脆，甜，多汁，难可名状。他们说："吃萝卜，讲究吃棒打萝卜。"

张家口的白萝卜也很大。我参加过张家口地区农业展览会的布置工作，送展的白萝卜都奇大。白萝卜有象牙白和露八分。露八分即八分露出土面，露出土面部分外皮淡绿色。

我的家乡无此大白萝卜,只是粗如小儿臂而已。家乡吃萝卜只是红烧,或素烧,或与臀尖肉同烧。

江南人特重白萝卜炖汤,常与排骨或猪肉同炖。白萝卜耐久炖,久则出味。或入淡菜,味尤厚。沙汀《淘金记》写幺吵吵每天用牙巴骨炖白萝卜,吃得一家脸上都是油光光的。天天吃是不行的,隔几天吃一次,想亦不恶。

四川人用白萝卜炖牛肉,甚佳。

扬州人、广东人制萝卜丝饼,极妙。北京东华门大街曾有外地人制萝卜丝饼,生意极好。此人后来不见了。

北京人炒萝卜条,是家常下饭菜。或入酱炒,则为南方人所不喜。

白萝卜最能消食通气。我们在湖南体验生活,有位领导同志,接连五天大便不通,吃了各种药都不见效,憋得他难受得不行。后来生吃了几个大白萝卜,一下子畅通了。奇效如此,若非亲见,很难相信。

萝卜是腌制咸菜的重要原料。我们那里,几乎家家都要腌萝卜干。腌萝卜干的是红皮圆萝卜。切萝卜时全家大小一齐动手。孩子切萝卜,觉得这个一定很甜,尝一瓣,甜,就放在一边,自己吃。切一天萝卜,每个孩子肚子里都装了不少。萝卜干盐渍后须在芦席上摊晒,水气干后,入罐,压紧,封实,一两个月后取食。我们那里说在商店学徒(学生意)要"吃三年萝卜干饭",谓油水少也。学徒不到三年零一节,不满师,吃饭须自觉,筷子不能往荤菜盘里伸。

扬州一带酱园里卖萝卜头,乃甜面酱所腌,口感甚佳。孩子们爱吃,一半也因为它的形状很好玩,圆圆的,比一个鸽子蛋略大。此北地所无,天源、六必居都没有。

北京有小酱萝卜,配粥甚佳。大腌萝卜咸得发苦,不好吃。

四川泡菜什么萝卜都可以泡,红萝卜、白萝卜。

湖南桑植卖泡萝卜。走几步,就有个卖泡萝卜的摊子。萝卜切成大片,泡在广口玻璃瓶里,给毛把钱即可得一片,边走边吃。峨嵋山道边也有卖泡萝卜的,一面涂了一层稀酱。

萝卜原产中国,亦以中国的为最好。有春萝卜、夏萝卜、秋萝卜、四季萝卜,一年到头都有,可生食、煮食、腌制。萝卜所惠于中国人者亦大矣。美国有小红萝卜,大如元宵,皮色鲜红可爱,吃起来则淡而无味。爱伦堡小说写几个艺术家吃奶油蘸萝卜,喝伏特加,不知是不是这种红萝卜。我在爱荷华南朝鲜人开的菜铺的仓库里看到一堆心里美,大喜。买回来一吃,味道满不对,形似而已。日本人爱吃萝卜,好像是煮熟蘸酱吃的。

故乡的野菜

荠菜。荠菜是野菜,但在我的家乡却是可以上席的。我们那里,一般的酒席,开头都有八个凉碟,在客人入席前即已摆好。通常是火腿、变蛋(松花蛋)、风鸡、酱鸭、油爆虾(或呛虾)、蚶子(是从外面运来的,我们那里不产)、咸鸭蛋之类。若是春天,就会有两样应时凉拌小菜:杨花萝卜(即北京的小水萝卜)切细丝拌海蜇,和拌荠菜。荠菜焯过,碎切,和香干细丁同拌,加姜米,浇以麻酱油醋,或用虾米,或不用,均可。这道菜常抟成宝塔形,临吃推倒,拌匀。拌荠菜总是受欢迎的,吃个新鲜。凡野菜,都有一种园种的蔬菜所缺少的清香。

荠菜大都是凉拌,炒荠菜很少人吃。荠菜可包春卷,包圆子(汤团)。江南人用荠菜包馄饨,称为菜肉馄饨,亦称"大馄饨"。我们那里没有用荠菜包馄饨的。我们那里的面店中所卖的馄饨都是纯肉馅的馄饨,即江南所说的"小馄饨"。没有"大馄饨"。我在北京的一家有名的家庭餐馆吃过这一家的一道名菜:翡翠蛋羹。一个汤碗里一边是蛋羹,一边是荠菜,一边嫩黄,一边碧绿,绝不混淆,吃时搅在一起。这种讲究的吃法,我们家乡没有。

枸杞头。春天的早晨,尤其是下了一场小雨之后,就可听到叫卖枸杞头的声音。卖枸杞头的多是附郭近村的女孩子,声音很脆,极能传远:"卖枸杞头来!"枸杞头放在一个竹篮子里,一种长圆形的竹篮,叫做元宝篮子。枸杞头带着雨水,女孩子的声音也带着雨水。枸杞头不值什么钱,也从不用秤约,给几个钱,她们就能把整篮子倒给你。女孩子也不把这当做正经买卖,卖一点钱,够打一瓶梳头油就行了。

自己去摘,也不费事。一会儿工夫,就能摘一堆。枸杞到处都是。我的小学的操场原是祭天地的空地,叫做"天地坛"。天地坛的四边围墙的墙根,长的都是这东西。枸杞夏天开小白花,秋天结很多小红果子,即枸杞子,我们小时候叫它"狗奶子",因为很像狗的奶子。

枸杞头也都是凉拌,清香似尤甚于荠菜。

蒌蒿。小说《大淖记事》:"春初水暖,沙洲上冒出很多紫红色的芦芽和灰绿色的蒌蒿,很快就是一片翠绿了。"我在书页下面加了一条注:"蒌蒿是生于水边的野草,粗如笔管,有节,生狭长的小叶,初生二寸来高,叫做'蒌蒿薹子',加肉炒食极清香。……"蒌蒿,字典上都注"蒌"音楼,蒿之一种,即白蒿。我以为蒌蒿不是蒿之一种,蒌蒿掐断,没有那种蒿子气,倒是有一种水草气。苏东坡诗:"蒌蒿满地芦芽短",以蒌蒿与芦芽并举,证明是水边的植物,就是我的家乡所说"蒌蒿薹子"。"蒌"字我的家乡不读楼,读吕。蒌蒿好像都是和瘦猪肉同炒,素炒好像没有。我小时候非常爱吃炒蒌蒿薹子。桌上有一盘炒蒌蒿薹子,我就非常兴奋,胃口大开。蒌蒿薹子除了清香,还有就是很脆,嚼之有声。

荠菜、枸杞我在外地偶尔吃过,蒌蒿薹子自十九岁离乡后从未吃过,非常想念。去年我的家乡有人开了汽车到北京来办事,我的弟妹托他们带了一塑料袋蒌蒿薹子来,因为路上耽搁,到北京时已经焐坏了。我挑了一些还不太烂的,炒了一盘,还有那么一点意思。

马齿苋。中国古代吃马齿苋是很普遍的,马苋与人苋(即红白苋菜)并提。后来不知怎么吃的人少了。我的祖母每年夏天都要摘一些马齿苋,晾干了，过年包包子。我的家乡普通人家平常是不包包子的，只有过年才包，自己家里人吃，有客人来蒸一盘待客。不是家里人包的，一般的家庭妇女不会包，都是备了面、馅，请包子店里的师傅到家里做，做一上午，就够正月里吃了。我的祖母吃长斋，她的马齿苋包子只有她自己吃。我尝过一个，马齿苋有点酸酸的味道，不难吃，也不好吃。

马齿苋南北皆有。我在北京的甘家口住过，离玉渊潭很近，玉渊潭马齿苋极多。北京人叫做马苋儿菜，吃的人很少。养鸟的拔了喂画眉。据说画眉吃了能清火。画眉还会有"火"么？

莼菜。第一次喝莼菜汤是在杭州西湖的楼外楼，1948年4月。这以前我没有吃过莼菜，也没有见过。我的家乡人大都不知莼菜为何物。但是秦少游有《以莼姜法鱼糟蟹寄子瞻》诗，则高邮原来是有莼菜的。诗最后一句是"泽居备礼无麋鹿"，秦少游当时盖在高邮居住，送给苏东坡的是高邮的土产。高邮现在还有没有莼菜，什么时候回高邮，我得调查调查。

明朝的时候，我的家乡出过一个散曲作家王磐。王磐字鸿渐，号西楼，散曲作品有《西楼乐府》。王磐当时名声很大，与散曲大家陈大声并称为"南曲之冠"。王西楼还是画家。高邮现在还有一句歇后语："王西楼嫁女儿——画（话）多银子少。"王西楼有一本有点特别的著作：《野菜谱》。《野菜谱》收野菜五十二种。五十二种中有些我是认识的，如白鼓钉（蒲公英）、蒲儿根、马栏头、青蒿儿（即茵陈蒿）、枸杞头、野菉豆、蒌蒿、荠菜儿、马齿苋、灰条。江南人重马栏头。小时读周作人的《故乡的野菜》，提到儿歌："荠菜马栏头，姐姐嫁在后门头"，很是向往，但是我的家乡是不大有人吃的。灰条的"条"字，正字应是"藋"，通称灰菜。这东西我的家乡不吃。我第一次吃灰菜是在一个山东同学的家里，蘸了稀面，蒸熟，就烂蒜，别具滋味。后来在昆明黄土坡一中学教书，学校发不出薪水，我们时常断炊，就掳了灰菜来炒了吃。在北京我也摘过灰菜炒食。有一次发现钓鱼台国宾馆的墙外长了很多灰菜，极肥嫩，就弯下腰来摘了好些，装在书包里。门卫发现，走过来问："你干什么？"他大概以为我在埋定时炸弹。我把书包里的灰菜抓出来给他看，他没有再说什么，走开了。灰菜有点碱味，我很喜欢这种味道。王西楼《野菜谱》中有一些，我不但没有吃过，见过，连听都没听说过，如："燕子不来香"、"油灼灼"……

《野菜谱》上图下文。图画的是这种野菜的样子，文则简单地说这种野菜的生长季节，吃法。文后皆系以一诗，一首近似谣曲的小乐府，都是借题发挥，以野菜名起兴，写人民疾苦。如：

眼子菜

眼子菜，如张目。年年盼春怀布谷，犹向秋来望时熟。何事频年倦不开，愁看四野波漂屋。

猫耳朵

猫耳朵，听我歌，今年水患伤田禾，仓廪空虚鼠弃窝，猫兮猫兮将奈何！

江 荠

江荠青青江水绿，江边挑菜女儿哭。爷娘新死兄趁熟，止存我与妹看屋。

抱娘蒿

抱娘蒿，结根牢，解不散，如漆胶。君不见昨朝儿卖客船上，儿抱娘哭不肯放。

这些诗的感情都很真挚，读之令人酸鼻。我的家乡本是个穷地方，灾荒很多，主要是水灾，家破人亡，卖儿卖女的事是常有的。我小时就见过。现在水利大有改进，去年那样的特大洪水，也没死一个人，王西楼所写的悲惨景象不复存在了。想到这一点，我为我的家乡感到欣慰。过去，我的家乡人吃野菜主要是为了度荒，现在吃野菜则是为了尝新了。喔，我的家乡的野菜！

一九九二年四月十四日

豌豆·黄豆·扁豆

豌 豆

在北市口卖熏烧炒货的摊子上,和我写的小说《异秉》里的王二的摊子上,都能买到炒豌豆和油炸豌豆。二十文(两枚当十的铜元)即可买一小包,洒一点盐,一路上吃着往家里走。到家门口,也就吃完了。

离我家不远的越塘旁边的空地上,经常有几副卖零吃的担子。卖花生糖的。大粒去皮的花生仁,炒熟仍是雪白的,平摊在抹了油的白石板上,冰糖熬好,均匀地浇在花生米上,候冷,铲起。这种花生糖晶亮透明,不用刀切,大片,放在玻璃匣里,要买,取出一片,现约,论价。冰糖极脆,花生很香。卖豆腐脑的。我们那里的豆腐脑不像北京浇口蘑渣羊肉卤,只倒一点酱油、醋,加一滴麻油 —— 用一只一头缚着一枚制钱的筷子,在油壶里一蘸,滴在碗里,真正只有一滴。但是加很多样零碎佐料:小虾米、葱花、蒜泥、榨菜末、药芹末 —— 我们那里没有旱芹,只有水芹即药芹,我很喜欢药芹的气味。我觉得这样的豆腐脑清清爽爽,比北京的勾芡的黏黏糊糊的羊肉卤的要好吃。卖糖豌豆粥的。香粳晚米和豌豆一同在铜锅中熬熟,盛出后加洋糖(绵白糖)

一勺。夏日于柳阴下喝一碗，风味不恶。我离乡五十多年，至今还记得豌豆粥的香味。

北京以豌豆制成的食品，最有名的是"豌豆黄"。这东西其实制法很简单，豌豆熬烂，去皮，澄出细沙，加少量白糖，摊开压扁，切成5寸×3寸的长方块，再加刀割出四方小块，分而不离，以牙签扎取而食。据说这是"宫廷小吃"，过去是小饭铺里都卖的，很便宜，现在只仿膳这样的大餐馆里有了，而且卖得很贵。

夏天连阴雨天，则有卖煮豌豆的。整粒的豌豆煮熟，加少量盐，搁两个大料瓣在浮头上，用豆绿茶碗量了卖。虎坊桥有一个傻子卖煮豌豆，给的多。虎坊桥一带流传一句歇后语："傻子的豌豆——多给。"北京别的地区没有这样的歇后语。想起煮豌豆，就会叫人想起北京夏天的雨。

早年前有磕豌豆模子的。豌豆煮成泥，摁在雕成花样的木模子里，磕出来，就成了一个一个小玩意儿，小猫、小狗、小兔、小猪。买的都是孩子，也玩了，也吃了。

以上说的是干豌豆。新豌豆都是当菜吃。烩豌豆是应时当令的新鲜菜。加一点火腿丁或鸡茸自然很好，就是素烩，也极鲜美。烩豌豆不宜久煮，久煮则汤色发灰，不透亮。

全国兴起了吃荷兰豌豆也就近几年的事。我吃过的荷兰豆以厦门为最好，宽大而嫩。厦门的汤米粉中都要加几片荷兰豆，可以解海鲜的腥味。北京吃的荷兰豆都是从南方运来的。我在厦门郊区的田里看到正在生长着的荷兰豆，搭小架，水红色的小花，嫩绿的叶子，嫣然可爱。

豌豆的嫩头，我的家乡叫豌豆头，但将"豌"字读成"安"。云南叫豌豆尖，四川叫豌豆颠。我的家乡一般都是油盐炒食。云南、四川加在汤面上面，叫做"飘"或"青"。不要加豌豆苗，叫"免飘"；"多青重红"则是多要豌豆苗和辣椒。吃毛肚火锅，在涮了各种荤料后，浓汤之中推进一大盘豌豆颠，美不可言。

　　豌豆可以入画。曾在山东看到钱舜举的册页，画的是豌豆，不能忘。钱舜举的画设色娇而不俗，用笔稍细而能潇洒，我很喜欢。见过一幅日本竹内栖凤的画，豌豆花，叶颜色较钱舜举尤为鲜丽，但不知道为什么在豌豆前面画了一条赭色的长蛇，非常逼真。是不是日本人觉得蛇也很美？

一九九二年五月七日

黄　豆

　　豆叶在古代是可以当菜吃的。吃法想必是做羹。后来就没有人吃了。没有听说过有人吃凉拌豆叶、炒豆叶、豆叶汤。

　　我们那里，夏天，家家都要吃几次炒毛豆，加青辣椒。中秋节煮毛豆供月，带壳煮。我父亲会做一种毛豆：毛豆剥出粒，与小青椒（不切）同煮，加酱油、糖，候豆熟收汤，摊在筛子里晾至半干，豆皮起皱，收入小坛。下酒甚妙，做一次可以吃几天。

北京的小酒馆里盐水煮毛豆，有的酒馆是整棵地煮的，不将豆荚剪下，酒客用手摘了吃，似比装了一盘吃起来更香。

香椿豆甚佳。香椿嫩头在开水中略烫，沥去水，碎切，加盐；毛豆加盐煮熟，与香椿同拌匀，候冷，贮之玻璃瓶中，隔日取食。

北京人吃炸酱面，讲究的要有十几种菜码，黄瓜丝、小萝卜、青蒜……还得有一撮毛豆或青豆。肉丁（不用副食店买的绞肉末）炸酱与青豆同嚼，相得益彰。

北京人炒麻豆腐要放几个青豆嘴儿——青豆发一点芽。

三十年前北京稻香村卖熏青豆，以佐茶甚佳。这种豆大概未必是熏的，只是加一点茴香，入轻盐煮后晾成的。皮亦微皱，不软不硬，有咬劲。现在没有了，想是因为费工而利薄，熏青豆是很便宜的。

江阴出粉盐豆。不知怎么能把黄豆发得那样大，长可半寸，盐炒，豆不收缩，皮色发白，极酥松，一嚼即成细粉，故名粉盐豆。味甚隽，远胜花生米。吃粉盐豆，喝百花酒，很相配。我那时还不怎么会喝酒，只是喝白开水。星期天，坐在自修室里，喝水，吃豆，读李清照、辛弃疾词，别是一番滋味。我在江阴南菁中学读过两年，星期天多半是这样消磨过去的。前年我到江阴寻梦，向老同学问起粉盐豆，说现在已经没有了。

稻香村、桂香村、全素斋等处过去都卖笋豆。黄豆、笋干切碎，加酱油、糖煮。现在不大见了。

三年自然灾害时，对十七级干部有一点照顾，每月发几斤黄豆、一斤白糖，叫做"糖豆干部"。我用煮笋豆法煮之，没有笋干，放一点口蘑。口蘑是我在张家口坝上自己采得晒干的。我做的口蘑豆自家吃，还送人。曾给黄永玉送去过。永玉的儿子黑蛮吃了，在日记里写道："黄豆是不好吃的东西，汪伯伯却能把它做得很好吃，汪伯伯很伟大！"

炒黄豆芽宜烹糖醋。

黄豆芽吊汤甚鲜。南方的素菜馆、供素斋的寺庙，都用豆芽汤取鲜。有一老饕在一个庙里吃了素斋，怀疑汤里放了虾子包，跑到厨房里去验看，只见一口大锅里熬着一锅黄豆芽和香菇蒂的汤。黄豆芽汤加酸雪里蕻，泡饭甚佳。此味北人不解也。

黄豆对中国人民最大的贡献是能做豆腐及各种豆制品。如果没有豆腐，中国人民的生活将会缺一大块，和尚、尼姑、素菜馆的大师傅就通通"没戏"了。素菜除了冬菇、口蘑、金针、木耳、冬笋、竹笋，主要是靠豆腐、豆制品。素这个，素那个，只是豆制品变出的花样而已。关于豆腐，应另写专文，此不及。

一九九二年五月十日

扁 豆

我们那一带的扁豆原来只有北京人所说的"宽扁豆"的那一种。郑板桥写过一副对联:"一庭春雨瓢儿菜,满架秋风扁豆花",指的当是这种扁豆。这副对子写的是尚可温饱的寒士家的景况,有钱的阔人家是不会在庭院里种菜种扁豆的。扁豆有紫花和白花的两种,紫花的较多,白花的少。郑板桥眼中的扁豆花大概是紫的。紫花扁豆结的豆角皮色亦微带紫,白花扁豆则是浅绿色的。吃起来味道都差不多。唯入药用,则必为"白扁豆",两种扁豆药性可能不同。扁豆初秋即开花,旋即结角,可随时摘食。板桥所说"满架秋风",给人的感觉是已是深秋了。画扁豆花的画家喜欢画一只纺织娘,这是一个季节的东西。暑尽天凉,月色如水,听纺织娘在扁豆架上沙沙地振羽,至有情味。北京有种红扁豆的,花是大红的,豆角则是深紫红的。这种红扁豆似没人吃,只供观赏。我觉得这种扁豆红得不正常,不如紫花、白花有韵致。

北京通常所说的扁豆,上海人叫四季豆。我的家乡原来没有,现在有种的了。北京的扁豆有几种,一般的就叫扁豆,有上架的,叫"架豆"。一种叫"棍儿扁豆",豆角如小圆棍。"棍儿扁豆"字面自相矛盾,既似棍儿,不当叫扁。有一种豆角较宽而甚嫩的，叫"焖儿豆"，我想是"眉豆"的讹读。北京人吃扁豆无非是焯熟凉拌，炒，或焖。"焖扁豆面"挺不错。扁豆焖熟，加水，面条下在上面，面熟，将扁豆翻到上面来，再稍焖，即得。扁豆不管怎么做，总宜加蒜。

我在泰山顶上一个招待所里吃过一盘炒棍儿扁豆，非常嫩。平生所吃扁豆，此为第一。能在泰山顶上吃到，尤为难得。

一九九二年五月十二日

（选自《食豆饮水斋闲笔》）

豆腐

豆腐点得比较老的，为北豆腐。听说张家口地区有一个堡里的豆腐能用秤钩钩起来，扛着秤杆走几十里路。这是豆腐么？点的较嫩的是南豆腐。再嫩即为豆腐脑。比豆腐脑稍老一点的，有北京的"老豆腐"和四川的豆花。比豆腐脑更嫩的是湖南的水豆腐。

豆腐压紧成型，是豆腐干。

卷在白布层中压成大张的薄片，是豆腐片。东北叫干豆腐。压得紧而且更薄的，南方叫百页或千张。

豆浆锅的表面凝结的一层薄皮撩起晾干，叫豆腐皮，或叫油皮。我的家乡则简单地叫做皮子。

豆腐最简便的吃法是拌。买回来就能拌。或入开水锅略烫，去豆腥气。不可久烫，久烫则豆腐收缩发硬。香椿拌豆腐是拌豆腐里的上上品。嫩香椿头，芽叶未舒，颜色紫赤，嗅之香气扑鼻，入开水稍烫，梗叶转为碧绿，捞出，揉以细盐，候冷，切为碎末，与豆腐同拌（以南豆腐为佳），下香油数滴。一箸入口，三春不忘。香椿头只卖得数日，过此则叶绿梗硬，香气大减。其次是小葱拌豆腐。北京有歇后语："小葱拌豆腐 —— 一青二白"，可见这是北京人家家都吃的小菜。拌豆腐特宜小葱，小葱嫩，香。葱粗如指，以拌豆腐，滋味即减。我和林斤澜在武夷山，住一招待所。斤澜爱吃拌豆腐，招待所每餐皆上拌豆腐一大盘，但与豆腐同拌的是青蒜。青蒜炒回锅肉甚佳，以拌豆腐，配搭不当。北京人有用韭菜花、青椒糊拌豆腐的，这是侉吃法，南方人不敢领教。而南方人吃的松花蛋拌豆腐，北方人也觉得岂有此理。这是一道上海菜，我第一次吃到却是在香港的一家上海饭馆里，是吃阳澄湖大闸蟹之前的一道凉菜。北豆腐、松花蛋切成小骰子块，同拌，无姜汁蒜泥，只少放一点盐而已。好吃么？用上海话说：蛮崭格！用北方话说：旱香瓜——另一个味儿。咸鸭蛋拌豆腐也是南方菜，但必须用敝乡所产"高邮咸蛋"。高邮咸蛋蛋黄色如朱砂，多油，和豆腐拌在一起，红白相间，只是颜色即可使人胃口大开。别处的咸鸭蛋，尤其是北方的，蛋黄色浅，又无油，都不中吃。

　　烧豆腐大体可分为两大类：用油煎过再加料烧的；不过油煎的。

　　北豆腐切成厚二分的长方块，热锅温油两面煎。油不必多，因豆腐不吃油。最好用平底锅煎。不要煎得太老，稍结薄壳，表面发皱，即可铲出，是名"虎皮"。用已备好的肥瘦各半熟猪肉，切大片，下锅略煸，加葱、姜、蒜、酱油、绵白糖，兑入原猪肉汤，将豆腐推入，加盖猛火煮二三开，即放小火咕嘟。约十五分钟，收汤，即可装盘。这就是"虎皮豆腐"。如加冬菇、虾米、辣椒及豆豉即是"家乡豆腐"。或加菌油，即是湖南有名的"菌油豆腐"——菌油豆腐也有不用油煎的。

"文思和尚豆腐"是清代扬州有名的素菜，好几本菜谱著录，但我在扬州一带的寺庙和素菜馆的菜单上都没有见到过。不知道文思和尚豆腐是过油煎了的，还是不过油煎的。我无端地觉得是油煎了的，而且无端地觉得是用黄豆芽吊汤，加了上好的口蘑或香蕈、竹笋，用极好秋油，文火熬成。什么时候材料凑手，我将根据想象，试做一次文思和尚豆腐。我的文思和尚豆腐将是素菜荤做，放猪油，放虾籽。

虎皮豆腐切大片，不过油煎的烧豆腐则宜切块，六七分见方。北方小饭铺里肉末烧豆腐，是常备菜。肉末烧豆腐亦称家常豆腐。烧豆腐里的翘楚，是麻婆豆腐。相传有陈婆婆，脸上有几粒麻子，在乡场上摆一个饭摊，挑油的脚夫路过，常到她的饭摊上吃饭，陈婆婆把油桶底下剩的油刮下来，给他们烧豆腐。后来大人先生也特意来吃她烧的豆腐。于是麻婆豆腐名闻遐迩。陈麻婆是个值得纪念的人物，中国烹饪史上应为她大书一笔，因为麻婆豆腐确实很好吃。做麻婆豆腐的要领是：一要油多。二要用牛肉末。我曾做过多次麻婆豆腐，都不是那个味儿，后来才知道我用的是瘦猪肉末。牛肉末不能用猪肉末代替。三是要用郫县豆瓣。豆瓣须剁碎。四是要用文火，俟汤汁渐渐收入豆腐，才起锅。五是起锅时要撒一层川花椒末。一定得用川花椒，即名为"大红袍"者。用山西、河北花椒，味道即差。六是盛出就吃。如果正在喝酒说话，应该把说话的嘴腾出来。麻婆豆腐必须是：麻、辣、烫。

昆明最便宜的小饭铺里有小炒豆腐。猪肉末，肥瘦，豆腐捏碎，同炒，加酱油，起锅时下葱花。这道菜便宜，实惠，好吃。不加酱油而用盐，与番茄同炒，即为番茄炒豆腐。番茄须烫过，撕去皮，炒至成酱，番茄汁渗入豆腐，乃佳。

砂锅豆腐须有好汤，骨头汤或肉汤，小火炖，至豆腐起蜂窝，方好。砂锅鱼头豆腐，用花鲢（即胖头鱼）头，劈为两半，下冬菇、扁尖（腌青笋）、海米，汤清而味厚，非海参鱼翅可及。

"汪豆腐"好像是我的家乡菜。豆腐切成指甲盖大的小薄片，推入虾籽酱油汤中，滚几开，勾薄芡，盛大碗中，浇一勺熟猪油，即得。叫做"汪豆腐"，大概因为上面泛着一层油。用勺舀了吃。吃时要小心，不能性急，因为很烫。滚开的豆腐，上面又是滚开的油，吃急了会烫坏舌头。我的家乡人喜欢吃烫的东西，语云："一烫抵三鲜。"乡下人家来了客，大都做一个汪豆腐应急。周巷汪豆腐很有名。我没有到过周巷，周巷汪豆腐好，我想无非是虾籽多，油多。近年高邮新出一道名菜：雪花豆腐，用盐，不用酱油。我想给家乡的厨师出个主意：加入蟹白（雄蟹白的油即蟹的精子），这样雪花豆腐就更名贵了。

不知道为什么，北京的老豆腐现在见不着了，过去卖老豆腐的摊子是很多的。老豆腐其实并不老，老，也许是和豆腐脑相对而言。老豆腐的作料很简单：芝麻酱、腌韭菜末。爱吃辣的浇一勺青椒糊。坐在街边摊头的矮脚长凳上，要一碗老豆腐，就半斤旋烙的大饼，夹一个薄脆，是一顿好饭。

四川的豆花是很妙的东西，我和几个作家到四川旅游，在乐山吃饭。几位作家都去了大馆子，我和林斤澜钻进一家只有穿草鞋的乡下人光顾的小店，一人要了一碗豆花。豆花只是一碗白汤，啥都没有。豆花用筷子夹出来，蘸"味碟"里的作料吃。味碟里主要是豆瓣。我和斤澜各吃了一碗热腾腾的白米饭，很美。豆花汤里或加切碎的青菜，则为"菜豆花"。北京的豆花饭庄的豆花乃以鸡汤煨成，过于讲究，不如乡坝头的豆花存其本味。

北京的豆腐脑过去浇羊肉口蘑渣熬成的卤。羊肉是好羊肉，口蘑渣是碎黑片蘑，还要加一勺蒜泥水。现在的卤，羊肉极少，不放口蘑，只是一锅稠糊糊的酱油黏汁而已。即便是过去浇卤的豆腐脑，我觉得也不如我们家乡的豆腐脑。我们那里的豆腐脑温在紫铜扁钵的锅里，用紫铜平勺盛在碗里，加秋油，滴醋、一点点麻油，小虾米、榨菜末、芹菜（药芹即水芹菜）末。清清爽爽，而多滋味。

中国豆腐的做法多矣，不胜记载。四川作家高缨请我们在乐山的山上吃过一次豆腐宴，豆腐十好几样，风味各别，不相雷同。特点是豆腐的质量极好。掌勺的老师傅从磨豆腐到烹制，都是亲自为之，绝不假手旁人。这一顿豆腐宴可称寰中一绝！

豆腐干南北皆有。北京的豆腐干比较有特点的是薰干。薰干切长片拌芹菜，很好。薰干的烟薰味和芹菜的芹菜香相得益彰。花干、苏州干是从南边传过来的，北京原先没有。北京的苏州干只是用味精取鲜，苏州的小豆腐干是用酱油、糖、冬菇汤煮出后晾得半干的，味长而耐嚼。从苏州上车，买两包小豆腐干，可以一直嚼到郑州。香干亦称茶干。我在小说《茶干》中有较细的描述：

……豆腐出净渣，装在一个一个小蒲包里，包口扎紧，入锅，码好，投料，加上好抽油，上面用石头压实，文火煨煮。要煮很长时间。煮得了，再一块一块从蒲包里倒出来。这种茶干是圆形的，周围较厚、中间较薄，周身有蒲包压出来的细纹，……这种茶干外皮是深紫黑色的，掰开了，里面是浅褐色的。很结实，嚼起来很有咬劲，越嚼越香，是佐茶的妙品，所以叫做"茶干"。

茶干原出界首镇，故称"界首茶干"。据说乾隆南巡，过界首，曾经品尝过。

干丝是淮扬名菜。大方豆腐干，快刀横披为片，刀工好的师傅一块豆腐干能片十六片；再立刀切为细丝。这种豆腐干是特制的，极坚致，切丝不断，又绵软，易吸汤汁。旧本只有拌干丝。干丝入开水略煮，捞出后装高足浅碗，浇麻酱油醋。青蒜切寸段，略焯，五香花生米搓去皮，同拌，尤妙。煮干丝的兴起也就是五六十年的事。干丝母鸡汤煮，加开阳（大虾米）、火腿丝。我很留恋拌干丝，因为味道清爽，现在只能吃到煮干丝了。干丝本不是"菜"，只是吃包子烧麦的茶馆里，在上点心之前喝茶时的闲食。现在则是全国各地淮扬菜系的饭馆里都预备了。我在北京常做煮干丝，成了我们家的保留节目。北京很少遇到大白豆腐干，只能用豆腐片或百页切丝代替。口感稍差，味道却不逊色，因为我的煮干丝里下了干贝。煮干丝没有什么诀窍，什么鲜东西都可往里搁。干丝上桌前要放细切的姜丝，要嫩姜。

臭豆腐是中国人的一大发明。我在上海、武汉都吃过。长沙火宫殿的臭豆腐毛泽东年轻时常去吃。后来回长沙，又特意去吃了一次，说了一句话："火宫殿的臭豆腐还是好吃。"这就成了"最高指示"，写在照壁上。火宫殿的臭豆腐遂成全国第一。油炸臭豆腐干，宜放辣椒酱、青蒜。南京夫子庙的臭豆腐干是小方块，用竹签像冰糖葫芦似的串起来卖，一串八块。昆明的臭豆腐不用油炸，在炭火盆上搁一个铁箅子，臭豆腐干放在上面烤焦，别有风味。

在安徽屯溪吃过霉豆腐，长条豆腐，长了二寸长的白色的绒毛，在平底锅中煎熟，蘸酱油辣椒青蒜吃。凡到屯溪者，都要去尝尝。

豆腐乳各地都有。我在江西进贤参加土改，那里的农民家家都做腐乳。进贤原来很穷，没有什么菜吃，顿顿都用豆腐乳下饭。做豆腐乳，放大量辣椒面，还放柚子皮，味道非常强烈。广西桂林、四川忠县、云南路南所出豆腐乳都很有名，各有特点。腐乳肉是苏州松鹤楼的名菜，肉味浓醇，入口即化。广东点心很多都放豆腐乳，叫做"南乳××饼"。

南方人爱吃百页。百页结烧肉是宁波、上海人家常吃的菜。上海老城隍庙的小吃店里卖百页结：百页包一点肉馅，打成结，煮在汤里，要吃，随时盛一碗。一碗也就是四五只百页结。北方的百页缺韧性，打不成结，一打结就断。百页可入臭卤中腌臭，谓之"臭千张"。

　　杭州知味观有一道名菜：炸响铃。豆腐皮（如过干，要少润一点水），瘦肉剁成细馅，加葱花细姜末，入盐，把肉馅包在豆腐皮内，成一卷，用刀剁，成寸许长的小段，下油锅炸得馅熟皮酥，即可捞出。油温不可太高，太高豆皮易糊。这菜嚼起来发脆响，形略似铃，故名响铃。做法其实并不复杂。肉剁极碎，成泥状（最好用刀背剁），平摊在豆腐皮上，折叠起来，如小钱包大，入油炸，亦佳。不入油炸，而以酱油冬菇汤煮，豆皮层中有汁，甚美。北京东安市场拐角处解放前有一家肉店宝华春，兼卖南味熟肉，卖一种酒菜：豆腐皮切细条，在酱肉汤中煮透，捞出，晾至微干，很好吃，不贵。现在宝华春已经没有了。豆腐皮可做汤。炖酥腰（猪腰炖汤）里放一点豆腐皮，则汤色雪白。

一九九二年六月二十五日

肉食者不鄙

狮子头

狮子头是淮安菜。猪肉肥瘦各半,爱吃肥的亦可肥七瘦三,要"细切粗斩",如石榴米大小(绞肉机绞的肉末不行),荸荠切碎,与肉末同拌,用手抟成招柑大的球,入油锅略炸,至外结薄壳,捞出,放进水锅中,加酱油、糖,慢火煮,煮至透味,收汤放入深腹大盘。

狮子头松而不散,入口即化,北方的"四喜丸子"不能与之相比。

周总理在淮安住过,会做狮子头,曾在重庆红岩八路军办事处做过一次,说:"多年不做了,来来来,尝尝!"想必做得很成功,因为语气中流露出得意。

我在淮安中学读过一个学期,食堂里有一次做狮子头,一大锅油,狮子头像炸麻团似的在油里翻滚,捞出,放在碗里上笼蒸,下衬白菜。一般狮子头多是红烧,食堂所做却是白汤,我觉最能存其本味。

镇江肴蹄

镇江肴蹄,盐渍,加硝,放大盆中,以巨大石块压之,至肥瘦肉都已板实,取出,煮熟,晾去水气,切厚片,装盘。瘦肉颜色殷红,肥肉白如羊脂玉,入口不腻。

吃肴肉，要蘸镇江醋，加嫩姜丝。

乳腐肉

乳腐肉是苏州松鹤楼的名菜，制法未详。我所做乳腐肉乃以意为之。猪肋肉一块，煮至六七成熟，捞出，俟冷，切大片，每片须带肉皮、肥瘦肉，用煮肉原汤入锅，红乳腐碾烂，加冰糖、黄酒，小火焖。乳腐肉嫩如豆腐，颜色红亮，下饭最宜。汤汁可蘸银丝卷。

腌笃鲜

上海菜。鲜肉和咸肉同炖，加扁尖笋。

东坡肉

浙江杭州、四川眉山，全国到处都有东坡肉。苏东坡爱吃猪肉，见于诗文。东坡肉其实就是红烧肉，功夫全在火候。先用猛火攻，大滚几开，即加作料，用微火慢炖，汤汁略起小泡即可。东坡论煮肉法，云须忌水，不得已时可以浓茶烈酒代之。完全不加水是不行的，会焦糊粘锅，但水不能多。要加大量黄酒。扬州炖肉，还要加一点高粱酒。加浓茶，我试过，也吃不出有什么特殊的味道。

传东坡有一首诗："无竹令人俗，无肉令人瘦。若要不俗与不瘦，除非天天笋烧肉。"未必可靠，但苏东坡有时是会写这种张打油体的诗的。冬笋烧肉，是很好吃。我的大姑妈善做这道菜，我每次到姑妈家，她都做。

霉干菜烧肉

这是绍兴菜，全国各处皆有，但不似绍兴人三天两头就要吃一次。鲁迅一辈子大概都离不开霉干菜。《风波》里所写的蒸得乌黑的霉干菜很诱人,那大概是不放肉的。

黄鱼鲞烧肉

宁波人爱吃黄鱼鲞(黄鱼干)烧肉,广东人爱吃咸鱼烧肉,这都是外地人所不能理解的口味,其实这种搭配是很有道理的。近几年因为违法乱捕,黄鱼产量锐减,连新鲜黄鱼都很难吃到,更不用说黄鱼鲞了。

火　腿

浙江金华火腿和云南宣威火腿风格不同。金华火腿味清,宣威火腿味重。

昆明过去火腿很多,哪一家饭铺里都能吃到火腿。昆明人爱吃肘棒的部位,横切成圆片,外裹一层薄皮,里面一圈肥肉,当中是瘦肉,叫做"金钱片腿"。正义路有一家火腿庄,专卖火腿,除了整只的、零切的火腿,还可以买到火腿脚爪,火腿油。火腿油炖豆腐很好吃。护国路原来有一家本地馆子,叫"东月楼",有一道名菜"锅贴乌鱼",乃以乌鱼片两片,中夹火腿一片,在平底铛上烙熟,味道之鲜美,难以形容。前年我到昆明去,向本地人问起东月楼,说是早就没有了,"锅贴乌鱼"遂成《广陵散》。

华山南路吉庆祥的火腿月饼,全国第一。一个重旧秤四两,名曰"四两砣"。吉庆祥还在,而且有了分号,所制四两砣不减当年。

腊　肉

湖南人爱吃腊肉。农村人家杀了猪,大部分都腌了,挂在厨灶房梁上,烟熏成腊肉。我不怎么爱吃腊肉,有一次在长沙一家大饭店吃了一回蒸腊肉,这盘腊肉真叫好。通常的腊肉是条状,切片不成形,这盘腊肉却是切成颇大的整齐的方片,而且蒸得极烂,我没有想到腊肉能蒸得这样烂!入口香糯,真是难得。

夹沙肉·芋泥肉

夹沙肉和芋泥肉都是甜的,夹沙肉是川菜,芋泥肉是广西菜。厚膘臀尖肉,煮半熟,捞出,沥去汤,过油灼肉皮起泡,候冷,切大片,两片之间不切通,夹入豆沙,装碗笼蒸,蒸至四川人所说"耙而不烂"倒扣在盘里,上桌,是为夹沙肉。芋泥肉做法与夹沙肉相似,芋泥较豆沙尤为细腻,且有芋香,味较夹沙肉更胜一筹。

白肉火锅

白肉火锅是东北菜。其特点是肉片极薄,是把大块肉冻实了,用刨子刨出来的,故入锅一涮就熟,很嫩。白肉火锅用海蛎子(蚝)作锅底,加酸菜。

烤乳猪

烤乳猪原来各地都有，清代满汉餐席上必有这道菜，后来别处渐渐没有，只有广东一直盛行，大饭店或烧腊摊上的烤乳猪都很好。烤乳猪如果抹一点甜面酱卷薄饼吃，一定不亚于北京烤鸭。可惜广东人不大懂得吃饼，一般烤乳猪只作为冷盘。

（一九九二年九月九日）

鱼我所欲也

石 斑

我第一次吃石斑鱼是一九四六年,在越南海防一家华侨开的饭馆里。那吃法很别致。一条很大的石斑,红烧,同时上一大盘生的薄荷叶。我仿照邻座人的办法,吃一口石斑鱼,嚼几片薄荷叶。这薄荷可把口中残余的鱼味去掉,再吃第二口,则鱼味常新。这种吃法,国内似没有。越南人爱吃薄荷,华侨饭馆这样的搭配,盖受越南人之影响。

石斑鱼有红斑,青斑 —— 即灰鼠斑。灰鼠斑尤为名贵,清蒸最好。

鳜 鱼

可以和石斑相媲美的淡水鱼,其谓鳜鱼乎?张志和《渔父》词:"西塞山前白鹭飞,桃花流水鳜鱼肥",一经品题,身价十倍。我的家乡是水乡,产鱼,而以"鳊、白、鳜"为三大名鱼:"鳜"是鳜花鱼,即鳜鱼。徐文长以为"鳜"字应作"罽"。"罽"是古代的花毯。鳜花鱼身上有黄黑的斑点,似"罽"。但"罽"字今人多不识,如果饭馆的菜单上出现这个字,顾客将不知道这是什么东西。鳜鱼肉细,是蒜瓣肉,刺少,清蒸、氽汤、红烧、糖醋皆宜。苏南饭馆做"松鼠鳜鱼",甚佳。

一九三八年，我在淮安吃过干炸鯚花鱼。活鳜鱼，重三斤，加花刀，在大油锅中炸熟，外皮酥脆，鱼肉白嫩，蘸花椒盐吃，极妙。和我一同吃的有小叔父汪兰生、表弟董受申。汪兰生、董受申都去世多年了。

鲥鱼·刀鱼·鮰鱼

这都是江鱼。

鲥鱼现在卖到二百多块钱一斤，成了走后门送礼的东西，"吃的人不买，买的人不吃"。

刀鱼极鲜、肉极细，但多刺。金圣叹尝以为刀鱼刺多是人生恨事之一。不会吃刀鱼的人是很容易卡到嗓子的。镇江人以刀鱼煮至稀烂，用纱布滤去细刺，以做汤、下面，即谓"刀鱼面"，很美。

我在江阴读南菁中学时，常常吃到鮰鱼，学校食堂里常做这东西。在江阴是很便宜的。鮰鱼本名鮠鱼，但今人只叫它鮰鱼。鮰鱼大概也能红烧。但我在中学时吃的鮰鱼都是白烧。后来在汉口的璇宫饭店吃的，也是白烧。鮰鱼肉厚，切块放在碗里，没有吃过的人会以为这是鸡块。鮰鱼几乎无刺，大块入口，吃起来很过瘾，宜于馋而懒的人。或说鮰鱼是吃死人的。江里哪有那么多的死人？！鮰鱼吃鱼，是确实的。凡吃鱼的鱼都好吃。鳜鱼也是吃鱼的。养鱼的池塘里是不能有鳜鱼的，见鳜鱼，即捕去。

黄河鲤鱼

我不爱吃鲤鱼，因为肉粗，且有土腥气，但黄河鲤鱼除外。在河南开封吃过黄河鲤鱼，后来在山东水泊梁山下吃过黄河鲤鱼，名不虚传。辨黄河鲤与非黄河鲤，只须看鲤鱼剖开后内膜是白的还是黑的。白色者是真黄河鲤，黑色者是假货。梁山一带人对鲤鱼很重视，酒席上必须有鲤鱼，"无鱼不成席"。婚宴尤不可少。梁山一带人对即将结婚的青年男女，不说是"等着吃你的喜酒",而说"等着吃你的鱼!"鲤鱼要吃三斤左右的,价也最贵。《水浒传·吴学究说三阮撞筹》中,吴用说他"在一个大财主家做门馆教学,今来要对付十数尾金色鲤鱼,要重十四五斤的"。鲤鱼大到十四五斤,不好吃了,写《水浒》的施耐庵、罗贯中对吃鲤鱼外行。

虎头鲨和昂嗤鱼

虎头鲨和昂嗤鱼原来都是贱鱼,在我的家乡是上不得席的,现在都变得名贵了。

苏州人特重塘鳢鱼,谈起来眉飞色舞。我到苏州一看:嗐,原来就是我们那里的虎头鲨。虎头鲨头大而硬,鳞色微紫,有小黑斑,样子很凶恶,而肉极嫩。我们家乡一般用来氽汤，汤里加醋。嗯嗤鱼阔嘴有须，背黄腹白，无背鳍，背上有一根硬骨，捏住硬骨，它会"嗯嗤嗯嗤"地叫。过去也是氽汤、不放醋，汤白如牛乳。近年家乡兴起炒嗯嗤鱼片，谓之"炒金银片"，亦佳。

鳝　鱼

淮安人能做全鳝席，一桌子菜，全是鳝鱼。除了烤鳝背、炝虎尾等等名堂，主要的做法一是炒，二是烧。鳝鱼烫熟切丝再炒，叫做"软兜"；生炒叫炒脆鳝。红烧鳝段叫"火烧马鞍桥"，更粗的鳝段叫"闷张飞"。制鳝鱼都要下大量姜蒜，上桌后撒胡椒，不厌其多。

一九九二年九月十四日

清汤挂面

罗广斌喜欢说女孩子是清汤挂面。见女孩子衣服淡雅，举止安静，就小声说："清汤挂面！清汤挂面！"

这挂面不是指普通的挂面，而是指北碚特产的银丝挂面，面极细而皆中空。我和广斌等人曾在北温泉数帆楼住过一阵，看过这种挂面的制法。

川菜多色浓味重，又麻又辣，但不都是这样。比如"开水白菜"，我头一次吃这种菜，接过菜谱："开水白菜？开水如何能做出好菜?"喝了一口,鲜美无比,而存白菜之本味清香。这不是开水,而是撇净油花的纯鸡汤。汤极清,真是"可以注砚"。"清汤挂面"也是鸡汤,清可注砚。

　　四川人真会吃,凡菜皆达于极致,浓就浓到底,淡就淡到家。这样才称得起是"饮食文化"。

〈三〉

行・住

花园

在任何情形之下,那座小花园是我们家最亮的地方。虽然它的动人处不是,至少不仅在于这点。

每当家像一个概念一样浮现于我的记忆之上,它的颜色是深沉的。

祖父年青时建造的几进,是灰青色与褐色的。我自小养育于这种安定与寂寞里。报春花开放在这种背景前是好的。它不至被晒得那么多粉,固然报春花在我们那儿很少见,也许没有,不像昆明。

曾祖留下的则几乎是黑色的,一种类似眼圈上的黑色,(不要说它是青的)里面充满了影子。这些影子足以使供在神龛前的花消失。晚间点上灯,我们常觉那些布灰布漆的大柱子一直伸拔到无穷高处。神堂屋里总挂一只鸟笼,我相信即是现在也挂一只的。那只青裆子永远眯着眼假寐,(我想它做个哲学家,似乎身子太小了。)只有巳时将尽,它唱一会,洗个澡,抖下一团小雾在伸展到廊内片刻的夕阳光影里。

一下雨,甚么颜色都重郁起来,屋顶、墙、壁上花纸的图案,甚至鸽子:铁青子,瓦灰,点子,霞白。宝石眼的好处这时才显出来。于是我们,等斑鸠叫单声,在我们那个园里叫。等着一棵榆梅稍经一触,落下碎碎的瓣子,等着重新着色后的草。

我的脸上若有从童年带来的红色，它的来源是那座花园。

我的记忆有菖蒲的味道。然而我们的园里可没有菖蒲呵？它是哪儿来的，是那些草？这是一个无法解决的问题。但是我此刻把它们没有理由的纠在一起。

"巴根草，绿阴阴，唱个唱，把狗听。"每个小孩子都这么唱过吧。有时甚么也不做，我躺着，用手指绕住它的根，用一种不露锋芒的力量拉，听顽强的根胡一处一处断了。这种声音只有拔草的人自己才听得见。当然我嘴里是含着一根草了。草根的甜味和它的似有若无的水红色是一种自然的巧合。

草被压倒了。有时我的头动一动，倒下的草又慢慢站起来。我静静的注视它，很久很久，看它的努力快要成功时，又把头枕上去，嘴里叫一声"嗯！"

有时，不在意，怜惜它的苦心，就算了。这种性格呀！那些草有时会吓我一跳的，它在我的耳根伸起腰来了，当我看天上的云。

我的鞋底是滑的，草磨得它发了光。

莫碰臭芝麻，沾惹一身，嗐，难闻死人。沾上身了，不要用手指去拈，用刷子刷。这种籽儿有带钩儿的毛，讨嫌死了。至今我不能忘记它：因为我急于要捉住那个"都溜"（一种蝉，叫得最好听），我举着我的网，蹑手蹑脚，抄近路过去，循它的声音找着时，拍，得了。可是回去，我一身都是那种臭玩意。想想我捉过多少"都溜"！

我觉得虎耳草有一种腥味。

紫苏的叶子上的红色呵，暑假快过去了。

那棵大垂柳上常常有天牛，有时一个，两个的时候更多。它们总像有一桩事情要做，六只脚不停的运动，有时停下来，那动着的便是两根有节的触须了。我们以为天牛触须有一节它就有一岁。捉天牛用手，不是如何困难工作，即使它在树枝上转来转去，你等一个合适地点动手，常把脖子弄累了，但是失望的时候很少。这小小生物完全如一个有教养惜身份的绅士，行动从容不迫，虽有翅膀可从不想到飞；即是飞，也不远。一捉住，它便吱吱纽纽的叫，表示不同意，然而行为依然是温文尔雅的。黑地白斑的天牛最多，也有极瑰丽颜色的。有一种还似乎带点玫瑰香味。天牛的玩法是用线扣在颈子上看它走。令人想起……不说也好。

蟋蟀已经变成大人玩意了。但是大人的兴趣在斗，而我们对于捉蟋蟀的兴趣恐怕要更大些。我看过一本秋虫谱，上面除了苏东坡米南宫，还有许多济颠和尚说的话，都神乎其神的不大好懂。捉到一个蟋蟀，我不能看出它颈子上的细毛是瓦青还是朱砂，它的牙是米牙还是菜牙，但我仍然是那么欢喜。听，瞿瞿瞿，哪里？这儿是的，这儿了！用草掏，手扒，水灌，嚯，蹦出来了。

顾不得螺螺藤拉了手，扑，追着扑。有时正在外面玩得很好，忽然想起我的蟋蟀还没喂呐，于是赶紧回家。我每吃一个梨，一段藕，吃石榴吃菱，都要分给它一点。正吃着晚饭，我的蟋蟀叫了。我会举着筷子听半天，听完了对父亲笑笑，得意极了。一捉蟋蟀，那就整个园子都得翻个身。我最怕翻出那种软软的鼻涕虫。可是堂弟有的是办法，撒一点盐，立刻它就化成一滩水了。

有的蝉不会叫，我们称之为哑巴。捉到哑巴比捉到"红娘"更坏。但哑巴也有一种玩法。用两个马齿苋的瓣子套起它的眼睛，那是刚刚合适的，仿佛马齿苋的瓣子天生就为了这种用处才长成那么个小口袋样子，一放手，哑巴就一直向上飞，决不偏斜转弯。

蜻蜓一个个选定地方息下，天就快晚了。有一种通身铁色的蜻蜓，翅膀较窄，称"鬼蜻蜓"。看它款款的飞在墙角花阴，不知怎么道理，心里有一种说不出来的难过。

好些年看不到土蜂了。这种蠢头蠢脑的家伙，我觉得它也在花朵上把屁股撅来撅去的，有点不配，因此常常愚弄它。土蜂是在泥地上掘洞当作窠的。看它从洞里把个有绒毛的小脑袋钻出来（那神气像个东张西望的近视眼），嗡，飞出去了，我使用一点点湿泥把那个洞封好，在原来的旁边给它重掘一个，等着，一会儿，它拖着肚子回来了，找呀找，找到我掘的那个洞，钻进去，看看，不对，于是在四近大找一气。我会看着它那副急像笑个半天。或者，干脆看它进了洞，用一根树枝塞起来，看它从别处开了洞再出来。好容易，可重见天日了，它老先生于是坐在新大门旁边息息，吹吹风。神情中似乎是生了一点气，因为到这时已一声不响了。

祖母叫我们不要玩螳螂，说是它吃了土谷蛇的脑子，肚里会生一种铁线蛇，缠到马脚脚就断，甚么东西一穿就过去了，穿到皮肉里怎么办？

它的眼睛如金甲虫，飞在花丛里五月的夜。

故乡的鸟呵。

我每天醒在鸟声里。我从梦里就听到鸟叫,直到我醒来。我听得出几种极熟悉的叫声,那是每天都叫的,似乎每天都在那个固定的枝头。

有时一只鸟冒冒失失飞进那个花厅里,于是大家赶紧关门,关窗子,吆喝,拍手,用书扔,竹竿打,甚把自己帽子向空中摔去。可怜的东西这一来完全没了主意,只横冲直撞的乱飞,碰在玻璃上,弄得一身蜘蛛网,最后大概都是从两椽之间空隙脱走。

园子里时时晒米粉,晒灶饭,晒碗儿糕。怕鸟来吃,都放一片红纸。为了这个警告,鸟儿照例就不来,我有时把红纸拿掉让它们大吃一阵,到觉得它们太不知足时，便大喝一声赶去。

我为一只鸟哭过一次。那是一只麻雀或是癞花。也不知从甚么人得来的，欢喜的了不得，把父亲不用的细篾笼子挑出一个最好的来给它住，配一个最好的雀碗，在插架上放了一个荸荠，安了两根风藤跳棍，整整忙了一半天。第二天起得格外早，把它挂在紫藤架下。正是花开的时候，我想是那全园最好的地方了。一切弄得妥妥当当后，独自还欣赏了好半天，我上学去了。一放学，急急回来，带着书便去看我的鸟。笼子掉在地下，碎了，雀碗里还有半碗水，"我的鸟，我的鸟呐！"父亲正在给碧桃花接枝，听见我的声音，忙走过来，把笼子拿起来看看，说："你挂得太低了，鸟在大伯的玳瑁猫肚子里了。"哇的一声，我哭了。父亲推着我的头回去，一面说"不害羞，这么大人了"。

有一年，园里忽然来了许多夜哇子。这是一种鹭鸶属的鸟，灰白色，据说它们头上那根毛能破天风。所以有么一种名，大概是因为它的叫声如此吧。故乡古话说这种鸟常带来幸运。我见它们吃吃喳喳做窠了，我去告诉祖母，祖母去看了看，没有说甚么话。我想起它们来了，也有一天会像来了一样又去了的。我尽想，从来处来，从去处去，一路走，一路望着祖母的脸。

园里甚么花开了，常常是我第一个发现。祖母的佛堂里那个铜瓶里的花常常是我换新。对于这个孝心的报酬是有须掐花供奉时总让我去，父亲一醒来，一股香气透进帐子，知道桂花开了，他常是坐起来，抽支烟，看着花，很深远的想着甚么。冬天，下雪的冬天，一早上，家里谁也还没有起来，我常去园里摘一些冰心腊梅的朵子，再掺着鲜红的天竺果，用花丝穿成几柄，清水养在白磁碟子里放在妈（我的第一个继母）和二伯母妆台上，再去上学。我穿花时，服伺我的女佣人小莲子，常拿着掸帚在旁边看，她头上也常戴着我的花。

我们那里有这么个风俗，谁拿着掐来的花在街上走，是可以抢的，表姐姐们每带了花回去，必是坐车。她们一来，都得上园里看看，有甚么花开的正好，有时竟是特地为花来的。掐花的自然又是我。我乐于干这项差事。爬在海棠树上，梅树上，碧桃树上，丁香树上，听她们在下面说"这枝，唉，这枝这枝，再过来一点，弯过去的，喏，唉，对了，对了！"冒一点险，用一点力，总给办到。有时我也贡献一点意见，以为某枝已经盛开，不两天就全落在台布上了，某枝花虽不多，样子却好。有时我陪花跟她们一道回去，路上看见有人看过这些花一眼，心里非常高兴。碰到熟人同学，路上也会分一点给她们。

想起绣球花，必连带想起一双白缎子绣花的小拖鞋，这是一个小姑姑房中东西。那时候我们在一处玩，从来只叫名字，不叫姑姑。只有时写字条时如此称呼，而且写到这两个字时心里颇有种近于滑稽的感觉。我轻轻揭开门帘，她自己若是不在，我便看到这两样东西了。太阳照进来，令人明白感觉到花在吸着水，仿佛自己真分享到吸水的快乐。我可以坐在她常坐的椅子上，随便找一本书看看，找一张纸写点甚么，或有心无意的画一个枕头花样，把一切再恢复原来样子不留甚么痕迹，又自去了。但她大都能发觉谁过来过了。那第二天碰到，必指着手说"还当我不知道呢。你在我绷子上戳了两针，我要拆下重来了！"那自然是吓人的话。那些绣球花，我差不多看见它们一点一点的开，在我看书作事时，它会无声的落两片在花梨木桌上。绣球花可由人工着色。在瓶里加一点颜色，它便会吸到花瓣里。除了大红的之外，别种颜色看上去都极自然。我们常以骗人说是新得的异种。这只是一种游戏，姑姑房里常供的仍是白的。为甚么我把花跟拖鞋画在一起呢？真不可解。——姑姑已经嫁了，听说日子极不如意。绣球快开花了，昆明渐渐暖起来。

花园里旧有一间花房，由一个花匠管理。那个花匠仿佛姓夏。关于他的机伶促狭，和女人方面的恩怨，有些故事常为旧日佣仆谈起，但我只看到他常来要钱，样子十分狼狈，局局促促，躲避人的眼睛，尤其是说他的故事的人的。花匠离去后,花房也跟着改造园内房屋而拆掉了。那时我认识花名极少,只记得黄昏时,夹竹桃特别红,我忽然又害怕起来,急急走回去。

我爱逗弄含羞草。触遍所有叶子,看都合起来了,我自低头看我的书,偷眼瞧它一片片的开张了,再猝然又来一下。他们都说这是不好的,有甚么不好呢。

荷花像是清明栽种。我们吃吃螺蛳,抹抹柳球,便可看佃户把马粪倒在几口大缸里盘上藕秧,再盖上河泥。我们在泥里找蚬子,小虾,觉得这些东西搬了这么一次家,是非常奇怪有趣的事。缸里泥晒干了,便加点水,一次又一次,有一天,紫红色的小觜子冒出来了水面,夏天就来了。赞美第一朵花。荷叶上花拉花响了,母亲便把雨伞寻出来,小莲子会给我送去。

大雨忽然来了。一个青色的闪照在枫树上,我赶紧跑到柴草房里去。那是距我所在处最近的房屋。我爬上堆近屋顶的芦柴上,听水从高处流下来,响极了,訇——,空心的老桑树倒了,葡萄架塌了,我的四近越来越黑了,雨点在我头上乱跳。忽然一转身,墙角两个碧绿的东西在发光!哦,那是我常看见的老猫。老猫又生了一群小猫了。原来它每次生养都在这里。我看它们攒着吃奶,听着雨,雨慢慢小了。

那棵龙爪槐是我一个人的。我熟悉它的一切好处,知道哪个枝子适合哪种姿势。云从树叶间过去。壁虎在葡萄上爬。杏子熟了。何首乌的藤爬上石笋了,石笋那么黑。蜘蛛网上一只苍蝇。蜘蛛呢? 花天牛半天吃了一片叶子,这叶子有点甜么,那么嫩。金雀花那儿好热闹,多少蜜蜂!波——,金鱼吐出一个泡,破了,下午我们去捞金鱼虫。香橼花蒂的黄色仿佛有点忧郁,别的花是飘下,香橼花是掉下的,花落在草叶上,草稍微低头又弹起。大伯母掐了枝珠兰戴上,回去了。大伯母的女儿,堂姐姐看金鱼,看见了自己。石榴花开,玉兰花开,祖母来了,"莫掐了,回去看看,瓶里是甚么?""我下来了,下来扶您。"

槐树种在土山上,坐在树上可看见隔壁佛院。看不见房子,看到的是关着的那两扇门,关在门外的一片叶园。门里是甚么岁月呢?钟鼓整日敲,那么悠徐,那么单调,门开时,小尼姑来抱一捆草,打两桶水,随即又关上了。水东东的滴回井里。那边有人看我,我忙把书放在眼前。

家里宴客,晚上小方厅和花厅有人吃酒打牌。(我记得有个人吹得极好的笛子。)灯光照到花上,树上,令人极欢喜也十分忧愁。点一个纱灯,从家里到园里,又从园里到家里,我一晚上总不知走了无数趟。有亲戚来去,多是我照路,说哪里高,哪里低,哪里上阶,哪里下坎。若是姑妈舅母,则多是扶着我肩膀走。人影人声都如在梦中。但这样的时候并不多。平日夜晚园子是锁上的。

小时候胆小害怕,黑魆魆的,树影风声,令人却步。而且相信园里有个"白胡子老头子",一个土地花神,晚上会出来,在那个土山后面,花树下,冉冉的转圈子,见人也不避让。

有一年夏天,我已经像个大人了,天气郁闷,心上另外又有一点小事使我睡不着,半夜到园里去。一进门,我就停住了。我看见一个火星。咳嗽一声,招我前去。原来是我的父亲。他也正因为睡不着觉在园中徘徊。他让我抽一支烟,(我刚会抽烟)我搬了一张藤椅坐下,我们一直没有说话。那一次,我感觉我跟父亲靠得近极了。

四月二日。月光清极,夜气大凉。似乎该再写一段作为收尾,但又似无须了。便这样吧,日后再说。逝者如斯。

公共汽车

去年，在公共汽车上，我的孩子问我："小驴子有舅舅吗？"他在路上看到一只小驴子；他自己的舅舅前两天刚从桂林来，开了几天会，又走了。

今年，在公共汽车上，我的孩子告诉我："这是洒水车，这是载重汽车，这是老雕车……我会画大卡车。我们托儿所有个小朋友，他画得棒极了，他什么都会画，他……"

我的孩子跟我说了不止一次了："我长大了开公共汽车！"我想了一想，我没有意见。不过，这一来，每次上公共汽车，我就只好更得顺着他了。从前，一上公共汽车，我总是向后面看看，要是有座位，能坐一会也好嘛。他可不，一上来就往前面钻。钻到前面干什么呢？站在那里看司机叔叔开汽车。起先他问我为什么前面那个表旁边有两个扣子大的小灯，一个红的，一个黄的？为什么亮了——又慢慢地灭了？我以为他发生兴趣的也就是这两个小灯；后来，我发现并不是的，他对那两个小灯已经颇为冷淡了，但还是一样一上车就急忙往前面钻，站在那里看。我知道吸引住他的早就已经不是小红灯小黄灯，是人开汽车。我们曾经因为意见不同而发生过不愉快。有一两次因为我不很了解，没有尊重他的愿望，一上车就抱着他到后面去坐下了，及至发觉，则已经来不及了，前面已经堵得严严的，怎么也挤不过去了。于是他跟我吵了一路。"我说上前面,你定要到后面来!"——"你没有说呀!"——"我说了!我说了!"——他是没有说,不过他在心里是说了。"现在去也不行啦,这么多人!"——"刚才没有人!刚才没有人!"这以后,我就尊重他了,甭想再坐了。但是我"从思想里明确起来",则还在他宣布了他的志愿以后。从此,一上车,我就立刻往右拐,几乎已经成了本能,简直比他还积极。有时前面人多,我也带着他往前挤:"劳驾,劳驾,我们这孩子,唉!

要看开汽车，咳……"

开公共汽车，这实在也不坏。

开公共汽车，这是一桩复杂的，艰巨的工作。开公共汽车，这不是开普通的汽车。你知道，北京的公共汽车有多挤。在公共汽车上工作，这是对付人的工作，不是对付机器。

在北京的公共汽车上工作的，开车的，售票的，绝大部分是一些有本事的，精干的人。我看过很多司机，很多售票员。有一些，确乎是不好的。我看过一个面色苍白的，萎弱的售票员，他几乎一早上出车时就打不起精神来。他含含糊糊地，口齿不清地报着站名，吃力地点着钱，划着票；眼睛看也不看，带着淡淡的怨气呻吟着："不下车的往后面走走，下面等车的人很多……"也有的司机，在车子到站，上客下客的时候就休息起来，或者看他手上的表，驾驶台后面的事他满不关心。但是我看过很多精力旺盛的，机敏灵活的，不疲倦的售票员。我看到过一个长着浅浅的兜腮胡子和一对乌黑的大眼睛的角色，他在最挤的一趟车快要到达终点站的时候还是声若洪钟。一付配在最大的演出会上报幕的真正漂亮的嗓子。大声地说了那么多话而能一点不声嘶力竭，气急败坏，这不只是个嗓子的问题。我看到过一个家伙，他每次都能在一定的地方，用一定的速度报告下车之后到什么地方该换乘什么车，他的声音是比较固定的，但是保持着自然的语调高低，咬字准确清楚，没有像有些售票员一样把许多字音吃了，并且因为把两个字音搭起来变成一种特殊的声调，没有变成一种过分职业化的有点油气的说白，没有把这个工作变成一种仅具形式的玩弄——而且，每一次他都是恰好把最后一句话说完，车也就到了站，他就在最后一个字的尾音里拉开了车门，顺势弹跳下车。我看见过一个总是高高兴兴而又精细认真的小伙子。那是夏天，他穿一件背心，已经完全汗湿了而且弄得颇有点污脏了，但是他还是笑嘻嘻的。我看见他很亲切地请一位乘客起来，让一位怀孕的女同志坐，而那位女同志不坐，说她再有两站就下车了。"坐两站也好嘛!"她竟然坚持不坐,于是他只好无可奈何地笑一笑;车上的人也都很同情他的笑,包括那位刚刚站起来的乘客,这个座位终于只是空着,尽管车上并不是不挤。车上的人这时想到的不是自己要不要坐下,而是想的另外一类的事情。有那样的售票员,在看见有孕妇、老人、孩子上车的时候也说一声:"劳驾来,给孕妇、抱小孩的让个座吧!"说完了他就不管了。甚至有的说过了还急忙离孕妇老人远一点,躲开抱着孩子的母亲向他看着的眼睛,他怕真给找起座位来麻烦,怕遇到蛮横的乘客惹起争吵,他没有诚心,在困难面前退却了。他不。对于他所提出的给孕妇、老人、孩子让座的请求是不会有人拒绝,不会不乐意的,因为他确是在关心着老人、孕妇和孩子,不只是履行职务,他是要想尽办法使他们安全,使他们比较舒适的,不只是说两句话。他找起座位来总是比较顺利,用不了多少时候,所以耽误不了别的事。这不是很奇怪么?是的,了解一个人的品德并不很难,只要看看他的眼睛。我看见,在车里人比较少一点的时候,在他把票都卖完了的时候,他和一个学生模样的女孩子在闲谈,好像谈她的姨妈怎么怎么的,看起来,这女孩子是他一个邻居。而,当车快到站的时候,他立刻很自然地结束了谈话,扬声报告所到的站名和转乘车辆的路线,打开车门,稳健而灵活地跳下去。我看见,他的背心上印着字:一九五五年北京市公共汽车公司模范售票员;底下还有一个号码,很抱歉,我把它忘了。当时我是记住的,我以为我不会忘,可是我把它忘了。我对记数目字太没有本领了——是225?是不是?现在是六点一刻,他就要交班了。他到了家,洗一个澡,一定会换一身干干净净的,雪白的衬衫,还会去看一场电影。会的,他很愉快,他不感到十分疲倦。是和谁呢?是刚才车上那个女孩子么?这小伙子有一副招人喜欢的体态:文雅。多么漂亮,多有出息的小伙子!祝你幸福……

  我看到过一个司机。就是跟那个苍白的,疲乏的售票员在一辆车上的司机。这是一个沉默寡言的,冷静的人,有四十多岁,一张瘦瘦的黑黑的脸,脸上没有什么表情。这个人，车是开得好的；在路上遇到什么人乱跑或者前面的自行车把不住方向，情况颇为紧急时，从不大惊小怪，不使得一车的人都急忙伸出头来往外看，也不大声呵斥骑车行路的人。这个人，一到站，就站起来，转身向后，偶尔也伸出手来指点一下："那位穿蓝制服的，你要到西单才下车，请你往后走走。拿皮包的那位同志，请你偏过身子来，让这位老太太下车。车下有一个孕妇，坐专座的同志，请你站起来。往后走，往后走，后面还有地方，还可以再往后走。"很奇怪，车上的人就在他的这样的简单的，平淡的话的指挥之下，变得服服贴贴，很有秩序。他从来不呼吁，不请求，不道"劳驾"，不说"上下班的时候，人多，大家挤挤！""大礼拜六的，谁不想早点回家呀，挤挤，挤挤，多上一个好一个！""外边下着雨，互相多照顾照顾吧，都上来了最好！""上不来了！后边车就来啦！我不愿意多上几个呀！我愿意都上来才好哩，也得挤得下呀！"他不说这些！这个人身上有一种奇特的东西，那就是：坚定、自信。我看了看车上钉着的"公共汽车司机售票员守则"，有一条，是"负责疏导乘客"，"疏导"，这两个字是谁想出来的？这实在很好，这用在他身上是再恰当也没有了。于此可见，语言，是得要从生活里来的。我再看看"公约"，"公约"的第一条是："热爱乘客。"我想了想，像他这样，是"热爱"么？我想，是的，是热爱，这样的冷静，坚定，也是热爱，正如同那225号的小伙子的开朗的笑容是热爱一样……

人，是有各色各样的人的。

……我的孩子长大了要开公共汽车，我没有意见。

一九五六年十二月

（选自《冬天的树》）

桃花源记

汽车开进桃花源，车中一眼看见一棵桃树上还开着花，只有一枝，四五朵，通红的，如同胭脂。十一月天气，还开桃花！这四五朵红花似乎想努力地证明：这里确实是桃花源。

有一位原来也想和我们一同来看看桃花源的同志，听说这个桃花源是假的，就没有多大兴趣，不来了。这位同志真是太天真了。桃花源怎么可能是真的呢？《桃花源记》是一篇寓言。中国有几处桃花源，都是后人根据《桃花源诗并记》附会出来的。先有《桃花源记》，然后有桃花源。不过如果要在中国选举出一个桃花源，这一个应该有优先权。这个桃花源在湖南桃源县，桃源旧属武陵。而且这里有一条小溪，直通沅江。陶渊明的《桃花源记》不是这样说的么："晋太原中，武陵人，捕鱼为业，缘溪行，忘路之远近……"

刚放下旅行包，文化局的同志就来招呼去吃擂茶。耳擂茶之名久矣，此来一半为擂茶，没想到下车后第一个节目便是吃擂茶，当然很高兴。茶叶、老姜、芝麻，加盐，放在一个擂钵里，用硬杂木做的擂棒"擂"成细末，用开水冲开，便是擂茶。吃擂茶时还要摆出十几个碟子，里面装的是炒米、炒黄豆、炒绿豆、炒包谷、炒花生、砂炒红薯片、油炸锅巴、泡菜、酸辣藠头……边喝边吃。擂茶别具风味，连喝几碗，浑身舒服。佐茶的茶食也都很好吃，藠头尤其好。我吃过的藠头多矣，江西的、湖北的、四川的……但都不如这里的又酸又甜又辣，桃源藠头滋味之浓，实为天下冠。桃源人都爱喝擂茶。有的农民家，夏天中午不吃饭，就是喝一顿擂茶。问起擂茶的来历，说是：诸葛亮带兵到这里，士兵得了瘟疫，遍请名医，医治无效，有一个老婆婆说："我会治！"她熬了几大锅擂茶，说："喝吧！"士兵喝了擂茶，都好了。这种说法当然也只好姑妄听之。诸葛亮有没有带兵到过桃源，无可稽考。根据印象，这一带在三国时应是吴国的地方，若说是鲁肃或周瑜的兵，还差不多。我总怀疑，这种喝茶法是宋代传下来的。《都城纪胜·茶坊》载："冬天兼卖擂茶"。《梦粱录》"茶肆"条载:"冬月添卖七宝擂茶"。有一本书载:"杭州人一天吃三十丈木头",指的是每天消耗的"擂槌"的表层木质。"擂槌"大概就是桃源人所说的擂棒。"一天吃三十丈木头",形容杭州人口之多。

擂槌可以擂别的东西,当然也可以擂茶。"擂"这个字是从宋代沿用下来的。"擂"者,擂而细之之谓也,跟擂鼓的擂不是一个意思。茶里放姜,见于《水浒传》,王婆家就有这种茶卖,《水浒传》第二十四回写道:"便浓浓的点两盏姜茶,将来放在桌子上"。从字面看,这种茶里有茶叶,有姜,至于还放不放别的什么,只好阙闻了。反正,王婆所卖之茶与桃源擂茶有某种渊源,是可以肯定的。湖南省不少地方喝"芝麻豆子茶",即在茶里放入炒熟且碾碎的芝麻、黄豆、花生,也有放姜的,好像不加盐,茶叶则是整的,并不擂细,而且喝干了茶水还把叶子捞出来放进嘴里嚼嚼吃了,这可以说是擂茶的嫡堂兄弟。湖南人爱吃姜。十多年前在醴陵、浏阳一带旅行,公共汽车一到站,就有人托了一个磁盘,里面装的是插在牙签上的切得薄薄的姜片,一根牙签上插五六片,卖与过客。本地人掏出角把钱,买得几串,就坐在车里吃起来,像吃水果似的。大概楚地卑湿,故湘人保存了不撤姜食的习惯。生姜、茶叶可以治疗某些外感,是一般的本草书上都讲过的。北方的农村也有把茶叶、芝麻一同放在嘴里生嚼用来发汗的偏方。因此,说擂茶最初起于医治兵士的时症,不为无因。

上午在山上桃花观里看了看。进门是一正殿,往后高处是"古隐君子之堂"。两侧各有一座楼,一名"蹑风",用陶渊明"愿言蹑轻风"诗意;一名"玩月",用刘禹锡故实。楼皆三面开窗,后为墙壁,颇小巧,不俗气。观里的建筑都不甚高大,疏疏朗朗,虽为道观,却无甚道士气,既没有一气三清的坐像,也没有伸着手掌放掌心雷降妖的张天师。楹联颇多,联语多隐括《桃花源记》词句,也与道教无关。这些联匾在"文化大革命"中由一看山的老人摘下藏了起来,没有交给破四旧的红卫兵,故能完整地重新挂出来,也算万幸了。

　　下午下山，去钻了"秦人洞"。洞口倒是有点像《桃花源记》所写的那样，"山有小口，仿佛若有光"，"初极狭，才通人"。洞里有小小流水，深不过人脚面，然而源源不竭，蜿蜒流至山下。走了几十步，豁然开朗了，但并不是"土地平旷。屋舍俨然，有良田桑竹之属，阡陌交通，鸡犬相闻"。后面有一点平地，也有一块稻田，田中插一木牌，写着："千丘田"，实际上只有两间房子那样大，是特意开出来种了稻子应景的。有两个水池子，山上有一个擂茶馆，再后就又是山了。如此而已。因此不少人来看了，都觉得失望，说是"不像"。这些同志也真是天真。他们大概还想遇见几个避乱的秦人，请到家里，设酒杀鸡来招待他一番，这才满意。

　　看了秦人洞，便扶向路下山。山下有方竹亭，亭极古拙，四面有门而无窗，墙甚厚，拱顶，无梁柱，云是明代所筑，似可信。亭后旧有方竹，为国民党的兵砍尽。竹子这个东西，每隔三年，须删砍一次，不则挤死；然亦不能砍尽，砍尽则不复长。现在方竹亭后仍有一丛细竹，导游的说明牌上说：这种竹子看起来是圆的，摸起来是方的。摸了摸，似乎有点楞。但一切竹竿似皆不尽浑圆，这一丛细竹是补种来应景的，和我在成都薛涛井旁所见方竹不同，——那是真正"的角四方"的。方竹亭前原来有很多碑，"文化大革命"中都被红卫兵椎碎了，剩下一些石头乌龟昂着头空空地坐在那里。据说有一块明朝的碑，字写得很好，不知还能不能找到拓本。

旧的碑毁掉了，新的碑正在造出来。就在碎碑残骸不远处，有几个石工正在丁丁地斫治。一个小伙子在一块桃源石的巨碑上浇了水，用一块油石在慢慢地磨着。碑石绿如艾叶，很好看。桃源石很硬，磨起来很不容易。问："磨这样一块碑得用多少工？"——"好多工啊？哪晓得呢！反正磨光了算！"这回答真有点无怀氏之民的风度。

晚饭后，管理处的同志摆出了纸墨笔砚，请求写几个字，把上午吃擂茶时想出的四句诗写给了他们：

    红桃曾照秦时月，
    黄菊重开陶令花。
    大乱十年成一梦，
    与君安坐吃擂茶。

晚宿观旁的小招待所，栏杆外面，竹树萧然，极为幽静，桃花源虽无真正的方竹，但别的竹子都可看。竹子都长得很高，节子也长，竹叶细碎，姗姗可爱，真是所谓修竹。树都不粗壮，而都甚高。大概树都是从谷底长上来的，为了够得着日光，就把自己拉长了。竹叶间有小鸟穿来穿去，绿如竹叶，才一寸多长。

修竹姗姗节子长，
　　山中高树已经霜。
　　经霜竹子皆无语，
　　小鸟啾啾为底忙？

晨起，至桃花观门外闲眺，下起了小雨。

　　山下鸡鸣相应答，
　　林间鸟语自高低。
　　芭蕉叶响知来雨，
　　已觉清流涨小溪。

作了一日武陵人，临去，看那个小伙子磨的石碑，似乎进展不大。门口的桃花还在开着。

（选自《湘行二记》）

泡茶馆

"泡茶馆"是联大学生特有的语言。本地原来似无此说法,本地人只说"坐茶馆"。"泡"是北京话,其含义很难准确地解释清楚。勉强解释,只能说是持续长久地沉浸其中,像泡泡菜似的泡在里面。"泡蘑菇"、"穷泡",都有长久的意思。北京的学生把北京的"泡"字带到了昆明,和现实生活结合起来,便创造出一个新的语汇。"泡茶馆",即长时间地在茶馆里坐着。本地的"坐茶馆"也含有时间较长的意思。到茶馆里去,首先是坐,其次才是喝茶(云南叫吃茶)。不过联大的学生在茶馆里坐的时间往往比本地人长,长得多,故谓之"泡"。

有一个姓陆的同学,是一怪人,曾经骑自行车旅行半个中国。这人真是一个泡茶馆的冠军。他有一个时期,整天在一家熟识的茶馆里泡着。他的盥洗用具就放在这家茶馆里。一起来就到茶馆里去洗脸刷牙,然后坐下来,泡一碗茶,吃两个烧饼,看书。一直到中午,起身出去吃午饭。吃了饭,又是一碗茶,直到吃晚饭。晚饭后,又是一碗,直到街上灯火阑珊,才挟着一本很厚的书回宿舍睡觉。

昆明的茶馆共分几类,我不知道。大别起来,只能分为两类,一类是大茶馆,一类是小茶馆。

正义路原先有一家很大的茶馆，楼上楼下，有几十张桌子。都是荸荠紫漆的八仙桌，很鲜亮。因为在热闹地区，坐客常满，人声嘈杂。所有的柱子上都贴着一张很醒目的字条："莫谈国事"。时常进来一个看相的术士，一手捧一个六寸来高的硬纸片，上书该术士的大名（只能叫做大名，因为往往不带姓，不能叫"姓名"；又不能叫"法名"、"艺名"，因为他并未出家，也不唱戏），一只手捏着一根纸媒子，在茶桌间绕来绕去，嘴里念说着"送看手相不要钱！""送看手相不要钱"——他手里这根媒子即是看手相时用来指示手纹的。

这种大茶馆有时唱围鼓。围鼓即由演员或票友清唱。我很喜欢"围鼓"这个词。唱围鼓的演员、票友好像是不取报酬的,只是一群有同好的闲人聚拢来唱着玩。但茶馆却可借来招揽顾客,所以茶馆里便于闹市张贴告条:"某月日围鼓"。到这样的茶馆里来一边听围鼓,一边吃茶,也就叫做"吃围鼓茶"。"围鼓"这个词大概是从四川来的,但昆明的围鼓似多唱滇剧。我在昆明七年,对滇剧始终没有入门。只记得不知什么戏里有一句唱词"孤王头上长青苔"。孤王的头上如何会长青苔呢?这个设想实在是奇绝,因此一听就永不能忘。

我要说的不是那种"大茶馆"。这类大茶馆我很少涉足,而且有些大茶馆,包括正义路那家兴隆鼎盛的大茶馆,后来大都陆续停闭了。我所说的是联大附近的茶馆。

从西南联大新校舍出来,有两条街,凤翥街和文林街,都不长。这两条街上至少有不下十家茶馆。

从联大新校舍,往东,折向南,进一座砖砌的小牌楼式的街门,便是凤翥街。街头右手第一家便是一家茶馆。这是一家小茶馆,只有三张茶桌,而且大小不等,形状不一,茶具也是比较粗糙的,随意画了几笔蓝花的盖碗。除了卖茶,檐下挂着大串大串的草鞋和地瓜(即湖南人所谓的凉薯),这也是卖的。张罗茶座的是一个女人。这女人长得很强壮,皮色也颇白净。她生了好些孩子。身边常有两个孩子围着她转,手里还抱着一个。她经常敞着怀,一边奶着那个早该断奶的孩子,一边为客人冲茶。她的丈夫,比她大得多,状如猿猴,而目光锐利如鹰。他什么事情也不管,但是每天下午却捧了一个大碗喝牛奶。这个男人是一头种畜。这情况使我们颇为不解。这个白皙强壮的妇人,只凭一天卖几碗茶,卖一点草鞋、地瓜,怎么能喂饱了这么多张嘴,还能供应一个懒惰的丈夫每天喝牛奶呢?怪事!中国的妇女似乎有一种天授的惊人的耐力，多大的负担也压不垮。

由这家往前走几步，斜对面，曾经开过一家专门招徕大学生的新式茶馆。这家茶馆的桌椅都是新打的，涂了黑漆。堂倌系着白围裙。卖茶用细白瓷壶，不用盖碗（昆明茶馆卖茶一般都用盖碗）。除了清茶，还卖沱茶、香片、龙井。本地茶客从门外过，伸头看看这茶馆的局面，再看看里面坐得满满的大学生，就会挪步另走一家了。这家茶馆没有什么值得一记的事，而且开了不久就关了。联大学生至今还记得这家茶馆是因为隔壁有一家卖花生米的。这家似乎没有男人，站柜卖货是姑嫂两人，都还年轻，成天涂脂抹粉。尤其是那个小姑子，见人走过，辄作媚笑。联大学生叫她花生西施。这西施卖花生米是看人行事的。好看的来买，就给得多。难看的给得少。因此我们每次买花生米都推选一个挺拔英俊的"小生"去。

再往前几步，路东，是一个绍兴人开的茶馆。这位绍兴老板不知怎么会跑到昆明来，又不知为什么在这条小小的凤翥街上来开一爿茶馆。他至今乡音未改。大概他有一种独在异乡为异客的情绪，所以对待从外地来的联大学生异常亲热。他这茶馆里除了卖清茶，还卖一点芙蓉糕、萨其玛、月饼、桃酥，都装一个玻璃匣子里。我们有时觉得肚子里有点缺空而又不到吃饭的时候，便到他这里一边喝茶一边吃两块点心。有一个善于吹口琴的姓王的同学经常在绍兴人茶馆喝茶。他喝茶，可以欠账。不但喝茶可以欠账，我们有时想看电影而没有钱，就由这位口琴专家出面向绍兴老板借一点。绍兴老板每次都是欣然地打开钱柜，拿出我们需要的数目。我们于是欢欣鼓舞，兴高采烈，迈开大步，直奔南屏电影院。

再往前，走过十来家店铺，便是凤翥街口，路东路西各有一家茶馆。

路东一家较小，很干净，茶桌不多。街西那家又脏又乱，地面坑洼不平，一地的烟头、火柴棍、瓜子皮。茶桌也是七大八小，摇摇晃晃，但是生意却特别好。从早到晚，人坐得满满的。也许是因为风水好。这家茶馆正在凤翥街和龙翔街交接处，门面一边对着凤翥街，一边对着龙翔街，坐在茶馆两条街上的热闹都看得见。到这家吃茶的全部是本地人，本街的闲人、赶马的"马锅头"，卖柴的、卖菜的。他们都抽叶子烟。要了茶以后，便从怀里掏出一个烟盒——圆形，皮制的，外面涂着一层黑漆，打开来，揭开覆盖着的菜叶，拿出剪好的金堂叶子，一枝一枝地卷起来。茶馆的墙壁上张贴、涂抹得乱七八糟。但我却于西墙上发现了一首诗，一首真正的诗：

　　记得旧时好，
　　跟随爹爹去吃茶。
　　门前磨螺壳，
　　巷口弄泥沙。

是用墨笔题写在墙上的。这使我大为惊异了。这是什么人写的呢？

每天下午，有一个盲人到这家茶馆来卖唱。他打着扬琴，说唱着。照现在的说法，这应是一种曲艺，但这种曲艺该叫什么名称，我一直没有打听着。我问过"主任儿子"，他说是"唱扬琴的"，我想不是。他唱的是什么？我有一次特意站下来听了一会，是：

　　…………
　　良田美地卖了，
　　高楼大厦拆了，
　　娇妻美妾跑了，
　　狐皮袍子当了……

我想了想，哦，这是一首劝戒鸦片的歌，他这唱的是鸦片烟之为害。这是什么时候传下来的呢？说不定是林则徐时代某一忧国之士的作品。但是这个盲人只管唱他的，茶客们似乎都没有在听，他们仍然在说话，各人想自己的心事。到了天黑，这个盲人背着扬琴，点着马杆，踽踽地走回家去。我常常想：他今天能吃饱么？

　　进大西门，是文林街，挨着城门口就是一家茶馆。这是一家最无趣味的茶馆。茶馆墙上的镜框里装的是美国电影明星的照片，蓓蒂·黛维丝、奥丽薇·德·哈弗兰、克拉克盖博、泰伦宝华……除了卖茶，还卖咖啡、可可。这家的特点是：进进出出的除了穿西服和麂皮夹克的比较有钱的男同学外，还有把头发卷成一根一根香肠似的女同学。有时到了星期六，还开舞会。茶馆的门关了，从里面传出《蓝色的多瑙河》和《风流寡妇》舞曲，里面正在"嘣嚓嚓"。

　　和这家斜对着的一家，跟这家截然不同。这家茶馆除卖茶，还卖煎血肠。这种血肠是牦牛肠子灌的，煎起来一街都闻见一种极其强烈的气味，说不清是异香还是奇臭。这种西藏食品，那些把头发卷成香肠一样的女同学是绝对不敢问津的。

　　由这两家茶馆，往东，不远几步，面南，便可折向钱局街。街上有一家老式的茶馆，楼上楼下，茶座不少。说这家茶馆是"老式"的，是因为茶馆备有烟筒，可以租用。一段青竹，旁安一个粗如小指半尺长的竹管，一头装一个带爪的莲蓬嘴，这便是"烟筒"。在莲蓬嘴里装了烟丝，点以纸媒，把整个嘴埋在筒口内，尽力猛吸，筒内的水咚咚作响，浓烟便直灌肺腑，顿时觉得浑身通泰。吸烟筒要有点功夫，不会吸的吸不出烟来。茶馆的烟筒比家用的粗得多，高齐桌面，吸完就靠在桌腿边，吸时尤需底气充足。这家茶馆门前，有一个小摊，卖酸角（不知什么树上结的，形状有点像皂夹，极酸，入口使人攒眉）、拐枣（也是树上结的，应该算是果子，状如鸡爪，一疙瘩一疙瘩的，有的地方即叫做鸡脚爪，味道很怪，像红糖，又有点像甘草），和泡梨（糖梨泡在盐水里。梨味本是酸甜的,昆明人却偏于盐水内泡而食之。泡梨仍有梨香,而梨肉极脆嫩)。过了春节则有人于门前卖葛根。葛根是药,我过去只在中药铺见过,切成四方的棋子块儿,是已经经过加工的了。原物是什么样子,我是在昆明才见到的。这种东西可以当零食来吃,我也是在昆明才知道。一截根,粗如手臂,横放在一块板上,外包一块湿布。给很少的钱,卖葛根的便操起有点像北京切涮羊肉的肉片用的那种薄刃长刀,切下薄薄的几片给你。雪白的。嚼起来有点像干瓤的生白薯片,而有极重的药味。据说葛根能清火。联大的同学大概很少人吃过葛根。我是什么奇奇怪怪的东西都要买一点尝一尝的。

大学二年级那一年，我和两个外文系的同学经常一早就坐到这家茶馆靠窗的一张桌边，各自看自己的书，有时整整坐一上午，彼此不交一语。我这时才开始学写作，我的最初几篇小说，即是在这家茶馆里写的。茶馆离翠湖很近，从翠湖吹来的风里，时时带有水浮莲的气味。

回到文林街。文林街中，正对府甬道，后来新开了一家茶馆。这家茶馆的特点一是卖茶用玻璃杯，不用盖碗，也不用壶。不卖清茶，卖绿茶和红茶。红茶色如玫瑰，绿茶苦如猪胆。第二是茶桌较小，且覆有玻璃桌面。在这样桌子上打桥牌实在是再合适不过了，因此到这家茶馆来喝茶的，大都是来打桥牌的，这茶馆实在是一个桥牌俱乐部。联大打桥牌之风很盛。有一个姓马的同学每天到这里打桥牌。解放后，我才知道他是老地下党员，昆明学生运动的领导人之一。学生运动搞得那样热火朝天，他每天都只是很闲在，很热衷地在打桥牌，谁也看不出他和学生运动有什么关系。

文林街的东头，有一家茶馆，是一个广东人开的，字号就叫"广发茶社"，——昆明的茶馆我记得字号的只有这一家。原因之一，是我后来住在民强巷，离广发很近，经常到这家去。原因之二是——经常聚在这家茶馆里的，有几个助教、研究生和高年级的学生。这些人多多少少有一点玩世不恭。那时联大同学常组织什么学会，我们对这些俨乎其然的学会微存嘲讽之意。有一天，广发的茶友之一说："咱们这也是一个学会，——广发学会！"这本是一句茶余的笑话。不料广发的茶友之一，解放后，在一次运动中被整得不可开交，胡乱交待问题，说他曾参加过"广发学会"。这就惹下了麻烦。几次有人，专程到北京来外调"广发学会"问题。被调查的人心里想笑，又笑不出来，因为来外调的政工人员态度非常严肃。广发茶馆代卖广东点心。所谓广东点心，其实只是包了不同味道的甜馅的小小的酥饼，面上却一律贴了几片香菜叶子。这大概是这一家饼师的特有的手艺。我在别处吃过广东点心，就没有见过面上贴有香菜叶子的——至少不是每一块都贴。

或问：泡茶馆对联大学生有些什么影响？答曰：第一，可以养其浩然之气。联大的学生自然也是贤愚不等，但多数是比较正派的。那是一个污浊而混乱的时代，学生生活又穷困得近乎潦倒，但是很多人却能自许清高，鄙视庸俗，并能保持绿意葱茏的幽默感，用来对付恶浊和穷困，并不颓丧灰心，这跟泡茶馆是有些关系的。第二，茶馆出人才。联大学生上茶馆，并不只是穷泡，除了瞎聊，大部分时间都是用来读书的。联大图书馆座位不多，宿舍里没有桌凳，看书多半在茶馆里。联大同学上茶馆很少不挟着一本乃至几本书的。不少人的论文、读书报告，都是在茶馆写的。有一年一位姓石的讲师的《哲学概论》期终考试，我就是把考卷拿到茶馆里去答好了再交上去的。联大八年，出了很多人才。研究联大校史，搞"人才学"，不能不了解了解联大附近的茶馆。第三，泡茶馆可以接触社会。我对各种各样的人、各种各样的生活都发生兴趣，都想了解了解，跟泡茶馆有一定关系。如果我现在还算一个写小说的人，那么我这个小说家是在昆明的茶馆里泡出来的。

一九八四年五月十三日

读廉价书

文章滥贱，书价腾踊。我已经有好多年不买书了。这一半也是因为房子太小，买了没有地方放。年轻时倒也有买书的习惯。上街，总要到书店里逛逛，挟一两本回来。但我买的，大都是便宜的书。读廉价书有几样好处。一是买得起，掏出钱时不肉痛；二是无须珍惜，可以随便在上面圈点批注；三是丢了就丢了，不心疼。读廉价书亦有可记之事，爱记之。

一折八扣书

一折八扣书盛行于30年代。中学生所买的大都是这种书。一折，而又打八扣，即定价如是一元，实售只是八分钱。当然书后面的定价是预先提高了的。但是经过一折八扣，总还是很便宜的。为什么不把定价压低，实价出售，而用这种一折八扣的办法呢，大概是投合买书人贪便宜的心理：这差不多等于白给了。

一折八扣书多是供人消遣的笔记小说，如《子不语》、《夜雨秋灯录》、《续齐谐》等等。但也有文笔好，内容有意思的，如余澹心的《板桥杂记》、冒辟疆的《影梅庵忆语》。也有旧诗词集。我最初读到的《漱玉词》和《断肠词》就是这种一折八扣本。《断肠词》的样子我到现在还记得，封面是砖红色的，一侧画一枝滴下两滴墨水的羽毛笔。一折八扣书都很薄，但也有较厚的，《剑南诗钞》即是相当厚的两本。这书的封面是米黄色的铜版纸，王西神题签。这在一折八扣书中是相当贵的了。

星期天，上午上街，买买东西（毛巾、牙膏、袜子之类），吃一碗脆鳝面或辣油面（我读高中在江阴，江阴的面我以为是做得最好的，真是细若银丝，汤也极好）、几只猪油青韭馅饼（满口清香），到书摊上挑一两本一折八扣书，回校。下午躺在床上吃粉盐豆（江阴的特产），喝白开水，看书，把三角函数、化学分子式暂时都忘在脑后，考试、分数，于我何有哉，这一天实在过得蛮快活。

一折八扣书为什么卖得如此之贱？因为成本低。除了垫出一点纸张油墨，就不须花什么钱。谈不上什么编辑，选一个底本，排印一下就是。大都只是白文，无注释，多数连标点也没有。

我倒希望现在能出这种无前言后记，无注释、评语、考证，只印白文的普及本的书。我不爱读那种塞进长篇大论的前言后记的书，好像被人牵着鼻子走。读了那样板着面孔的前言和啰嗦的后记，常常叫人生气。而且加进这样的东西，书就卖得很贵了。

扫叶山房

扫叶山房是龚半千的斋名，我在南京，曾到清凉山看过其遗址。但这里说的是一家书店。这家书店专出石印线装书，白连史纸，字颇小，但行间加栏，所以看起来不很吃力。所印书大都几册作一部，外加一个蓝布函套。挑选的都是内容比较严肃、有一定学术价值的古籍，这对于置不起善本的想做点学问的读书人是方便的。我不知道这家书店的老板是何许人，但是觉得是个有心人，他也想牟利，但也想做一点于人有益的事。这家书店在什么地方，我不记得了，印象中好像在上海四马路。扫叶山房出的书不少，嘉惠士林，功不可泯。我希望有人调查一下扫叶山房的始末，写一篇报告，这在中国出版史上将是有意思的一笔，虽然是小小的一笔。

我买过一些扫叶山房的书，都已失去。前几年架上有一函《景德镇匋录》，现在也不知去向了。

旧书摊

昆明的旧书店集中在文明街，街北头路西，有几家旧书店。我们和这几家旧书店的关系，不是去买书，倒是常去卖书。这几家旧书店的老板和伙计对于书都不大内行，只要是稍微整齐一点的书，古今中外，文法理工，都要，而且收购的价钱不低。尤其是工具书，拿去，当时就付钱。我在西南联大时，时常断顿，有时日高不起，拥被坠卧。朱德熙看我到快11点钟还不露面，便知道我午饭还没有着落，于是挟了一本英文字典，走进来，推推我："起来起来，去吃饭！"到了文明街，出脱了字典，两个人便可以吃一顿破酥包子或两碗焖鸡米线，还可以喝二两酒。

工具书里最走俏的是《辞源》。有一个同学发现一家书店的《辞源》的收售价比原价要高出不少，而拐角的商务印书馆的书架就有几十本崭新的《辞源》，于是以原价买到，转身即以高价卖给旧书店。他这种搬运工作干了好几次。

我应当在昆明旧书店也买过几本书，是些什么书，记不得了。

在上海，我短不了逛逛旧书店。有时是陪黄裳去，有时我自己去。也买过几本书。印象真凿的是买过一本英文的《威尼斯商人》。其时大概是想好好学学英文，但这本《威尼斯商人》始终没有读完。

我倒是在地摊上买到过几本好书。我在福煦路一个中学教书。有一个工友，姑且叫他老许吧，他管打扫办公室和教室外面的地面，打开水，还包几个无家的单身教员的伙食。伙食极简便，经常提供的是红烧小黄鱼和炒鸡毛菜。他在校门外还摆了一个书摊。他这书摊是名副其实的"地摊",连一块板子或油布也没有,书直接平摊在人行道的水泥地上。老许坐于校门内侧,手里做着事,择菜或清除洋铁壶的水碱,一面拿眼睛向地摊上瞟着。我进进出出,总要蹲下来看看他的书。我曾经买过他一些书,——那是和烂纸的价钱差不多的,其中值得纪念的有两本。一本是张岱的《陶庵梦忆》,这本书现在大概还在我家不知哪个角落里。一本在我来说,是很名贵的:万有文库汤显祖评本《董解元西厢记》。我对董西厢一直有偏爱,以为非王西厢所可比。汤显祖的批语包括眉批和每一出的总批,都极精彩。这本书字大,纸厚,汤评是照手书刻印出的。汤显祖字似欧阳率更《张翰帖》,秀逸处似陈老莲,极可爱。我未见过临川书真迹，得见此影印刻本，而不禁神往不置。"万有文库"算是什么稀罕版本呢？但在我这个向不藏书的人，是视同珍宝的。这书跟随我多年，约10年前为人借去不还，弄得我想引用汤评时，只能于记忆中得其仿佛，不胜怅怅！

小镇书遇

我戴了右派帽子，下放张家口沙岭子劳动。沙岭子是宣化至张家口之间的一小站。这里有一个镇，本地叫做"堡"（读如"捕"）。每遇星期天，节假日，没有什么地方可去，我们就去堡里逛逛。堡里有一个供销社（卖红黑灯芯绒、凤穿牡丹被面、花素直贡呢，动物饼干、果酱面包，油盐酱醋、韭菜花、青椒糊、臭豆腐），一个山货店，一个缝纫社，一个木业生产合作社，一个兽医站。若是逢集，则有一些卖茄子、辣椒、疙瘩白的菜担，一些用绳络网在筐里的小猪秧子。我们就怀了很大的兴趣，看凤穿牡丹被面，看铁锅，看扫帚，看茄子，看辣椒，看猪秧子。

堡里照例还有一个新华书店。充斥于书架上的当然是毛选，此外还有些宣传计划生育的小册子、介绍化肥农药配制的科普书、连环画《智取威虎山》、《三打白骨精》。有一天，我去逛书店，忽然在一个书架的最高层发现了几本书：《梦溪笔谈》、《容斋随笔》、《癸巳类稿》、《十驾斋养新录》。我不无激动地搬过一张凳子，把这几册书抽下来，请售货员计价。售货员把我打量了一遍，开了发票。

"你们这个书店怎么会进这样的书？"

"谁知道！也除是你，要不然，这几本书永远不会有人要。"

不久，我结束劳动，派到县上去画马铃薯图谱。我就带了这几本书，还有一套郭茂倩的《乐府诗集》，到沽源去了。白天画图谱，夜晚灯下读书，如此右派，当得！

这几本书是按原价卖给我们的,不是廉价书。但这是早先的定价,故不贵。

鸡蛋书

赵树理同志曾希望他的书能在农村的庙会上卖,农民可以拿几个鸡蛋来换。这个理想一直未见实现。用实物换书,有一定困难,因为鸡蛋的价钱是涨落不定的。但是便宜到只值两三个鸡蛋,这样的书原先就有过。

我家在高邮北市口开了一片中药店万全堂。万全堂的廊下常年摆着一个书摊。两张板凳支三块门板,"书"就一本一本地平放在上面。为了怕风吹跑,用几根削方了的木棍横压着。摊主用一个小板凳坐在一边,神情古朴。这些书都是唱本,封面一色是浅紫色的很薄的标语纸的,上面印了单线的人物画,都与内容有关,左边留出长方的框,印出书名:《薛丁山征西》、《三请樊梨花》、《李三娘挑水》、《孟姜女哭长城》……里面是白色有光纸石印的"文本",两句之间空一字,念起来不易串行。我曾经跟摊主借阅过。一本"书"一会儿就看完了,因为只有几页,看完一本,再去换。这种唱本几乎千篇一律,开头总是:"自从盘古开天地,三皇五帝到如今",三皇五帝是和什么故事都挨得上的。唱词是没有多大文采的,但却文从字顺,合辙押韵(七字句和十字句)。当中当然有许多不必要的"水词"。老舍先生曾批评旧曲艺有许多不必要的字,如"开言有语叫张生","叫张生"就得了嘛,干嘛还要"开言"还"有语"呢?不行啊,不这样就凑不足7个字,而且韵也押不好。这种"水词"在唱本中比比皆是,也自成一种文理。我倒想什么时候有空,专门研究一下曲艺唱本里的"水词"。不是开玩笑,我觉得我们的新诗里所缺乏的正是这种"水词",字句之间过于拥挤,这是题外话。我读过的唱本最有趣的一本是《王婆骂鸡》。

这种唱本是卖给农民的。农民进城,打了油,撕了布,称了盐,到万全堂买了治牙疼的"过街笑"、治肚子疼的暖脐膏，顺便就到书摊上翻翻，挑两本，放进捎码子，带回去了。

农民拿了这种书，不是看，是要大声念的。会唱"送麒麟"、"看火戏"的还要打起调子唱。一人唱念，就有不少人围坐静听。自娱娱人，这是家乡农村的重要文化生活。

唱本定价120文左右，与一碗宽汤饺面相等，相当于3个鸡蛋。

这种石印唱本不知是什么地方出的（大概是上海），曲本作者更不知道是什么人。

另外一种极便宜的书是"百本张"的鼓曲段子。这是用毛边纸手抄的，折叠式，不装订，书面写出曲段名，背后有一方长方形的墨印"百本张"的印记（大小如豆腐干）。里面的字颇大，是蹩脚的馆阁体楷书，而皆微扁。这种曲本是在庙会上卖的。我曾在隆福寺买到过几本。后来，就再看不见了。这种唱本的价钱，也就是相当于三个鸡蛋。

附带想到一个问题。北京的鼓词俗曲的资料极为丰富，可是一直没有人认真地研究过。孙楷第先生曾编过俗曲目录，但只是目录而已。事实上这里可研究的东西很多，从民俗学的角度，从北京方言角度，当然也从文学角度，都很值得钻进去，搞10年8年。一般对北京曲段多只重视其文学性，重视罗松窗、韩小窗，对于更俚俗的不大看重。其实有些极俗的曲段，如"阔大奶奶逛庙会"、"穷大奶奶逛庙会"，单看题目就知道是非常有趣的。车王府有那么多曲本，一直躺在首都图书馆睡觉，太可惜了！

一九八六年七月八日

坝上

> 风梳着莜麦沙沙地响,
> 山药花翻滚着雪浪。
> 走半天见不到一个人,
> 这就是俺们的坝上。
> ——旧作《旅途》

香港人知道坝上的大概不多,但是不少人知道口蘑。口蘑的集散地在张家口市,但是出产在张家口地区的坝上。

张家口地区分坝上、坝下两个部分。我原来以为"坝"是水坝,不是的。所谓坝是一溜大山,齐齐的,远看倒像是一座大坝。坝上坝下,海拔悬殊。坝下七百公尺,坝上一千四,几乎是直上直下。汽车从万全县起爬坡,爬得很吃力。一上坝,就忽然开得轻快起来,撒开了欢。坝上是台地,非常平。北方人形容地面之平,说是平得像案板一样。而且非常广阔,一望无际。坝上下,温度也极悬殊。我上坝在九月初,原来穿的是衬衫,一上坝就披起了薄棉袄。坝上冬天冷到零下四十度。冬天上坝,汽车站都要检查乘客有没有大皮袄,曾经有人冻死在车上过。

坝上的地块极大。多大?说是有人牵了一头黄牛去犁地,犁了一趟回来,黄牛带回一只小牛犊,已经三岁了!

坝上的农作物也和坝下不同,不种高粱、玉米,种莜麦、胡麻、山药。莜麦和西藏的青稞麦是一类的东西,有点像做麦片的燕麦。这种庄稼显得非常干净,看起来像洗过一样,梳过一样。胡麻开着蓝花,像打着一把一把小伞,很秀气。山药即马铃薯。香港人是见过马铃薯的,但是种在地里的马铃薯恐怕见过的人不多。马铃薯开了花,真是像翻滚着雪浪。

坝上有草原,多马、牛、羊。坝上的羊肉不膻,因为羊吃了野葱,自己已经把膻味解了。据说过去北京东来顺卖涮羊肉的羊都是从坝上赶了去的。——不是用车运,而是雇人成群地赶去的。羊一路走,一路吃草,到北京才不掉膘。

口蘑很奇怪,长在一定的地方,不是到处长。长蘑菇的地方叫做"蘑菇圈"。在草地上远远看去,有一圈草特别绿,那就是蘑菇圈。蘑菇圈是正圆的。蘑菇就长在这一圈草里。——圈里不长,圈外也不长。有人说这地方过去曾扎过蒙古包,蒙古人把吃剩的肉汤、骨头丢在蒙古包周围,这一圈土特别肥,所以长蘑菇。但据研究蘑菇的专家告诉我,兹说不可信。我采过蘑菇。下过雨,出了太阳,空气潮暖,蘑菇就出来了。从土里顶出一个小小的白帽,雪白的。哈，蘑菇！我第一次采到蘑菇，其惊喜不下于小时候第一次钓到一条鱼。

口蘑品种很多。伞盖背面菌丝作紫黑色的，叫"黑片蘑"，品最次。比较名贵的是青腿子、鸡腿子、白蘑。我曾亲自采到一个白蘑，晾干了，带回北京。一个白蘑做了一大碗汤，一家人都喝了，都说："鲜极了！"口蘑要干制了才好吃，鲜口蘑不好吃，不像云南的鸡㙡或冬菇。我在井冈山吃过才摘的鲜冬菇，风味绝佳，无可比拟。

坝上还出百灵。过去有那种游手好闲，不好好种地的人，即靠采蘑菇和扣百灵为生。百灵为甚么要"扣"呢？因为它是落在地面上的。百灵的爪子不能拳曲，不能栖息在树上，——抓不住树枝。养百灵的笼里不要栖棍，只有一个"台"，百灵想唱歌，就登台表演。至于怎样"扣"，我则未闻其详。关里的百灵很多都是从"口外"去的。但是口外百灵到了关里得经过一段时间的调教，否则它叫起来带有口外的口音。咦，鸟还有乡音呀？

西南联大中文系

西南联大中文系的教授有清华的,有北大的,应该也有南开的。但是哪一位教授是南开的,我记不起来了。清华的教授和北大的教授有什么不同,我实在看不出来。联大的系主任是轮流坐庄。朱自清先生当过一段系主任。担任系主任时间较长的,是罗常培先生。学生背后都叫他"罗长官"。罗先生赴美讲学,闻一多先生代理过一个时期。在他们"当政"期间,中文系还是那个老样子,他们都没有一套"施政纲领"。事实上当时的系主任"为官清简",近于无为而治。中文系的学风和别的系也差不多:民主、自由、开放。当时没有"开放"这个词,但有这个事实。中文系似乎比别的系更自由。工学院的机械制图总要按期交卷,并且要严格评分的;理学院要做实验,数据不能马虎。中文系就没有这一套。记得我在皮名举先生的《西洋通史》课上交了一张规定的马其顿帝国的地图,皮先生阅后,批了两行字:"阁下之地图美术价值甚高,科学价值全无。"似乎这样也可以了。总而言之,中文系的学生更为随便,中文系体现的"北大"精神更为充分。

如果说西南联大中文系有一点什么"派",那就只能说是"京派"。西南联大有一本《大一国文》,是各系共同必修。这本书编得很有倾向性。文言文部分突出地选了《论语》,其中最突出的是《子路曾晳冉有公西华侍坐》。"暮春者，春服既成，冠者五六人，童子六七人，浴乎沂，风乎舞雩，咏而归"，这种超功利的生活态度，接近庄子思想的率性自然的儒家思想对联大学生有相当深广的潜在影响。还有一篇李清照的《金石录后序》。一般中学生都读过一点李清照的词，不知道她能写这样感情深挚、挥洒自如的散文。这篇散文对联大文风是有影响的。语体文部分，鲁迅选的是《示众》。选一篇徐志摩的《我所知道的康桥》，是意料中事。选了丁西林的《一只马蜂》，就有点特别。更特别的是选了林徽音的《窗子以外》。这一本《大一国文》可以说是一本"京派国文"。严家炎先生编中国流派文学史，把我算作最后一个"京派"，这大概跟我读过联大有关，甚至是和这本《大一国文》有点关系。这是我走上文学道路的一本启蒙的书。这本书现在大概是很难找到了。如果找得到,翻印一下,也怪有意思的。

"京派"并没有人老挂在嘴上。联大教授的"派性"不强。唐兰先生讲甲骨文,讲王观堂(国维)、董彦堂(董作宾),也讲郭鼎堂(沫若)——他讲到郭沫若时总是叫他"郭沫(读如妹)若"。闻一多先生讲(写)过"擂鼓的诗人",是大家都知道的。

联大教授讲课从来无人干涉,想讲什么就讲什么,想怎么讲就怎么讲。刘文典先生讲了一年庄子,我只记住开头一句:"《庄子》嘿,我是不懂的喽,也没有人懂。"他讲课时东拉西扯,有时扯到和庄子毫不相干的事。倒是有些骂人的话,留给我的印象颇深。他说有些搞校勘的人,只会说"甲本作某,乙本作某,——到底应该作什么?"骂有些注释家,只会说甲如何说,乙如何说,"你怎么说?"他还批评有些教授,自己拿了一个有注解的本子,发给学生的是白文,"你把注解发给学生!要不,你也拿一本白文!"他的这些意见,我以为是对的。他讲了一学期《文选》只讲了半篇木玄虚的《海赋》。好几堂课大讲"拟声法"。他在黑板上写了一个挺长的法国字,举了好些外国例子。曾见过几篇老同学的回忆文章,说闻一多先生讲楚辞,一开头总是"痛饮酒熟读《离骚》,方称名士"。有人问我,"是不是这样?"是这样。他上课,抽烟。上他的课的学生,也抽。他讲唐诗,不蹈袭前人一语。讲晚唐诗和后期印象派的画一起讲,特别讲到"点画派"。中国用比较文学的方法讲唐诗的,闻先生当为第一人。他讲《古代神话与传说》非常"叫座"。上课时连工学院的同学都穿过昆明城,从拓东路赶来听。那真是"满坑满谷",昆中北院大教室里里外外都是人。闻先生把自己在整张毛边纸上手绘的伏羲女娲图钉在黑板上,把相当繁琐的考证,讲得有声有色,非常吸引人。还有一堂"叫座"的课是罗庸(膺中)先生讲杜诗。罗先生上课,不带片纸。不但杜诗能背写在黑板上,连仇注都背出来。唐兰(立庵)先生讲课是另一种风格。他是教古文字学的,有一年忽然开了一门"词选",不知道是没有人教,还是他自己感兴趣。他讲"词选"主要讲《花间集》(他自己一度也填词,极艳)。他讲词的方法是:不讲。有时只是用无锡腔调念(实是吟唱)一遍:"'双鬓隔香红,玉钗头上风'——好!真好!"这首词就 pass 了。沈从文先生在联大开过三门课:"各体文习作"、"创作实习"、"中国小说史"。沈先生怎样教课,我已写了一篇《沈从文先生在西南联大》,发表在《人民文学》上,兹不赘。他讲创作的精义,只有一句"贴到人物来写"。听他的课需要举一隅而三隅反,否则就会觉得"不知所云"。

联大教授之间,一般是不互论长短的。你讲你的,我讲我的。但有时放言月旦,也无所谓。比如唐立庵先生有一次在系公室当着一些讲师助教,就评论过两位教授,说一个"集穿凿附会之大成",一个"集啰唆之大成"。他不考虑有人会去"传小话",也没有考虑这两位教授会因此而发脾气。

西南联大中文系教授对学生的要求是不严格的。除了一些基础课,如文字学(陈梦家先生授)、声韵学(罗常培先生授)要按时听课,其余的,都较随便。比较严一点的是朱自清先生的"宋诗"。他一首一首地讲,要求学生记笔记,背,还要定期考试,小考,大考。有些课,也有考试,考试也就是那么回事。一般都只是学期终了,交一篇读书报告。联大中文系读书报告不重抄书,而重有无独创性的见解。有的可以说是怪论。有一个同学交了一篇关于李贺的报告给闻先生,说别人的诗都是在白地子上画画,李贺的诗是在黑地子上画画,所以颜色特别浓烈,大为闻先生激赏。有一个同学在杨振声先生教的"汉魏六朝诗选"课上,就"车轮生四角"这样的合乎情悖乎理的想象写了一篇很短的报告《方车轮》。就凭这份报告,在期终考试时,杨先生宣布该生可以免考。

联大教授大都很爱才。罗常培先生说过,他喜欢两种学生:一种,刻苦治学;一种,有才。他介绍一个学生到联大先修班去教书,叫学生拿了他的亲笔介绍信去找先修班主任李继侗先生。介绍信上写的是"……该生素具创作夙慧。……"一个同学根据另一个同学的一句新诗（题一张抽象派的画的）"愿殿堂毁塌于建成之先"填了一首词，作为"诗法"课的练习交给王了一先生，王先生的评语是："自是君身有仙骨，剪裁妙处不须论。"具有"夙慧"，有"仙骨"，这种对于学生过甚其辞的评价，恐怕是不会出之于今天的大学教授的笔下的。

我在西南联大是一个不用功的学生，常不上课，但是乱七八糟看了不少书。有一个时期每天晚上到系图书馆去看书。有时只我一个人。中文系在新校舍的西北角，墙外是坟地，非常安静。在系里看书可以不用经过什么借书手续，架上的书可以随便抽下一本来看。而且可抽烟。有一天，我听到墙外有一派细乐的声音。半夜里怎么会有乐声，在坟地里？我确实是听见的，不是错觉。

我要不是读了西南联大，也许不会成为一个作家。至少不会成为一个像现在这样的作家。我也许会成为一个画家。如果考不取联大，我准备考当时也在昆明的国立艺专。

冬天

天冷了，堂屋里上了槅子。槅子，是春暖时卸下来的，一直在厢屋里放着。现在，搬出来，刷洗干净了，换了新的粉连纸，雪白的纸。上了槅子，显得严紧，安适，好像生活中多了一层保护。家人闲坐，灯火可亲。

床上拆了帐子，铺了稻草。洗帐子要拣一个晴朗的好天，当天就晒干。夏布的帐子，晾在院子里，夏天离得远了。稻草装在一个布套里，粗布的，和床一般大。铺了稻草，暄腾腾的，暖和，而且有稻草的香味，使人有幸福感。

不过也还是冷的。南方的冬天比北方难受，屋里不升火。晚上脱了棉衣，钻进冰凉的被窝里，早起，穿上冰凉的棉袄棉裤，真冷。

放了寒假，就可以睡懒觉。棉衣在铜炉子上烘过了，起来就不是很困难了。尤其是，棉鞋烘得热热的，穿进去真是舒服。

我们那里生烧煤的铁火炉的人家很少。一般取暖，只是铜炉子，脚炉和手炉。脚炉是黄铜的，有多眼的盖。里面烧的是粗糠。粗糠装满，铲上几铲没有烧透的芦柴火（我们那里烧芦苇，叫做"芦柴"）的红灰盖在上面。粗糠引着了，冒一阵烟，不一会，烟尽了，就可以盖上炉盖。粗糠慢慢延烧，可以经很久。老太太们离不开它。闲来无事，抹抹纸牌，每个老太太脚下都有一个脚炉。脚炉里粗糠太实了，空气不够，火力渐微，就要用"拨火板"沿炉边挖两下,把粗糠拨松,火就旺了。脚炉暖人。脚不冷则周身不冷。焦糠的气味也很好闻。仿日本俳句,可以作一首诗:"冬天,脚炉焦糠的香。"手炉较脚炉小,大都是白铜的,讲究的是银制的。炉盖不是一个一个圆窟窿,大都是镂空的松竹梅花图案。手炉有极小的,中置炭墼(煤炭研为细末,略加蜜,筑成饼状),以纸煤头引着。一个炭墼能经一天。

冬天吃的菜,有乌青菜、冻豆腐、咸菜汤。乌青菜塌棵,平贴地面,江南谓之"塌苦菜",此菜味微苦。我的祖母在后园辟小片地,种乌青菜,经霜,菜叶边缘作紫红色,味道苦中泛甜。乌青菜与"蟹油"同煮,滋味难比。"蟹油"是以大螃蟹煮熟剔肉,加猪油"炼"成的,放在大海碗里,凝成蟹冻,久贮不坏,可吃一冬。豆腐冻后，不知道为什么是蜂窝状。化开，切小块，与鲜肉、咸肉、牛肉、海米或咸菜同煮，无不佳。冻豆腐宜放辣椒、青蒜。我们那里过去没有北方的大白菜，只有"青菜"。大白菜是从山东运来的，美其名曰"黄芽菜"，很贵。"青菜"似油菜而大，高二尺，是一年四季都有的，家家都吃的菜。咸菜即是用青菜腌的。阴天下雪，喝咸菜汤。

  冬天的游戏：踢毽子，抓子儿，下"逍遥"。"逍遥"是在一张正方的白纸上，木版印出螺旋的双道，两道之间印出八仙、马、兔子、鲤鱼、虾……；每样都是两个，错落排列，不依次序。玩的时候各执铜钱或象棋子为子儿，掷骰子，如果骰子是五点，自"起马"处数起，向前走五步，是兔子，则可向内圈寻找另一个兔子，以子儿押在上面。下一轮开始，自里圈兔子处数起，如是六点，进六步，也许是铁拐李，就寻另一个铁拐李，把子儿押在那个铁拐李上。如果数数至里圈的什么图上，则到外圈去找，退回来。点数够了，子儿能进入终点（终点是一座宫殿式的房子，不知是月宫还是龙门），就算赢了。次后进入的为"二家"、"三家"。"逍遥"两个人玩也可以，三个四个人玩也可以。不知道为什么叫做"逍遥"。

  早起一睁眼，窗户纸上亮晃晃的，下雪了！雪天，到后园去折腊梅花、天竺果。明黄色的腊梅、鲜红的天竺果，白雪，生意盎然。腊梅开得很长，天竺果尤为耐久，插在胆瓶里，可经半个月。

  舂粉子。有一家邻居，有一架碓。这架碓平常不大有人用，只在冬天由附近的一二十家轮流借用。碓屋很小，除了一架碓，只有一些筛子、箩。踩碓很好玩，用脚一踏，吱扭一声，碓嘴扬了起来，嘭的一声，落在碓窝里。粉子舂好了，可以蒸糕，做"年烧饼"（糯米粉为蒂，包豆沙白糖，作为饼，在锅里烙熟），搓圆子（即汤团）。舂粉子，就快过年了。

一九八八年十二月二十二日

沽源

沙岭子农业科学研究所派我到沽源的马铃薯研究站去画马铃薯图谱。我从张家口一清早坐上长途汽车，近晌午时到沽源县城。

沽源原是一个军台。军台是清代在新疆和蒙古西北两路专为传递军报和文书而设置的邮驿。官员犯了罪，就会被皇上命令"发往军台效力"。我对清代官制不熟悉，不知道什么品级的官员，犯了什么样的罪名，就会受到这种处分，但总是很严厉的处分，和一般的贬谪不同。然而据龚定庵说，发往军台效力的官员并不到任，只是住在张家口，花钱雇人去代为效力。我这回来，是来画画的，不是来看驿站送情报的，但也可以说是"效力"来了，我后来在带来的一本《梦溪笔谈》的扉页上画了一方图章："效力军台"，这只是跟自己开开玩笑而已，并无很深的感触。我戴了右派分子的帽子，只身到塞外——这地方在外长城北侧，可真正是"塞外"了——来画山药（这一带人都把马铃薯叫作"山药"），想想也怪有意思。

沽源在清代一度曾叫"独石口厅"。龚定庵说他"北行不过独石口"，在他看来，这是很北的地方了。这地方冬天很冷。经常到口外揽工的人说："冷不过独石口。"据说去年下了一场大雪，西门外的积雪和城墙一般高。我看了看城墙，这城墙也实在太矮了点，像我这样的个子，一伸手就能摸到城墙顶了。不过话说回来，一人多高的雪，真够大的。

　　这城真够小的。城里只有一条大街。从南门慢慢地蹓跶着，不到十分钟就出北门了。北门外一边是一片草地，有人在套马；一边是一个水塘，有一群野鸭子自自在在地浮游。城门口游着野鸭子，城中安静可知。城里大街两侧隔不远种一棵树——杨树，都用土墼围了高高的一圈，为的是怕牛羊啃吃，也为了遮风，但都极瘦弱，不一定能活。在一处墙角竟发现了几丛波斯菊，这使我大为惊异了。波斯菊昆明是很常见的。每到夏秋之际，总是开出很多浅紫色的花。波斯菊花瓣单薄，叶细碎如小茴香，茎细长，微风吹拂，姗姗可爱。我原以为这种花只宜在土肥雨足的昆明生长，没想到它在这少雨多风的绝塞孤城也活下来了。当然，花小了，更单薄了，叶子稀疏了，它，伶仃萧瑟了。虽则是伶仃萧瑟，它还是竭力地放出浅紫浅紫的花来，为这座绝塞孤城增加了一分颜色，一点生气。谢谢你，波斯菊！

我坐了牛车到研究站去。人说世间"三大慢"：等人、钓鱼、坐牛车。这种车实在太原始了，车轱辘是两个木头饼子，本地人就叫它"二饼子车"。真叫一个慢。好在我没有什么急事，就躺着看看蓝天；看看平如案板一样的大地——这真是"大地"，大得无边无沿。

我在这里的日子真是逍遥自在之极。既不开会，也不学习，也没人领导我。就我自己，每天一早踏着露水，掐两丛马铃薯的花，两把叶子，插在玻璃杯里，对着它一笔一笔地画。上午画花，下午画叶子——花到下午就蔫了。到马铃薯陆续成熟时，就画薯块，画完了，就把薯块放到牛粪火里烤熟了，吃掉。我大概吃过几十种不同样的马铃薯。据我的品评，以"男爵"为最大，大的一个可达两斤；以"紫土豆"味道最佳，皮色深紫，薯肉黄如蒸栗，味道也似蒸栗；有一种马铃薯可当水果生吃，很甜，只是太小，比一个鸡蛋大不了多少。

沽源盛产莜麦。那一年在这里开全国性的马铃薯学术讨论会，与会专家提出吃一次莜面。研究站从一个叫"四家子"的地方买来坝上最好的莜面，比白面还细、还白；请来几位出名的做莜面的媳妇来做。做出了十几种花样，除了"搓窝窝"、"搓鱼鱼"、"猫耳朵"，还有最常见的"压饸饹"，其余的我都叫不出名堂。蘸莜面的汤汁也极精彩，羊肉口蘑潲（这个字我始终不知道怎么写）子。这一顿莜面吃得我终生难忘。

夜雨初晴，草原发亮，空气闷闷的，这是出蘑菇的时候。我们去采蘑菇。一两个小时，可以采一网兜。回来，用线穿好，晾在房檐下。蘑菇采得，马上就得晾，否则极易生蛆。口蘑干了才有香味，鲜口蘑并不好吃，不知是什么道理。我曾经采到一个白蘑。一般蘑菇都是"黑片蘑"，菌盖是白的，菌摺是紫黑色的。白蘑则菌盖菌摺都是雪白的，是很珍贵的，不易遇到。年底探亲，我把这只亲手采的白蘑带到北京，一个白蘑做了一碗汤，孩子们喝了，都说比鸡汤还鲜。

  一天，一个干部骑马来办事，他把马拴在办公室前的柱子上。我走过去看看这匹马，是一匹枣红马，膘头很好，鞍鞯很整齐。我忽然意动，把马解下来，跨了上去。本想走一小圈就下来，没想到这平平的细沙地上骑马是那样舒服，于是一抖缰绳，让马快跑起来。这马很稳，我原来难免的一点畏怯消失了，只觉得非常痛快。我十几岁时在昆明骑过马，不想人到中年，忽然作此豪举，是可一记。这以后，我再也没有骑过马。

  有一次，我一个人走出去，走得很远。忽然变天了，天一下子黑了下来，云头在天上翻滚，堆着、挤着、绞着、拧着。闪电熠熠，不时把云层照透。雷声訇訇，接连不断，声音不大，不是劈雷，但是浑厚沉雄，威力无边。我仰天看看凶恶奇怪的云头，觉得这真是天神发怒了。我感觉到一种从未体验过的恐惧。我一个人站在广漠无垠的大草原上，觉得自己非常的小，小得只有一点。

  我快步往回走。刚到研究站，大雨下来了，还夹有雹子。雨住了，却又是一个很蓝很蓝的天，阳光灿烂。草原的天气，真是变化莫测。

  天凉了，我没有带换季的衣裳，就离开了沽源。剩下一些没有来得及画的薯块，是带回沙岭子完成的。

  我这辈子大概不会再有机会到沽源去了。

漳州

漳州多三角梅。我们所住的漳州宾馆内到处都是。栽在路边大石盆里，种在花圃里。三角梅别处也有。云南谓之叶子花，因为花与叶形状无殊，只是颜色不同。昆明全种之墙头。楚雄叶子花有一层楼那样高，鲜丽夺目，但只有紫色的一种。漳州三角梅则有很多种颜色，除了紫的，有大红的、桃红的、浅红的，还有紫铜色的。紫铜色的花我还没有见过。有白色的，微带浅绿。三角梅花形不大好看，但是蓬勃旺盛，热热闹闹。这种花好像是不凋谢的。我没有看到枝头有枯败的花，地下也没有落瓣。

到处都是卖水仙花的。店铺中装在纸箱里成箱出售，标明20粒、30粒，谓一箱装20头、30头也。20粒者是上品。胜利路、延安北路人行道上摆了一溜水仙花头，装在花篮状的竹篓里。卖水仙的多是小姑娘。天很晚了，她们提着空篓，有的篓里还有几个没有卖掉的花头，结伴归去。她们一天能卖多少钱？

一个修钟表的小店当门的桌边放了两小盆水仙。修表的是一个年轻人。两盆水仙开得很好，已经冒出好几个花骨朵。修表的桌边放两盆水仙，很合适。

参观漳州八宝印泥厂。印泥是朱砂和蓖麻油调制的（加了少量金箔、珠粉、冰片），而其底料则为艾绒。漳州出艾绒。浙江、上海等地的印泥厂每年都要到漳州来买艾绒。漳州出印泥，跟出艾绒有关。印泥厂备好纸墨，请写字留念。纸很好，六尺夹宣。写了几句顺口溜："天外霞，石榴花，古艳流千载，清芬入万家。"漳州八宝印泥颜色很正，很像石榴花。

凡到漳州者总要去看看百花村，因为很近便。百花村所培植的主要是榕树盆景。榕树是不材之材，不能做梁柱、打家具，烧火也不燃，却是制作盆景的极好材料。榕树盆景较大，不能置之客厅书室，但是公园、宾馆、大会堂、大餐厅，则只有这样大的盆景才相称，因此行销各地，"创汇"颇多。榕树盆景并不是栽到盆子里就算完事，须经相材、取势、锯截、修整，方能欹侧横斜，偃仰矫矢，这也是一门学问。百花村有一个兰圃，种建兰甚多，可惜我们去时管理员不在，门锁着，未能参观。

木棉庵在漳州市外。这个地方的出名，是因为贾似道是在这里被杀的。贾似道是历史上少见的专权误国、荒唐透顶的奸相。元军沿江南下，他被迫出兵，在鲁港大败，不久，被革职放逐，至漳州木棉庵为押送人郑虎臣所杀。今木棉庵外土坡上立有石碑两通，大字深刻"郑虎臣诛贾似道于此"，两碑文字一样。贾似道被放逐，是从什么地方起解的呢？为什么走了这条路线？原本是要把他押到什么地方去的呢？郑虎臣为什么选了这么个地方诛了贾似道？郑虎臣的下落如何？他事后向上边复命了没有？按说一个押送人是没有权力把一个犯罪的大臣私自杀了的，尽管郑虎臣说他是"为天下诛贾似道"。想来南宋末年乱得一塌胡涂，没有人追究这件事，也就不了了之了。贾似道下场如此，在"太师"级的大员里是少见的。土坡后有一小庵，当是后建的，但还叫做木棉庵。庵中香火冷落，壁上有当代人题歪诗一首。

（选自《初访福建》）

城隍·土地·灶王爷

城隍,《辞海》"城隍"条云:"护城河",引班固《两都赋序》:"京师修宫室,浚城隍,起苑囿,以备制度。"既说是浚,当有水。但同书"隍"字条又注云:"没有水的护城壕。"到底是有水没有水? 姑且不去管它,反正,城隍后来已经成为神。说是守护城池的神也可以,更准确一点,应说是坐镇一方之神。据《辞海》,最早见于记载的为芜湖城隍,建于三国吴赤乌二年。北齐慕容俨在郢城建城隍神祠一所。唐代以来郡县皆祭城隍。后唐清泰元年封城隍为王。宋以后祀城隍习俗更为普遍。明太祖洪武三年正式规定各府州县的城隍神,并加以祭祀。为什么历代这样重视城隍,以至朱元璋于立国之初就为此特别下了一个红头文件?

乾隆十七年,郑板桥在知潍县事任内曾修葺过潍县的城隍庙,撰过一篇《城隍庙碑记》。我曾见过拓本。字是郑板桥自己写的,写得很好,虽仍有"六分半书"笔意,但是是楷书,很工整,不似"乱石铺阶"那样狂气十足。这篇碑文实在是绝妙文章：

> ……故仰而视之，苍然者天也；俯而临之，块然者地也。其中之耳目口鼻手足而能言，衣冠揖让而能礼者，人也。岂有苍然之天而又耳目口鼻而人者哉？自周公以来，称为上帝，而俗世又呼为玉皇。于是耳目口鼻手足冕旒执玉而人之；而又写之以金，范之以土，刻之以木，琢之以玉；而又从之以妙龄之官，陪之以武毅之将。天下后世，遂哀哀然从而人之，俨在其上，俨在其左右矣。至如府州县邑皆各有城，如环无端，齿齿啮啮者是也；城之外有隍，抱城而流，而汤汤汩汩者是也。又何必乌纱袍笏而人之乎？而四海之大，九州之众，莫不以人祀之；而又予之以祸福之权，授之以死生之柄；而又两廊森肃，陪以十殿之土；而又有刀花、剑树、铜蛇、铁狗、黑风、蒸钚之俱之。而人亦哀哀然从而惧之矣。非惟人惧之，吾亦惧之。每至殿庭之后，寝宫之前，其窗阴阴，其风吸吸，吾亦毛发竖栗，状如有鬼者，乃知古帝王神道设教信不虚也。……

这是一篇写得曲曲折折的无神论。城，城也；隍，河也，"又何必乌纱袍笏而人之乎？"这已经说得很清楚。然而大家都"以人祀之；而又予之以祸福之权，授之以死生之柄"，"予之"、"授之"，很可玩味。神本无权，唯人授之，这种"神权人授"的思想很有进步意义。谁授予神这样的权柄呢？下文自明。不但授之以权，而且把城隍庙搞得那样恐怖，人亦哀哀然从而惧之。"非惟人惧之，吾亦惧之"矣，这句话说得很幽默。郑板桥是真的害怕了吗？城隍庙总是阴森森的，"吾亦毛发竖栗，状如有鬼者"，郑板桥是真觉得有鬼么？答案在下面："乃知古帝王神道设教不虚也。"郑板桥对古帝王的用心是一清二楚的。但是郑板桥并未正面揭穿（这怎么可能呢），而且潍县的城隍庙是在他的倡议下，谋于士绅而葺新的，这真是最大的幽默！我们对于明清之后的名士的思想和行事，总要于其曲曲折折处去寻绎。不这样，他们就无法生存。我一向觉得板桥的思想很通达，不图其通达有如此。

我们县里的城隍庙的历史是颇久的，有两棵粗可合抱的白果（银杏）树为证。庙相当大，两进大殿，前殿和后殿。前殿面南坐着城隍老爷，也称城隍菩萨，——这与佛教的"菩提萨埵"无关，中国的老百姓是把一切的神都可称为菩萨的，叫"老爷"时多。发亮的油白大脸，长眉细目，五绺胡须。大红缎地平金蟒袍。按说他只是县团级，但是派头却比县知事大得多，县官怎么能穿蟒呢。而且封了爵，而且爵位甚高，"敕封灵应侯"。如此僭越，实在很怪。他的职权是管生死和祸福。人死之后，即须先到城隍那里挂一个号。京剧《琼林宴》范仲禹的唱词云："在城隍庙内挂了号，在土地祠内领了回文"。城隍庙正殿上有几块匾，除了"威灵显赫"之类外，有一块白话文的特大的匾，写的是"你也来了"。我们二伯母（我是过继给她的）病重，她的母亲（我应该叫她外婆）有一天半夜里把我叫起来，把我带到城隍庙去。我迷迷糊糊地去了。干什么？去"借寿"，即求城隍老爷把我的寿借几年（好像是十年）给二伯母。半夜里到城隍庙里去，黑咕咙咚的，真有点怕人。我那时还小，借几年就借几年吧，无所谓，而且觉得这是应该的。到城隍老爷那里去借寿，我想这是古已有之的习俗，不是我的外婆首创，因为所有仪注好像都有成规。不过借寿并不成功，我的二伯母过了两天还是死了。

我们那里的城隍庙有一个特别处，即后殿还有一个神像，也是五绺长须，但穿章没有城隍那样阔气。这位神也许是城隍的副手。他的名称很奇怪，叫"老戴"。城隍和老戴之间好像有个什么故事的，我忘了。

正殿前的两廊塑着各种酷刑行刑时的景象，即板桥碑记中所说的"刀花、剑树……"。我们那里的城隍庙所塑的是上刀山、下油锅、锯人、磨人等等，一共七十二种酷刑，谓之"七十二司"，这"司"是阴司的意思。七十二司分为十个相通连的单间，左廊右廊各五间。每一间有一个阎王，即板桥所说的"十王"。阎王是"王"，应该是"南面而王"，坐在正面。《聊斋·陆判》所说的十王殿的十王大概是坐在正面的，但多数的十王都是屈居在两廊，变成了陪客，甚至是下属了。我们县里的城隍庙、泰山庙都是这样。中国诸神的品级官阶也乱得很。十王中我只记得一个秦广王，其余的，对不起，全忘了。《玉历宝钞》上好像有十王的全部称号，且各有像（虽然都长得差不多），不难查到的。

城隍庙正殿的对面，照例有一座戏台。郑板桥碑记云："岂有神而好戏者乎？是又不然。《曹娥碑》云：'盱能抚节安歌，婆娑乐神'，则歌舞迎神，古人已累有之矣。诗云：'琴瑟击鼓，以迓田祖'，夫田果有祖，田祖果爱琴瑟，谁则闻之？不过因人心之报称，以致其重叠爱媚于尔大神尔。今城隍既以人道祀之，何必不以歌舞之事娱之哉！"郑板桥这里说得有点不够准确。歌舞最初是乐神的，因为他是神，才以歌舞乐之，这是"神道"，并不是因为以人道祀之，才以歌舞之事娱之。到了后来，戏才是演给人看的，但还是假借了乐神的名义。很多地方的戏台都在庙里，都是"神台"。我们县城隍庙的戏台是演戏的重要场地，我小时看的许多戏都是站在戏台与正殿之间的砖地上看的。看的都是"大戏"，即京剧。但有一次在这个戏台上也演过梅花歌舞团那样的歌舞，这种节目演给城隍老爷看，颇为滑稽。

每年七月半，城隍要出巡，即把城隍的大驾用八抬大轿抬出来，在城里的主要街道上游一游。城隍出巡，前面是有许多文艺表演节目的，叫做"会"，许多地方叫"赛会"，"出会"，我们那里叫"迎会"。参与迎会的，谓之"走会"。我乡迎会的情形，我在小说《故里三陈·陈四》中有较详细的描述，不赘。各地赛会，节目有同有异，高跷、旱船，南北皆有。北京的"中幡"、"五虎棍"，我们那里没有。我们那里的"站高肩"，北方没有。

城隍的姓名大都无可稽考，但也有有案可查的。张岱《西湖梦寻·城隍庙》载:"吴山城隍庙,宋以前在皇山,旧名永固,绍兴九年徙建于此。宋初,封其神,姓孙名本。永乐时封其神为周新。"周新本是监察御史,弹劾敢言,被永乐杀了。"一日上见绯而立者,叱之,问为谁,对曰:'臣新也,上帝谓臣刚直,使臣城隍浙江,为陛下治奸贪吏。'言已不见,遂封新为浙江都城隍。"这当然只是传说,永乐帝不会白日见鬼。但这记载说明一个问题,即城隍由上帝任命后,还得由人间的皇帝加封,否则大概是无效的。"都城隍"之名他书未见。周新是个省级城隍,比州、府、县的城隍要大,相当于一个巡抚了。都城隍不是各省都有。

《聊斋志异》以《考城隍》为全书第一篇,评书者都以为有深意焉,我看这只是寓言,寄托蒲松龄认为所有的官都应该考一考的愤慨耳。他说这是"予姊夫之祖宋公讳焘"的事情,宋焘亦未必有其人。

土地即社神。《风俗编·神鬼》:"凡今社神,俱呼土地。"其所管的地面是不大的,大体相当于明清的坊——凡土地都称为"当坊土地",解放前的一个保。我家所住的一条街上,街的中段和东段即有两座土地祠。《聊斋·王六郎》后为招远县邬镇土地,管一个镇,也差不多。到了乡下,则随便哪个田头,都可立一个土地庙。《王六郎》是一篇写得很美的小说,文长,不具引。土地本也应是有名有姓的,但人都不知道。王六郎只名王六郎,那倒是因为他本没有名字,只是姓王,叫人"相见可呼王六郎"。他当了土地,仍叫王六郎么?这不免有失官体。有一位土地的名字倒是为人所知的,是北京国子监的土地,此人非别,乃韩愈也!韩愈当过国子祭酒,与国子监有点老关系,但让他当国子监的土地爷,实在有点不大像话。我曾看过国子监的土地祠,比一架自鸣钟大不了多少。

河北农村有俗话:"别拿土地爷不当神仙!"事实上人们对土地爷是不大尊重的。土地祠(或亦称庙)很简陋,香火冷落,乡下给土地爷上供的只是一块豆腐。《西游记》孙悟空到了一处,遇到妖怪,不知是什么来头,便把土地召来,二话不说,叫土地老儿先把孤拐伸出来教老孙打五百棍解闷。孙悟空对土地的态度实即是吴承恩对土地的态度,也是老百姓对土地的态度:不当一回事。因为,他是最小的神,或神里最小的官。

我们县别有都土地,那可不一样了。都土地祠亦称都天庙,连庙所在的那条巷子也叫都天庙巷。都天庙和城隍庙不能相比,小得多,但也有殿有庑。殿上坐着都土地,比城隍小一号,亦红蟒亦面长圆而白亮,无五绺须。我的家乡把长圆而肥白的脸叫做"都天脸",此专指女人的面相,男人这样的脸很少,不知道为什么没有人说"城隍脸"。都土地管辖地界大致相当于一个区。他的封爵次于城隍一等,是"灵显伯"。父老相传,我所住在的北城的都土地是张巡。张巡怎么会跑到我的家乡来当一个区长级的都土地呢?这里既不是他的家乡(河南南阳),又不是他战死的地方(河南睢阳)?说北城都土地是张巡,根据的是什么?有这样一个在安史之乱时和安禄山打仗,城破而死的有名的忠臣当都土地,我们那一区的居民是觉得很光荣的。都土地也不是每个区都有。

土地城隍属于一个系统,他们的关系是上下级,如表:

土地→都土地→城隍→都城隍

都城隍的上面是什么呢? 没有了,好像是一直通到玉皇大帝。土地的下面呢? 也没有了,因为土地祠里并未塑有衙役皂隶。他们是上下级,是不是要布置任务,汇报工作? 也许要的,但是咱们不知道。

祭灶的起源盖甚早。

《史记·孝武本纪》:"是时而李少君亦以祠灶、谷道、却老方见上,上尊之。"《索隐》:"如淳云:'祠灶可以致福。'案:礼灶者,老妇之祭,盛于盆,尊于瓶。"这最初本是"老妇之祭"。晋代宗懔《荆楚岁时记》:"按礼器,灶者老妇之祭,'尊于瓶,盛于盆',言以瓶为樽,用盆盛馔也",意思是拿瓶子当酒樽,用盆盛食物。老妇大概没钱,用不起正儿八经的器皿,只好这样马马虎虎,因陋就简。

祭灶本是求福,是很朴素的愿望,到了方士的手里,就变得神乎其神起来。《史记·孝武本纪》:"少君言于上曰:'祠灶则致物,致物而丹沙可化为黄金,黄金成以为饮食器则益寿,益寿而海中蓬莱仙者可见,见之以封禅则不死,黄帝是也。"从祠灶到不死,绕了这样大一个圈子,汉代的方士真能胡说八道! 而汉武帝偏偏就相信这种胡说八道!

祭灶的礼俗一直相沿不替。唐、五代的材料我没有来得及查,宋代则讲风俗的书几乎没有一本不提到祭灶的。

《东京梦华录》:"十二月 …… 二十四日交年,都人至夜请僧道看经,备酒果送神,烧合家替代钱纸,帖灶马于灶上,以酒糟涂抹灶门,谓之'醉司命'。"

《梦粱录》:"十二月……二十四日,不以穷富,皆备蔬食饧豆祀灶。"

《武林旧事》:"……二十四日,谓之'交年',祀灶用花饧米饵,及烧替代及作糖豆粥,谓之'口数'。"

祭灶的祭品不拘,但有一样东西是必有的:饧。饧是古糖字,指用麦芽或谷芽熬成的糖,熬干了,就成了关东糖。我们那里就叫做"灶糖"。为什么要请灶王爷吃关东糖?《抱朴子·微旨》:"月晦之夜,灶神亦上天白人罪状。"原来灶王爷既是每一家的守护神,又是玉皇大帝的情报员,——一个告密者。人在家里,不是在公开场合,总难免说点错话,办点错事,灶王爷一天到晚窃听监视,这受得了吗!人于是想出一个高招,塞他一嘴关东糖,叫他把牙粘住,使他张不开嘴,说不出人的坏话。不过灶王爷二十三或二十四上天,到除夕才回来,在天上要呆一个星期,在玉皇大帝面前一句话也不说,玉皇大帝不觉得奇怪么?

以酒糟涂抹灶门,其用意与祭之以饧同,让他醉未咕咚的,他还能打小报告么?

灶王爷上天,是骑马去的。《东京梦华录》云:"帖灶马于灶上。"我们那里是用红纸折一个小孩子折手工的纸马,祭毕烧掉。折纸马照例是我们一个堂姐的事。这实在有点儿戏。

我们那里的孩子捉蜻蜓,红蜻蜓是不捉的,说这是灶王爷的马。灶王爷骑了这样的马——蜻蜓,上天?

把灶王爷送上天,谓之"送灶"。送灶的日期各地不一样。我们那里一般人家是腊月二十四。俗话说:"君(或军)三,民四,龟五。"按规定,娼妓家送灶应是二十五,不过妓女都不遵守。二十五送灶,这不等于告诉别人:我们家是妓女? 北京送灶,则都在二十三。

到除夕,把灶王爷接回来,或谓之"迎灶",我们那里叫做"接灶"。

谁参加祭灶？各地，甚至各家不一样。有的人家只许男的参加，女的不参加；有的人家则只有女的跪拜，男人不参与；我们家则男女都拜，先由男的拜，后由女的拜。我觉得应该由女的祭拜合适。女人一天围着锅台转，与灶王爷关系密切，而且，这本是"老妇之祭"，不关老爷们的事！

灶王爷是什么长相？《庄子·达生》："灶有髻"，司马彪注："髻，灶神，著赤衣，状如美女。"我见过木刻彩印的灶王像，面孔略圆，有二三十根稀稀疏疏的胡子，并不像美女，倒像个有福气的老封翁。我们家灶王龛里则只贴了一张长方的红纸，上写"东厨司命定福灶君"。

灶王爷姓什么，叫什么？《荆楚岁时记》说他"姓苏名吉利"。不单他，连他老婆都有名字："妇姓王名抟颊"。但我曾看过一个华北的民间故事，说他名叫张三，因为做了见不得人的事，钻进了灶膛里，弄得一脸乌七抹黑，于是成了灶王。北京俗曲亦云："灶王爷本姓张"。他到底叫什么？吁，鬼神之事，难言之矣。

城隍、土地、灶君是和中国人民大众生活关系最密切的神。

这些神是"古帝王"造出来的神话，是谣言，目的是统一老百姓的思想，是"神道设教"。

老百姓也需要这样的神。这些神的意象一旦为老百姓所掌握，就会变成一种自觉的、宗教性的、固执的力量。没有这些神，他们就会失去伦理道德的标准、是非善恶的尺度，失去心理平衡，惶惶然不可终日。我们县的城隍，在北伐的时候曾由以一个姓黄的党部委员为首的一帮热血青年用粗绳拉倒，劈成碎片。这触怒了城乡的许多道婆子。我们县有很多的道婆子，她们没有任何文化，只会念一句"南无阿弥陀佛"，是神就拜，念"南无阿弥陀佛"，不管这神是什么教的神。不管哪个庙的香期，她们都去，一坐一大片，叫做"坐经"。她们的凝聚力很大，心很齐。她们听说城隍老爷被毁了，"哈！这还行！"她们一人拿了一炷香，要把姓黄的党部委员的家烧掉。黄某事先听到消息，越墙逃走，躲藏了好多天。这帮道婆子捐钱募化，硬是重新造了一个城隍老爷，和原来的一样。她们的道理很简单："怎么可以没有城隍老爷！"

愚昧是一种伟大的力量。

大多数人对城隍、土地、灶王爷的态度是"诚惶诚恐，不胜屏营待命之至"，但是也有人不是这样，有的时候不是这样。很多地方戏的"三小戏"都有《打城隍》《打灶王》，和城隍老爷、灶王爷开了点小小玩笑，使他们不能老是那样俨乎其然，那样严肃。送灶时给灶王喂点关东糖，实在表现了整个民族的幽默感。

也许正是这点幽默感，使我们这个民族不至被信仰的铁板封死。

一九九〇年十二月八日

西山客话

北京之西，西山之麓，长安寺与灵光寺之间，有平陂隙地，业房地产者辟为山庄，即名为"八大处山庄"。地点选得极好。八大处近在咫尺，举步可以登山，有山居之清趣，无攀援之辛劳。又离市区不远，交通甚便。山庄建筑皆依山借景，藏屋于树。原有古树，怪石，悉皆绿尔。屋皆外朴内华，曲折有致。坐卧其中，有浮生半日之乐，得淡泊宁静之怀。春宜花，夏宜风，秋宜月，冬宜雪。四时佳兴，可与人同。其间亦有高敞厅堂，便交际，便洽谈，便开筵宴客。北京人口日密，华屋如林，求一可建别墅之地已无多矣。"八大处山庄"甚难得，有意卜居者幸勿失之交臂。辑此图册，备讯览焉。

命车入市，瞬目可至，
安步徐行，亦是乐事。

北京的地势西高东低。西面是山，东南是一马平川的"北京小平原"。"西山"本是泛指北京西面所有的山。《日下旧闻考》引清高宗乾隆语云："西山峰岭层叠，不可殚名，因居西城右辅，故以'西山'概焉。"但"西山八大处"的西山则专指翠微、平坡、卢师三山。

八大处分布在三山之间。八刹非一时所建,但错落有致,好像有一个什么人事前作过一番统一规划似的。八大处的好处是景随步移,山随路转,八刹各有特色,绝不雷同。

西山峰峦重叠,但不甚高峻,到八大处作一日游,可以朝发夕归。但是爬一天山,总有点累。如果在八大处山庄住着,今天逛一两处,明天逛一两处,从从容容,潇潇洒洒,回到住处,点烟一支,沏茶一盏,真是神仙过的日子。

金瓦红墙紫禁城,五朝宫阙尚峥嵘,
万方乐奏千条柳,丽日和风唱太平。
九城栉比列华屋,处处书香与画轴,
卜宅西山山下住,清谈不觉渐离俗。

西山分三山八处十二景,山山秀美,物物迷人,帝气瑞祥,加上气候宜人,冬暖夏凉,与京城相距不远,最宜建行宫。六处香界寺在八刹中为最大。这是明清两代帝王登山野游休息的地方,所以殿宇宏大精整。乾隆年间在这里修建了避暑行宫,丹漆彩画,更加华丽。

皇帝离开"大内"到行宫里来住,干什么呢?无非是参悟佛理,修养精神。除了学佛、读书,还要习骑射,还会鼓捣一些小玩意,比如养蝈蝈。西山出产的蝈蝈,个儿大,皮色黑,声音宏亮,是有名的"铁皮蝈蝈"。大雪纷飞之际,把蝈蝈取出来,听听蝈蝈叫,也是个"乐儿"。

山上二十七别墅,都是历代名人寻幽而建,现在还可觅到袁氏(袁世凯)、冯氏(冯国璋)等的别墅遗址。昔时有"西山三百寺",与山隈青霭相间,犹如佛国乐土。现存八大处,尽是明清两朝帝敕而建,各代皇帝都爱到此游乐参禅,乐而不疲,整个西山犹如一座巨大的御花园。八大处山庄正缘此帝气龙象而起。

八大处花木繁盛,长安寺后有山,曰虎头山。山前有一片杏树,约有千株。一千棵杏树,都开了花,那可是很壮观了。远望一片浅红的海,如云蒸霞蔚,使人目眩神移。

香界寺大雄宝殿前面有娑罗树两株。娑罗树中国很少,老百姓说月亮里的影子就是娑罗树影。弄楼一侧有一棵玉兰。八大处只此一棵,据说是明代所植,高与楼齐,开花时瓣如玉片,蕊似黄鹅,一树光明。灵光寺花木最盛,有一棵很高的紫薇。这棵树有"感觉",用指甲挠它的树干,树的全身、枝、花就会微微颤动。八大处牡丹、芍药很多,几乎处处皆有。

京西水好。水从太行山下来,到北京,落差五十米,于是潜入地面,为地下水。或有时涌出地面,为喷泉,为湖泊,最后汇入永定河。

西山八大处五处龙泉庵有一泉,清洌甘美。昔有自署"锄月老人"者作《甜水歌》:"……谁凿石罅泻石髓,涓涓汩汩流清泉。……汲来烹茶香且洌,调羹炊黍味弥鲜。"

其实西山之水,本系一脉,"八大处山庄"前后左右之水,甚清洌甘美。"或云饮之令人寿,揆之于理宜有焉"。

到了秋天,可看红叶。红叶不是枫树,是黄栌。黄栌到秋天,树叶就会转为红色。北京人看红叶是秋游盛事,可以说是倾城出动。原来看红叶是在香山,近年西山大力种植黄栌,西山遂成为看红叶的第二去处。陈毅元帅诗云:"西山红叶好,霜重色愈浓",红叶深浅层叠,如火如荼,作为摄影的背景,照北京人的话说:"没治了!"

冬日遇上大雪,八大处遍山银装素裹,更显佛教圣境。八大处是佛教圣地。最能吸引亚洲佛教徒的,是二处灵光寺的佛牙舍利塔。据闻佛祖释迦牟尼圆寂火化后留下两枚佛牙,一颗传至锡兰,一颗辗转流传至燕京,由大辽建招仙塔供养。各国佛教徒来此膜拜者甚多。

> 结庐在人境。
> 性本爱丘山。
> 往来十丈红尘里，
> 难得浮生半日闲。

　　八大处山庄的设计意念卓绝，展现了皇家园林的神髓奇趣。中国皇家园林的营造，注重因山理水，借景点景，达到景园互补，与自然合一的境界，顺应帝王的博大胸襟。故八大处山庄的设计均以自然和谐为要。别墅依山而起，循势而上，高差十几米，错落有致，令人赏心悦目。而且隐屋于树，在2.3公顷的山地上兴建25栋别墅，容积率仅3.8%，每幢建筑面积230—410平方米不等。每户更有350—500平方米的私家花园不一，参天古木，嶙嶙怪石，悉皆留存。别墅的高度都在三层以下，与八大处胜迹相映成趣，其他任何市区内别墅无法相比。别墅外墙饰以雅致的灰色、白色，虽无宫阙雕梁繁美，但与青山绿树相生相融，内里品格益显高贵，并可随业主喜好任选装修风格，另有一番与众不同的豪华感觉，尤胜帝王行宫。

西山多隐士，绝世遗名，只求执守真我。在八大处山庄怡居或小憩，做一个闲人,晨起拾级登山,暮看夕鸟投林,春花秋月,兴衰荣辱,存乎一心,然则"清泠之状与目谋,潆潆之声与耳谋,悠然而虚者与神谋,渊然而静者与心谋",淡泊宁静,心止如泓,非但抛却都市繁嚣陆离,更能忘象见性,俨然小隐于野。或可遥想昔日帝王在此宴乐游猎,修身养性、览经阅史、领悟治国大策的情景,体验帝王生活三昧,也是难得之乐。闲有隙时,不妨更深入山中,以当年卢师面壁的情怀,参禅证果,以随心、随喜、随缘的态度,倾听生命的真谛,是人生的至高境界。

皇家生活是极端奢侈的。拿吃来说,溥仪一家六口人一个月要用三千九百六十斤肉,三百八十八只鸡鸭。溥仪的还算少的,慈禧一个人要一百多样。这些菜肴只是显排场,摆样子的,太后、皇上是不吃的,他们各有膳房,另做爱吃的菜。慈禧就爱吃李莲英做的烩鸭条。

清室帝后都爱听戏。宫里有几处戏台。最大的是颐和园的畅音阁,台有三层。宫里有专门培养演员和排戏的地方,叫做"昇平署"。演员都是由聪明俊秀的小太监里选拔的。原来唱的是昆山腔、弋阳腔,后来逐渐改为皮黄。有时也把外面的名角传到宫里去"当差",叫做"外学",谭鑫培、杨小楼都到宫里唱过戏。唱好了,慈禧就降旨"赏",唱不好就要"传杆子"——用竹竿打屁股。

皇室中有不少自己会唱戏的,称为"票友"。红豆馆主(溥侗)就是一代名票。不但"文武昆乱不挡",除了武生、花脸,还能唱青衣。不少京剧名角都向他请教过。

北京有很多旗人(满族)。旗人不治生业,不种地,不会手艺、不作买卖,只是按时去领皇粮,叫做"铁杆庄稼"。他们的本事就是玩,玩得非常讲究、非常精致。架鹰,玩鸟。各种鸟,有听叫的,有观赏的,有打弹的,包括玩鸟笼、鸟食罐。玩鼻烟壶,瓷的、玛瑙的、"内画"料器。鼻烟壶只是把玩,并不真的装鼻烟。一只名贵的烟壶一装鼻烟就毁了。玩蛐蛐的,玩蝈蝈的……

蝈蝈养在葫芦里,随时在怀里揣着。

匏器(葫芦)作为玩意摆设大概是清代以后的事。在葫芦长成之前外面套了木刻的模子,让葫芦依着模子长,可以长成方的、四棱的、八角的样子。葫芦外壳有各种图案,也都是在模上抠出来,让它照样长,不是用刀刻的。

大学·水流云在

骑了毛驴考大学

骑了毛驴考大学

> 万里长征,
> 辞却了五朝宫阙。
> 暂驻足,
> 衡山湘水,
> 又成离别。
> 绝徼移栽桢干质,
> 九州遍洒黎元血。
> 尽笳吹弦诵在山城,
> 情弥切……
>
> —— 西南联大校歌

日寇侵华,平津沦陷,北大、清华、南开被迫南迁,组成一个大学,在长沙暂住,名为"临时大学"。后迁云南,改名"国立西南联合大学",简称"西南联大"。这是一座战时的,临时性的大学,但却是一个产生天才,影响深远,可以彪炳于世界大学之林,与牛津、剑桥、哈佛、耶鲁平列而无愧色的,窳陋而辉煌的，奇迹一样的，"空前绝后"的大学。喔，我的母校，我的西南联大！

像蜜蜂寻找蜜源一样飞向昆明的大学生，大概有几条路径。

一条是陆路。三校部分同学组成"西南旅行团"，由长沙出发，走向大西南。一路夜宿晓行，埋锅造饭，过的完全是军旅生活。他们的"著装"是短衣，打绑腿，布条编的草鞋，背负薄薄的一卷行李，行李卷上横置一把红油纸伞，有点像后来的大串联的红卫兵。除了摆渡过河外，全是徒步。自长沙至昆明，全程3500里，算得是一个壮举。旅行团有部分教授参加，闻一多先生就是其中之一。闻先生一路画了不少铅笔速写。其时闻先生已经把胡子留起来了，——闻先生曾发愿：抗战不胜，誓不剃须！

另一路是海程。由天津或上海搭乘怡和或太古轮船，经香港，到越南海防，然后坐滇越铁路火车，由老街入境，至昆明。

有意思的是，轮船上开饭，除了白米饭之外，还有一箩高粱米饭。这是给东北学生预备的。吃高粱米饭，就咸鱼、小虾，可以使"我的家在东北松花江上"的流亡学生得到一点安慰，这种举措很有人情味。

我们在上海就听到滇越路有瘴气，易得恶性疟疾，沿路的水不能喝，于是带了好多瓶矿泉水。当时的矿泉水是从法国进口的，很贵。

没有想到恶性疟疾照顾上了我！到了昆明，就发了病，高烧超过四十度，进了医院，医生就给我打了强心针（我还跟护士开玩笑，问"要不要写遗书？"）。用的药是606，我赶快声明：我没有生梅毒！

出了院，晕晕忽忽地参加了全国统一招生考试。上帝保佑，竟以第一志愿被录取，我当时真是像做梦一样。

当时到昆明来考大学的，取道各有不同。

有一位历史系姓刘的同学是自己挑了一担行李，从家乡河南一步一步走来的。这人的样子完全是一个农民，说话乡音极重，而且四年不改。

有一位姓应的物理系的同学，是在西康买了一头毛驴，一路骑到昆明来的。此人精瘦，外号"黑鬼"，宁波人。

这样一些莘莘学子，不远千里，从四面八方奔到昆明来，考入西南联大，他们来干什么，寻找什么？

大部分同学是来寻找真理，寻找智慧的。

也有些没有明确目的，糊里糊涂的。我在报考申请书上填了西南联大，只是听说这三座大学，尤其是北大的学风是很自由的，学生上课、考试，都很随便，可以吊儿郎当。我就是冲着吊儿郎当来的。

我寻找什么？

寻找潇洒。

水流云在

云南人对联大学生很好,我们对云南、对昆明也很有感情。我们为云南做了一些什么事,留下一点什么?

有些联大师生为云南做了一些有益的实事,比如地质系师生完成了《云南矿产普查报告》,生物系师生写出了《中国植物志·云南卷》的长编初稿。其他还有多少科研成果,我不大知道,我不是搞科研的。

比较明显的,普遍的影响是在教育方面。联大学生在中学兼课的很多,连闻一多先生都在中学教过国文,这对昆明中学生学业成绩的提高,是有很大作用的。

更重要的是使昆明学生接受了民主思想，呼吸到独立思考，学术自由的空气，使他们为学为人都比较开放，比较新鲜活泼。这是精神方面的东西，是抽象的，是一种气质，一种格调，难于确指，但是这种影响确实存在。如云如水，水流云在。

一九九四年二月十五日
（选自《七载云烟》）

四

人寰

波斯菊

> 给
> "绝无仅有的
> 美好的,
> 不懂事的。"

　　问我为甚么忽然悄然笑起来,这个笑来得极快,消逝得可怜:我想起一个先生戏称我为"审美家",想起波斯菊。

　　你喜欢这个名字么? 我知道你在心里念了一次,你的嘴唇动了一下。"波斯——菊",这唤起你眼睛里的浪漫情趣。我就因为其"名佳",去掐了一把。花一大片,远望如一个女子中学,或如你们的甚么游园会,总而言之,像梦。(这个字我有四年不用了。)因为早晨太阳晒着,闲得快乐,下点雨,就有点愁,又都处处有点无可奈何,难以捉摸。因为很单纯,很温软。(别跳你的眉毛!)当时我看到甚么都比后来美些,看到甚么都联想到一个人。一个老实认真的写实主义小说家一定在他的大作里写:他掐了一把他的联想和爱情回去了。掐花回去,一插在个绿陶壶里,靠一个小小剔红盒子旁边。我抽了一根烟,不时拨弄一朵两朵花,让它攒三聚五的成一格局。到都成了"一瓶",都安适妥帖了,我已抽了三根烟了。小院子静得很,听见那条卷毛小狗出出进进走了几次,蜜蜂在檐前唱,垂丝海棠瓣子落在蛛网上。等着,来了。

　　"刚才有人看见你?"

　　"去掐花的。"

　　花含笑,十分调皮,绯红色。

"可一点都不好看。"

让波斯菊一瓣一瓣的落罢。就这么轻描淡写的过去了。现在又到了暑假的时候,下起雨来了,我简直不想出去,很希望有人写信给我,有人送点好吃东西。门前有人乱七八糟的洒下许多花种,走了半月,又回来看了一次,花出了好多。自然,你算聪明,知道了:他指着一果花苗,问我是甚么,那是波斯菊。

好了,我编了一篇故事,你不三天就可以来,来看波斯菊了,哈哈。

(选自《干荔枝》)

烟与寂寞

我去买烟,我不喜欢老是抽一个牌子,人每在抽烟上有许多意见,有人很固执很认真的保卫他抽的那个牌子,反对甚至看不起抽他以为不值得抽的牌子的人。比如抽美国烟与英国烟的简直的是世界上截然不同的两类的人。可是我喜欢常常换换口味。换换口味;或者简单的我就是要换换牌子,不是换吸,而是换买。决定了买那一种,决定而如意的买成了,(常常少不得有许多条件限制的),这给我快乐。——我很久以来即有个志愿,买一盒一种土耳其的长烟抽抽。不一定是要抽,就是买买。我要经验一下接在手里,拿回家来,拆开,拈出,拿在手里,看一看,(纸纹,标记),点火,抽,抽两口,又摸摸看看那个盒子,(装潢风格显然与他种香烟不似),这种种过程。我现在的能力要偶然买一盒自然还买得起,但我没有买那么一盒的充分感情。我想有一个机会,想到我有一次远行时买一盒带在小皮箱里;等到了,见到了,或已坐下来,跟他抽一枝,或在她的眼前抽一枝。我把这回事看得很重。——今天,我去买烟。我毫无成见。也有时候我一去即说出牌子。有时,我要看看,看来看去,找我的兴趣希望所在。今天,我连买烟丝或者烟都没有打主意。而我记起前两天路上走,看见一家新到了一批小雪茄。这种雪茄我父亲曾经抽过,那时我还小得很。(真是老牌了)。父亲很赞赏这种烟,又便宜又好。他满意于他自己的口味，满意于他的选择。一看到这种小雪茄，或心里一喜欢。而且那么多堆在一处，有一种富足大方之感。当时我为甚没有即买？盖有待也？现在，我一定去买。希望不要有甚么心思牵制我，教我改主意。

我买成了，心里有一种感动。虽然小小的，但实在是感动。

而，我的烟拿在手，脸上有喜悦，身后来了一个人。一个面目端正，正直而和蔼，有思想有身份的中年人；他看了看，说："有×××，就这个。"——他说这个牌子说得很熟练而带有感情，仿佛他一直在留心，今天偶然发现了！正是我手里的那一种。他觉得我看他，也看看我。看见我手里一札子烟了，我们极其自然的点了点头。带笑，仿佛我们很熟似的。并没有说话，好像也无须说话。

歌声

醒来，隔壁巷子里有孩子唱歌。

现在大概九点钟光景，家中漆黑。每天吃了晚饭我睡两个钟头，一醒来总是立刻就为整个世界所围绕。在我睡着了时一切都还在进行着的。这几个孩子唱了多少时候歌了？从她们的歌声里有一点天晚了的感觉，可是多不够安定的晚上啊，多不够安定的歌。

唱的是两个女孩子，一个声音高，唱得很有力；一个比较不那么热切，不想争胜，气不大促。两个声音都很扁，仿佛唱的时候嘴都咧得很开。我想一定还有个更小的男孩子，坐在门槛上，虽然他一声不响，可是你听得出歌声里有他。大概是两个女孩子之中一个（大概是那个声音高窄的）的弟弟。这两个孩子必在同一小学读书，同出同归，唱歌的节拍表情也分明是同一个老师所教，错的地方一样错。那个老师（当然是个女的）对于教音乐，教这般孩子，毫无兴趣。至少这两个她没有兴趣。孩子的爸爸妈妈（尤其是妈妈）更对她们唱歌没有兴趣，冷淡，而且厌烦。这两个孩子也唱得真不好！……

她们一定穿了不合身的衣服，发红的安安蓝布，褪色的花洋纱的裙褂，补过的脏袜子，令人自卑的平凡的布鞋。两个孩子一个都不好看，瘦长的脖子，黄头发，头上汗味很重。有一个扎一个粉红蝴蝶结，但是皱得厉害！那

远方有人在歌唱
壬申黄夏老树

个弟弟,一个大脑袋,傻傻地坐在那儿,不时用手搔头。他头上有个小脓疮,身上黏黏的。他也很为姐姐们的歌声所激恼了,虽然有时也还漠然的听着,当他忘记一点自己身上的不快时。他没有要非哭不可的时候,但说是一点都不要哭分明不对。

两个孩子学着她们的先生装模作样的咬字,可是,不知道唱的是甚么,只有娃娃宝宝几个字还听得出,因为老是重复唱到。

现在她们会的歌都唱完了,停了一停,又把已经唱过的一个重新唱起来。

这样的反复的唱,要唱到甚么时候?——这样的唱歌能使她们得到快乐么?她们为甚么要唱歌?

我起来。天真闷,气都不大透得过来。甚么地方一股抹布气味,要下雨了吧?

沈从文和他的《边城》

《边城》是沈从文先生所写的唯一的一个中篇小说，说是中篇小说，是因为篇幅比较长，约有六万多字；还因它有一个有头有尾的故事，——沈先生的短篇小说有好些是没有什么故事的，如《牛》、《三三》、《八骏图》……都只是通过一点点小事，写人的感情、感觉、情绪。

《边城》的故事甚美也很简单：茶峒山城一里外有一小溪，溪边有一弄渡船的老人。老人的女儿和一个兵有了私情，和那个兵一同死了，留下一个孤雏，名叫翠翠，老船夫和外孙女相依为命地生活着。茶峒城里有个在水码头上掌事的龙头大哥顺顺，顺顺有两个儿子，天保和傩送，两兄弟都爱上翠翠。翠翠爱二老傩送。不爱大老天保，大老天保在失望之下驾船往下游去，失事淹死；傩送因为哥哥的死在心里结了一个难解疙瘩，也驾船出外了。雷雨之夜，渡船老人死了，剩下翠翠一个人。傩送对翠翠的感情没有变，但是他一直没有回来。

就这样一个简单的故事，却写出了几个活生生的人物，写了一首将近七万字的长诗！

因为故事写得很美，写得真实，有人就认为真有那么一回事。有的华侨青年，读了《边城》，回国来很想到茶峒去看看，看看那个溪水、白塔、渡船，看看渡船老人的坟，看看翠翠曾在哪里吹竹管……

大概是看不到的。这故事是沈从文编出来的。

有没有一个翠翠？

有的。可她不是在茶峒的碧溪岨，是泸溪县一个绒线铺的女孩子。

《湘行散记》里说：

……在十三个伙伴中我有两个极好的朋友。……其次是那个年纪顶轻的，名字就叫"傩右"，一个成衣人的独生子，为人伶俐勇敢，希有少见。……这小孩子年纪虽小，心可不小！同我们到县城街上转了三次，就看中一个绒线铺的女孩子，问我借钱向那女孩子买了三次白棉线草鞋带子……那女孩子名叫"翠翠"，我写《边城》故事时，弄渡船的外孙女，明慧温柔的品性，就从那绒线铺小女孩脱胎而来。

她是泸溪县的么？也不是。她是山东崂山的。

看了《湘行散记》，我很怕上了《灯》里那个青衣女子同样的当，把沈先生编的故事信以为真，特地上他家去核对一回，问他翠翠是不是绒线铺的女孩子。他的回答是：

"我们（他和夫人张兆和）上崂山去，在汽车里看到出殡的，一个女孩子打着幡。我说：这个我可以帮你写个小说。"

幸亏他夫人补充了一句："翠翠的性格、形象，是绒线铺那个女孩子。"

沈先生还说："我生平只看过那么一条渡船，在棉花坡。"那么，碧溪岨的渡船是从棉花坡移过来的。……棉花坡离碧溪岨不远，但总还有一小距离。

读到这里，你会立刻想起鲁迅所说的脸在那里，衣服在那里的那段有名的话。是的，作家酝酿人物形象和故事情节是一个很复杂的过程。一九五七年，沈先生曾经跟我说过："我们过去写小说都是真真假假的，哪有现在这样都是真事的呢。"有一个诗人很欣赏"真真假假"这句话，说是这说明了创作的规律，也说明了什么是浪漫主义。翠翠，《边城》，都是想象出来的。然而必须有丰富的生活经验，积累了众多的印象，并加上作者的思想、感情和才能，才有可能想象得真实，以至把创造变得好像是报导。

沈从文善于写中国农村的少女。沈先生笔下的湘西少女不是一个，而是一串。

三三、夭夭、翠翠，她们是那样的相似，又是那样的不同。她们都很爱娇,但是各因身世不同,娇得不一样。三三生在小溪边的碾坊里,父亲早死,跟着母亲长大,除了碾坊小溪,足迹所到最远处只是堡子里的总爷家。她虽然已经开始有了一个少女对于"人生"的朦朦胧胧的神往,但究竟是个孩子,浑不解事,娇得有点痴。夭夭是个有钱的橘子园主人的幺姑娘,一家子都宠着她。她已经订了婚,未婚夫是个在城里读书的学生。她可以背了一个特别精致的背篓,到集市上去采购她所中意的东西,找高手银匠洗她的粗如手指的银练子。她能和地方上的小军官从容说话。她是个"黑里俏",性格明朗豁达,口角伶俐。她很娇,娇中带点野。翠翠是个无父无母的孤雏,她也娇,但是娇得乖极了。

用文笔描绘少女的外形,是笨人干的事。沈从文画少女,主要是画她的神情,并把她安置在一个颜色美丽的背景上,一些动人的声音当中。

……为了住处两山多竹篁,翠色逼人而来,老船夫随便给这个可怜的孤雏,拾取了一个近身的名字,叫做翠翠。

翠翠在风日里长养着,把皮肤变得黑黑的,触目为青山绿水,一对眸子清明如水晶,自然既长养她且教育她。为人天真活泼,处处俨然如一只小兽物。人又那么乖,和山头黄麂一样,从不想到残忍事情,从不发愁,从不动气。平时在渡船上遇陌生人对她有所注意时,便把光光的眼睛瞅着那陌生人,作成随时都可举步逃入深山的神气,但明白了面前的人无机心后,就又从从容容来完成任务了。

风日清和的天气,无人过渡,镇日长闲,祖父同翠翠便坐在门前大岩石上晒太阳,或把一段木头从高处向水中抛去,嗾使身边黄狗从岩石高处跃下,把木头衔回来;或翠翠与黄狗皆张着耳朵,听祖父说些城中多年以前的战争故事;或祖父同翠翠两人,各把小竹作成的竖笛,逗在嘴边吹着迎亲送女的曲子,过渡人来了,老船夫放下了竹管,独自跟到

船边去横溪渡人。在岩上的一个,见船开动时,于是锐声喊着:

"爷爷,爷爷,你听我吹,你唱!"

爷爷到溪中央于是很快乐的唱起来,哑哑的声音,振荡寂静的空气里,溪中仿佛也热闹了些。实则歌声的来复,反而使一切更加寂静。

篁竹、山水、笛声,都是翠翠的一部分,它们共同在你们心里造成这女孩子美的印象。

翠翠的美,美在她的性格。

《边城》是写爱情的,写中国农村的爱情,写一个刚刚进入青春期的农村女孩子的爱情。这种爱是那样的纯粹,那样不俗,那样像空气里小花、青草的香气,像风送来的小溪流水的声音,若有若无,不可捉摸,然而又是那样的实实在在,那样的真。这样的爱情叫人想起古人说得很好,但不大为人所理解的一句话:思无邪。

沈从文的小说往往是用季节的颜色、声音来计算时间的。

翠翠的爱情的发展是跟几个端午节联在一起的。

翠翠十五岁了。

端午节又快到了。

传来了龙船下水预习的鼓声。

蓬蓬鼓声掠水越山到了渡夫那里时,最先注意到的是那只黄狗。那黄狗汪汪的吠着,受了惊似的绕屋乱走;有人过渡时,便随船渡过河东岸去,且跑到那小山头向城里一方面大吠。

翠翠正坐在门外大石上用粽叶编蚱蜢、蜈蚣玩,见黄狗先在太阳下睡着,忽然醒来便发疯似的乱跑,过了河又回来,就问它骂它:

"狗、狗,你做什么! 不许这样子!"

可是一会儿那远处声音被她发现了，她于是也绕屋跑着，并且同黄狗一块儿渡过了小溪，站在小山头听了许久，让那点迷人的鼓声，把自己带到一个过去的节日里去。

两年前的一个节日里去。

作者这里用了倒叙。

两年前，翠翠才十三岁。

这一年的端午，翠翠是难忘的。因为她遇见了傩送。

翠翠还不大懂事。她和爷爷一同到茶峒城里去看龙船，爷爷走开了，天快黑了，看龙船的人都回家了，翠翠一个人等爷爷，傩送见了她，把她还当一个孩子，很关心地对她说了几句话，翠翠还误会了，骂了人家一句："你个悖时砍脑壳的！"及至傩送好心派人打火把送她回去，她才知道刚才那人就是出名的傩送二老，"记起自己先前骂人那句话，心里又吃惊又害羞，再也不说什么，默默地随了那火把走了。"到了家，"另外一件事，属于自己不关祖父的，却使翠翠沉默了一个夜晚。"这写得非常含蓄。

翠翠过了两个中秋，两个新年，但"总不如那个端午所经过的事甜而美"。

十五岁的端午不是翠翠所要的那个端午。"从祖父和那长年谈话里，翠翠听明白了二老是在下游六百里外沅水中部青浪滩过端午的。"未及见二老，倒见到大老天保。大老还送他们一只鸭子。回家时，祖父说："顺顺真是好人，大方得很。大老也很好。这一家人都好！"翠翠说："一家人都好，你认识他们一家人吗？"祖父不明白这句话的意思所在，聪明的读者是明白的。路上祖父说了假如大老请人来做媒的笑话，"翠翠着了恼，把火炬向路两旁乱晃着，向前快快的走去了。"

"翠翠，莫闹，我摔到河里去了，鸭子会走脱的！"

"谁也不希罕那只鸭子！"

翠翠向前走去，忽然停住了发问：

"爷爷，你的船是不是正在下青浪滩呢？"

这一句没头没脑的问话，说出了这女孩子的心正在飞向什么所在。

端午又来了。翠翠长大了，十六了。

翠翠和爷爷到城里看龙船。

未走之前，先有许多曲折。祖父和翠翠在三天前业已预先约好，祖父守船，翠翠同黄狗过顺顺吊脚楼去看热闹。翠翠先不答应，后来答应了。但过了一天，翠翠又翻悔，以为要看两人去看，要守船两人守船。初五大早，祖父上城买办过节的东西。翠翠独自在家，看看过渡的女孩子，唱唱歌，心上浸入了一丝儿凄凉。远处鼓声起来了，她知道绘有朱红长线的龙船这时节已下河了。细雨下个不止，溪面一片烟。将近吃早饭时节，祖父回来了，办了节货，却因为到处请人喝酒，被顺顺把个酒葫芦扣下了。正像翠翠所预料的那样，酒葫芦有人送回来了。送葫芦回来的是二老。二老向翠翠说："翠翠，吃了饭，和你爷爷到我家吊脚楼上去看划船吧？"翠翠不明白这陌生人的好意，不懂得为什么一定要到他家中去看船，抿着小嘴笑笑。到了那里，祖父离开去看一个水碾子。翠翠看见二老头上包着红布，在龙船上指挥，心中便印着两年前的旧事。黄狗不见了，翠翠便离了座位，各处去寻她的黄狗。在人丛中却听到两个不相干的妇人谈话。谈的是砦子上王乡绅想把女儿嫁给二老，用水碾子作陪嫁。二老喜欢一个撑渡船的。翠翠脸发火烧。二老船过吊脚楼，失足落水，爬起来上岸，一见翠翠就说："翠翠，你来了，爷爷也来了吗？"翠翠脸还发烧，不便作声，心想"黄狗跑到什么地方去了呢？"二老又说："怎不到我家楼上去看呢？我已经要人替你弄了个好位子。"翠翠心想："碾坊陪嫁，希奇事情咧。"翠翠到河下时，小小心腔中充满一种说不分明的东西。翠翠锐声叫黄狗，黄狗扑下水中，向翠翠方面泅来。到身边时，身上全是水。翠翠说："得了，狗，装什么疯！你又不翻船，谁要你落水呢？"爷爷来了，说了点疯话。爷爷说："二老捉得鸭子，一定又会送给我们的。"话不及说完，二老来了，站在翠翠面前微微笑着。翠翠也不由不抿着嘴微笑着。

顺顺派媒人来为大老天保提亲。祖父说得问问翠翠。祖父叫翠翠，翠翠拿了一簸箕豌豆上了船。"翠翠，翠翠，先前那个人来作什么，你知道不知道？"翠翠说："我不知道。"说后脸同脖颈全红了。翠翠弄明白了，人来做媒的是大老！ 不曾把头抬起，心忡忡地跳着，脸烧得厉害，仍然剥她的豌豆，且随手把空豆荚抛到水中去，望着它们在流水中从从容容流去。自己也俨然从容了许多。又一次，祖父说了个笑话，说大老请保山来提亲，翠翠那神气不愿意；假若那个人还有个兄弟，想来为翠翠唱歌，攀交情，翠翠将怎么说。翠翠吃了一惊，勉强笑着，轻轻的带点恳求的神气说："爷爷，莫说这个笑话吧。"翠翠说："看天上的月亮，那么大！"说着出了屋外，便在那一派清光的露天中站定。

…………

有个女同志，过去很少看过沈从文的小说，看了《边城》提出了一个问题："他怎么能把女孩子的心捉摸得那么透，把一些细微曲折的地方都写出来了？这些东西我们都是有过的，——沈从文是个男的。"我想了想，只好说："曹雪芹也是个男的。"

沈先生在给我们上创作课的时候，经常说的一句话，是："要贴到人物来写。"他还说："要滚到里面去写。"他的话不太好懂。他的意思是说：笔要紧紧地靠近人物的感情、情绪，不要游离开，不要置身在人物之外。要和人物同呼吸，共哀乐，拿起笔来以后，要随时和人物生活在一起，除了人物，什么都不想，用志不纷，一心一意。

首先要有一颗仁者之心，爱人物，爱这些女孩子，才能体会到她们的许多飘飘忽忽的，跳动的心事。

祖父也写得很好。这是一个古朴、正直、本分、尽职的老人。某些地方，特别是为孙女的事进行打听、试探的时候,又有几分狡猾,狡猾中仍带着妩媚。主要的还是写了老人对这个孤雏的怜爱,一颗随时为翠翠而跳动的心。

黄狗也写得很好。这条狗是这一家的成员之一,它参与了他们的全部生活,全部的命运。一条懂事的、通人性的狗。——沈从文非常善于写动物,写牛、写小猪、写鸡,写这些农村中常见的,和人一同生活的动物。

大老、二老、顺顺都是侧面写的,笔墨不多,也都给人留下颇深的印象。包括那个杨马兵、毛伙,一个是一个。

沈从文不是一个雕塑家,他是一个画家,一个风景画的大师。他画的不是油画,是中国的彩墨画,笔致疏朗,着色明丽。

沈先生的小说中有很多篇描写湘西风景的,各不相同。《边城》写酉水:

> 那条河水便是历史上知名的酉水,新名字叫做白河。白河下游到辰州与沅水汇流后,便略显浑浊,有出山泉水的意思。若溯流而上,则三丈五丈的深潭,清澈见底。深潭中为白的所映照,河底小小白石子,有花纹的玛瑙石子,全看得明明白白。水中游鱼来去,全如浮在空气里。两岸多高山,山中多可以造纸的细竹,长年作深翠颜色,逼人眼目。近水人家多在桃杏花里,春天时只需注意,凡有桃花处必有人家,凡有人家处必可沽酒。夏天则晒晾在日光下耀目的紫花布衣裤,可以作为人家所在的旗帜。秋冬来时,酉水中游如王村、岔莱、保靖,里邪和许多无名山村。人家房屋在悬崖上的,滨水的,无不朗然入目。黄泥的墙,乌黑的瓦,位置却那么妥贴,且与四周环境极其调和,使人迎面得到的印象,实在非常愉快。

描写风景,是中国文学的一个悠久传统。晋宋时期形成山水诗。吴均的

《与朱元思书》是写江南风景的名著。柳宗元的《永州八记》，苏东坡、王安石的许多游记，明代的袁氏兄弟、张岱，这些写风景的高手，都是会对沈先生有启发的。就中沈先生最为钦佩的，据我所知，是郦道元的《水经注》。

古人的记叙虽可资借鉴，主要还得靠本人亲自去感受，养成对于形体、颜色、声音，乃至气味的敏感，并有一种特殊的记忆力，能把各种印象保存在记忆里，要用时即可移到纸上。沈先生从小就爱各处去看，去听、去闻嗅。"我的心总得为一种新鲜声音，新鲜颜色、新鲜气味而跳。"（《从文自传》）

  雨后放晴的天气，日头炙到人肩上、背上已有了点力量。溪边芦苇水杨柳，菜园中菜蔬，莫不繁荣滋茂，带着一种有野性的生气。草丛里绿色蚱蜢各处飞着，翅膀搏动空气时嗡嗡作声。枝头新蝉声音虽不成腔，却也渐渐宏大。两山深翠逼人的竹篁中，有黄鸟和竹雀、杜鹃交逼鸣叫。翠翠感觉着，望着、听着，同时也思索着……

这是夏季的白天。

  月光如银子，无处不可照及，山上竹篁在月光下变成一片黑色。身边草丛中虫声繁密如落雨，间或不知从什么地方，忽然会有一只草莺"嗒嗒嗒嗒嘘！"转着它的喉咙，不久之间，这小鸟儿又好像明白这是半夜，不应当那么吵闹，便仍然闭着那小小眼儿安睡了。

这是夏天的夜。

  小饭店门前长案上常有煎得焦黄的鲤鱼豆腐，身上装饰了红辣椒丝，卧在浅口杯子里，钵旁大竹筒中插着大把朱红筷子……

> 这是多么热烈的颜色!

> 到了买杂货的铺子里,有大把的粉条,大缸的白糖,有炮仗,有红蜡烛,莫不给翠翠一种很深的印象,回到祖父身边,总把这些东西说个半天。

粉条、白糖、炮仗、蜡烛,这都是极其常见的东西,然而它们配搭在一起,是一幅对比鲜明的画。

> 天已经快夜,别的雀子似乎都休息了,只杜鹃叫个不息,石头泥土为白日晒了一整天,草木为白日晒了一整天,到这时节各放散一种热气。空气中有泥土气味,有草木气味,还有各种甲虫气味。翠翠看着天上的红云,听着渡口飘响生意人的杂乱声音,心中有些儿薄薄的凄凉。

甲虫气味大概还没有哪个诗人在作品里描写过!

曾经有人说沈从文是个文体家。

沈先生曾有意识地试验过各种文体。《月下小景》叙事重复铺张,有意模仿六朝翻译的佛经,语言也多四字为句,近似偈语。《神巫之爱》的对话让人想起《圣经》的《雅歌》和沙孚的情诗。他还曾用骈文写过一个故事。其他小说中也常有骈偶的句子,如"凡有桃花处必有人家,凡有人家处必可沽酒。""地方象茶馆却不卖茶,不是烟馆却可以抽烟。"但是通常所用的是他的"沈从文体"。这种"沈从文体"用他自己的话,就是"充满泥土气息"和"文白杂糅"。他的语言有一些是湘话,还有他个人的口头语,如"即刻"、"照例"之类。他的语言里有相当多的文言成分……文言的词汇和文言的句法。问题是他把家乡话与普通话,文言和口语配置在一起,十分调和,毫不"格生",可是就形成了沈从文自己的特殊文体。他的语言是从多方面吸取的。间或有一些当时的作家都难免的欧化的句子,如"……的我",但极少。大部分语言是具有民族特点的。就中写人叙事简洁处,受《史记》《世说新语》的影响不少。他的语言是朴实的,朴实而有情致;流畅的,流畅而清晰。这种朴实,来自于雕琢;这种流畅,来自于推敲。他很注意语言的节奏感,注意色彩,也注意声音。他从来不用生造的,谁也不懂的形容词之类,用的是人人能懂的普通词汇。但是常能对于普通词汇赋予新的意义。比如《边城》里两次写翠翠拉船,所用字眼不同。一次是:

有时过渡的是从川东过茶峒的小牛,是羊群,是新娘子的花轿,翠翠必争着作渡船夫,站在船头,懒懒的攀引缆索,让船缓缓的过去。

又一次是:

翠翠斜睨了客人一眼,见客人正盯着她,便把脸背过去,抿着嘴儿,不声不响,很自负的拉着那条横缆。

"懒懒的","很自负的"都是很平常的字眼,但是没有人这样用过,用在这里,就成了未经人道语了。尤其是"很自负的"。你要知道,这"客人"不是别个,是傩送二老呀,于是"很自负的"。就有了很多很深的意思。这个词用在这里真是最准确不过了!

沈先生对我们说过语言的唯一标准是准确(契诃夫也说过类似的意思)。所谓"准确",就是要去找,去选择。一去比较也许你相信这是"妙手偶得之",但是我更相信这是"梦里寻他千百度,蓦然回首,那人却在灯火阑珊处"。

《边城》不到七万字，可是整整写了半年。这不是得来全不费功夫。沈先生常说：人做事要耐烦。沈从文很会写对话。他的对话都没有什么深文大义，也不追求所谓"性格化的语言"，只是极普通的说话。然而写得如闻其声，如见其人。比如端午之前，翠翠和祖父商量谁去看龙船：

见祖父不再说话，翠翠就说："我走了，谁陪你？"
祖父说："你走了，船陪我。"
翠翠把一对眉毛皱拢去苦笑着，"船陪你，嗨，嗨，船陪你。爷爷，你真是，只有这只宝贝船！"

比如黄昏来时，翠翠心中无端端地有些薄薄的凄凉，一个人胡思乱想，想到自己下桃源县过洞庭湖，爷爷要拿把刀放在包袱里，搭下水船去杀了她！她被自己的胡想吓怕起来了。心直跳，就锐声喊她的祖父：

"爷爷，爷爷，你把船拉回来呀！"

请求了祖父两次，祖父还不回来，她又叫：

"爷爷，为什么不上来？我要你！"

有人说沈从文的小说不讲结构。

沈先生的某些早期小说诚然有失之散漫冗长的。《惠明》就相当散，最散的大概要算《泥涂》。但是后来的大部分小说是很讲结构的。他说他有些小说是为了教学需要而写的，为了给学生示范，"用不同方法处理不同问题"。这

"不同方法"包括或极少用对话，或全篇都用对话（如《若墨医生》）等等，也指不同的结构方法。他常把他的小说改来改去，改的也往往是结构。他曾经干过一件事，把写好的小说剪成一条一条的，重新拼合，看看什么样的结构最好。他不大用"结构"这个词，常用的是"组织"、"安排"，怎样把材料组织好，安排位置得更妥贴。他对结构的要求是："匀称"。这是比表面的整齐更为内在的东西。一个作家在写一局部时要顾及整体，随时意识到这种匀称感。正如一棵树，一个枝子，一片叶子，这样长，那样长，都是必需的，有道理的。否则就如一束绢花，虽有颜色，终少生气。《边城》的结构是很讲究的，是完美地实现了沈先生所要求的匀称的，不长不短，恰到好处，不能增减一分。

有人说《边城》像一个长卷。其实像一套二十一开的册页，每一节都自成首尾，而又一气贯注。——更像长卷的是《长河》。

沈先生很注意开头，尤其注意结尾。

他的小说的开头是各式各样的。

《边城》的开头取了讲故事的方式：

> 由四川过湖南去，靠东有一条官路，这官路将近湘西边境，到了一个地方名叫"茶峒"的小小城时，有一小溪，溪边有座白色小塔，塔下住了一户单独的人家。这人家只一个老人，一个女孩子，一只黄狗。

这样的开头很朴素，很平易亲切，而且一下子就带起该文牧歌一样的意境。

汤显祖评董解元《西厢记》，论及戏曲的收尾，说"尾"有两种，一种是"度尾"，一种是"煞尾"。"度尾"如画舫笙歌，从远地来，过近地，又向远地去；"煞尾"如骏马收缰，忽然停住，寸步不移。他说得很好。收尾不外这两种。《边城》各章的收尾,两种兼见。

> 翠翠正坐在门外大石上用棕叶编蚱蜢,蜈蚣玩,见黄狗先在太阳下睡觉,忽然醒来便发疯似的乱跑,过了河又回来,就问它骂它:
> "狗,狗,你做什么!不许这样子!"
> 可是一会儿那远处声音被她发现了,于是也绕屋跑着,并且同黄狗一块儿渡过了小溪,站在小山头听了许久,让那点迷人的鼓声,把自己带到一个过去的节日里去。

这是"度尾"。

> ……翠翠感觉着,望着,听着,同时也思索着:
> "爷爷今年七十岁……三年六个月的歌——谁送那只白鸭子呢?……得碾子的好运气,碾子得谁更是好运气……。"
> 痴着,忽地站起,米簸箕豌豆便倾倒到水中去了。伸手把那簸箕从水中捞起时,隔溪有人喊过渡。

这是"煞尾"。
全文的最后,更是一个精采的结尾:

> 到了冬天,那个圮坍了的白塔,又重新修好了。那个在月下歌唱,使翠翠在睡梦里为歌声把灵魂轻轻浮起的年青人,还不曾回到茶峒来。
> 这个人也许永远不回来了,也许明天回来。

七万字一齐收在这一句话上。故事完了,读者还要想半天。你会随小说里的人物对远人作无边的思念，随她一同盼望着，热情而迫切。

我有一次在沈先生家谈起他的小说的结尾都很好，他笑眯眯地说："我很会结尾。"

三十年来，作为作家的沈从文很少被人提起（这些年他以一个文物专家的资格在文化界占一席位），不过也还有少数人在读他的小说。有一个很有才华的小说家对沈先生的小说存着偏爱。他今年春节，温读了沈先生的小说，一边思索着一个问题：什么是艺术生命？他的意思是说：为什么沈先生的作品现在还有蓬勃的生命？我对这个问题也想了几天，最后还是从沈先生的小说里找到了答案，那就是《长河》里的夭夭所说的：

"好看的应该长远存在。"

现在，似乎沈先生的小说又受到了重视。出版社要出版沈先生的选集，不止一个大学的文学系开始研究沈从文了。这是好事。这是春天里的"百花齐放"的一种体现。这对推动创作的繁荣是有好处的，我想。

一九八〇年五月二十二日黎明写完。

听遛鸟人谈戏

近来我每天早晨绕着玉渊潭遛一圈。遛完了,常找一个地方坐下听人聊天。这可以增长知识,了解生活。还有些人不聊天。钓鱼的、练气功的,都不说话。游泳的闹闹嚷嚷,听不见他们嚷什么。读外语的学生,读日语的、英语的、俄语的,都不说话,专心致意把莎士比亚和屠格涅夫印进他们的大脑皮层里去。

比较爱聊天的是那些遛鸟的。他们聊的多是关于鸟的事,但常常联系到戏。遛鸟与听戏,性质上本相接近。他们之中不少是既爱养鸟,也爱听戏,或曾经也爱听戏的。遛鸟的起得早,遛鸟的地方常常也是演员喊嗓子的地方,故他们往往有当演员的朋友,知道不少梨园掌故。有的自己就能唱两口。有一个遛鸟的,大家都叫他"老包",他其实不姓包,因为他把鸟笼一挂,自己就唱开了:"包龙图打坐在开封府……"就这一句。唱完了,自己听着不好,摇摇头,接茬再唱:"包龙图打坐……"

因为常听他们聊,我多少知道一点关于鸟的常识。知道画眉的眉子齐不齐,身材胖瘦,头大头小,是不是"原毛",有"口"没有,能叫什么玩意儿:伏天、喜鹊——大喜鹊、山喜鹊、苇咋子、猫、家雀打架、鸡下蛋……知道画眉的行市,哪只鸟值多少"张"。——一"张",是一张拾圆的钞票。他们

的行话不说几十块钱,而说多少张。有一个七十八岁的老头,原先本是勤行,他的一只画眉,人称鸟王。有人问他出不出手,要多少钱,他说:"二百"。遛鸟的都说:"值!"

我有些奇怪了,忍不住问:

"一只鸟值多少钱,是不是公认的?你们都瞧得出来?"

几个人同时叫起来:"那是!老头的值二百,那只生鸟值七块。梅兰芳唱戏卖两块四,戏校的学生现在卖三毛。老包,倒找我两块钱!那能错了?"

"全北京一共有多少画眉?能统计出来么?"

"亨是不少!"

"'文化大革命'那阵没有了吧?"

"那会儿谁还养鸟哇!不过,这玩意禁不了。就跟那京剧里的老戏似的'四人帮'压着不让唱,压得住吗?一开了禁,您瞧,呼啦——全出来了。不管是谁,禁不了老戏,也就禁不了养鸟。我把话说在这儿:多会有画眉,多会他就得唱老戏!报上说京剧有什么危机,瞎掰的事!"

这位对画眉和京剧的前途都非常乐观。

一个六十多岁的退休银行职员说:"养画眉的历史大概和京剧的历史差不多长,有四大徽班那会就有画眉。"

他这个考证可不大对。画眉的历史可要比京剧长得多,宋徽宗就画过画眉。

"养鸟有什么好处呢?"我问。

"嗐,遛人!"七十八岁的老厨师说:"没有个鸟,有时早上一醒,觉着还困,就懒得起了;有个鸟,多困也得起!"

"这是个乐儿!"一个还不到五十岁的扁平脸、双眼皮很深、络腮胡子的工人——他穿着厂里的工作服,说。

"是个乐儿!钓鱼的、游泳的,都是个乐儿!"说话的是退休银行职员。

"一个画眉,不就是叫么?怎么会有那么大的差别?"

一个戴白边眼镜的穿着没有领子的酱色衬衫的中等老头儿,他老给他的四只画眉洗澡——把鸟笼放在浅水里让画眉抖擞毛羽,说:

"叫跟叫不一样!跟唱戏一样,有的嗓子宽,有的窄,有的有膛音,有的干冲!不但要声音,还得要'样',得有'做派',有神气。您瞧我这只画眉,叫得多好!像谁?"

像谁?

"像马连良!"

像马连良?!

我细瞧一下,还真有点像!它周身干净利索,挺拔精神,叫的时候略偏一点身子,还微微摇动脑袋。

"潇洒!"

我只得承认:潇洒!

不过我立刻不免替京剧演员感到一点悲哀,原来在这些人的心目中,对一个演员的品鉴,就跟对一只画眉一样。

"一只画眉,能叫多少年?"

勤行老师傅说:"十来年没问题!"

老包说:"也就是七八年。就跟唱京剧一样:李万春现在也只能看一招一势;高盛麟也不似当年了。"

他说起有一年听《四郎探母》,甭说四郎、公主,佘太君是李多奎,那嗓子,冲!他慨叹说:

"那样的好角儿,现在没有了!现在的京剧没有人看,——看的人少,那是啊,没有那么多好角儿了嘛!你再有杨小楼,再有梅兰芳,再有金少山,试试!照样满!两块四?四块八也有人看!——我就看!卖了画眉也看!"

他说出了京剧不景气的原因：老成凋谢，后继无人。这与一部分戏曲理论家的意见不谋而合。

戴白边眼镜的中等老头儿不以为然：

"不行！王师傅的鸟值二百（哦，原来老人姓王），可是你叫个外行来听听：听不出好来！就是梅兰芳、杨小楼再活回来，你叫那边那几个念洋话的学生来听听，他也听不出好来。不懂！现而今这年轻人不懂的事太多。他们不懂京剧，那戏园子的座儿就能好了哇？"

好几个人附和："那是！那是！"

他们以为京剧的危机是不懂京剧的学生造成的。如果现在的学生都像老舍所写的赵子曰，或者都像老包，像这些懂京剧的遛鸟的人，京剧就得救了。这跟一些戏剧理论家的意见也很相似。

然而京剧的老观众，比如这些遛鸟的人，都已经老了，他们大部分已经退休。他们跟我闲聊中最常问的一句话是："退了没有？"那么，京剧的新观众在哪里呢？

哦，在那里：就是那些念屠格涅夫、念莎士比亚的学生。

也没准儿将来改造京剧的也是他们。

谁知道呢！

沈从文的寂寞
——浅谈他的散文

一九八一年湖南人民出版社出了沈先生的散文选。选集中所收文章，除了一篇《一个传奇的本事》、一篇《张八寨二十分钟》，其余的《从文自传》、《湘行散记》、《湘西》，都是三十年代写的。沈先生写这些文章时才三十几岁，相隔已经半个世纪了。我说这些话，只是点明一下时间，并没有太多感慨。四十年前，我和沈先生到一个图书馆去，站在一架一架图书面前，沈先生说："看到有那么多人写了那么多书，我真是什么也不想写了！"古往今来，那么多人写了那么多书，书的命运，盈虚消长，起落兴衰，有多少道理可说呢。不过一个人被遗忘了多年，现在忽然又来出他的书，总叫人不能不想起一些问题。这有什么历史的和现实的意义？这对于今天的读者——主要是青年读者的品德教育、美感教育和语言文字的教育有没有作用？作用有多大？……

这些问题应该由评论家、文学史家来回答。我不想回答，也回答不了。我是沈先生的学生，却不是他的研究者（已经有几位他的研究者写出了很好的论文）。我只能谈谈读了他的散文后的印象。当然是很粗浅的。

文如其人。有几篇谈沈先生的文章都把他的人品和作品联系起来。朱光潜先生在《花城》上发表的短文就是这样。这是一篇好文章。其中说到沈先生是寂寞的，尤为知言。我现在也只能用这种办法。沈先生用手中一支笔写了一生，也用这支笔写了他自己。他本人就像一个作品，一篇他自己所写的作品那样的作品。

我觉得沈先生是一个热情的爱国主义者，一个不老的抒情诗人，一个顽强的不知疲倦的语言文字的工艺大师。

这真是一个少见的热爱家乡、热爱土地的人。他经常来往的是家乡人，说的是家乡话，谈的是家乡的人和事。他不止一次和我谈起棉花坡的渡船；谈起枫树坳，秋天，满城飘舞着枫叶。八一年他回凤凰一次，带着他的夫人和友人看了他的小说里所写过的景物，都看到了，水车和石碾子也终于看到了，没有看到的只是那个大型榨油坊。七十九岁的老人，说起这些，还像一个孩子。他记得的那样多,知道的那样多,想过的那样多,写了的那样多,这真是少有的事。他自己说他最满意的小说是写一条延长千里的沅水边上的人和事的。选集中的散文更全部是写湘西的。这在中国的作家里不多,在外国的作家里也不多。这些作品都是有所为而作的。

沈先生非常善于写风景。他写风景是有目的的。正如他自己所说:

> 一首诗或者仅仅二十八个字,一幅画大小不过一方尺,留给后人的印象,却永远是清新壮丽,增加人对于祖国大好河山的感情。(《张八寨二十分钟》)

风景不殊,时间流动。沈先生常在水边,逝者如斯,他经常提到的一个名词是"历史"。他想的是这块土地,这个民族的过去和未来。他的散文不是晋人的山水诗,不是要引人消沉出世,而是要人振作进取。

读沈先生的作品常令人想起鲁迅的作品,想起《故乡》《社戏》(沈先生最初拿笔,就是受了鲁迅以农村回忆的题材的小说的影响,思想上也必然受其影响)。他们所写的都是一个贫穷而衰弱的农村。地方是很美的,人民勤劳而朴素,他们的心灵也是那样高尚美好,然而却在一种无望的情况中辛苦麻木地生活着。鲁迅的心是悲凉的。他的小说就混和着美丽与悲凉。湘西地方偏僻,被一种更为愚昧的势力以更为野蛮的方式统治着。那里的生活是"怕人"的,所出的事情简直是离奇的。一个从这种生活里过来的青年人,跑到大城市里,接受了五四以来的民主思想,转过头来再看看那里的生活,不能不感到痛苦。《新与旧》里表现了这种痛苦,《菜园》里表现了这种痛苦。《丈夫》、《贵生》里也表现了这种痛苦。他的散文也到处流露了这种痛苦。土著军阀随便地杀人,一杀就是两三千。刑名师爷随便地用红笔勒那么一笔,又急忙提着长衫,拿着白铜水烟袋跑到高坡上去欣赏这种不雅观的游戏。卖菜的周家幺妹被一个团长抢去了。"小姨子"嫁了个老烟鬼。一个矿工的女儿，十三岁就被驻防军排长看中，出了两块钱引诱破了身，最后咽了三钱烟膏，死掉了。……说起这些，能不叫人痛苦？这都是谁的责任？"浦市地方屠户也那么瘦了，是谁的责任？"——这问题看似提得可笑，实可悲。便是这种诙谐语气，也是从一种无可奈何的痛苦心境中发出的。这是一种控诉。在小说里，因为要"把道理包含在现象中"，控诉是无言的。在散文中有时就明明白白地说了出来。"读书人的同情，专家的调查，对这种人有什么用？若不能在调查和同情以外有一个'办法'，这种人总永远用血和泪在同样情形中打发日子。地狱俨然就是为他们而设的。他们的生活，正说明'生命'在无知与穷困包围中必然的种种。"（《辰溪的煤》）沈先生是一个不习惯于大喊大叫的人，但这样的控诉实不能说是十分"温柔敦厚"。不知道为什么他的这些话很少有人注意。

　　沈从文不是一个悲观主义者。个人得失事小，国家前途事大。他曾经明确提出："民族兴衰，事在人为。"就在那样黑暗腐朽（用他的说法是"腐烂"）的时候，他也没有丧失信心。他总是想激发青年的自尊心和自信心。"在事业上有以自现，在学术上有以自立。"他最反对愤世嫉俗，玩世不恭。在昆明，他就跟我说过："千万不要冷嘲"。一九四六年，我到上海，失业，曾想过要自杀，他写了一封长信把我大骂了一通，说我没出息，信中又提到"千万不要冷嘲。"他在《〈长河〉题记》中说："横在我们面前的许多事都使人痛苦，可是却不用悲观。社会还正在变化中，骤然而来的风风雨雨，说不定把许多人的高尚理想，卷扫摧残，弄得无踪无迹。然而一个人对于人类前途的热忱，和工作的虔敬态度，是应当永远存在，且必然能给后来者以极大鼓励的！"事情真奇怪，沈先生这些话是一九四二年说的，听起来却好像是针对"文化大革命"而说的。我们都经过那十年"痛苦怕人"的生活，国家暂时还有许多困难，有许多问题待解决。有一些青年，包括一些青年作家，不免产生冷嘲情绪，觉得世事一无可取，也一无可为。你们是不是可以听听一个老作家四十年前所说的这些很迂执的话呢？

我说这些话好像有点岔了题。不过也还不是离题万里。我的目的只是想说说沈先生的以民族兴亡为己任的爱国热情。

沈先生关心的是人，人的变化，人的前途。他几次提家乡人的品德性格被一种"大力"所扭曲、压扁。"去乡已十八年，一入辰河流域，什么都不同了。表面上看来，事事物物自然都有了极大进步，试仔细注意注意，便见出在变化中的一种堕落趋势。最明显的事，即农村社会所保有那点正直朴素的人情美，几乎快要消失无余，代替而来的却是近二十年实际社会培养成功的一种唯实唯利的庸俗人生观。敬鬼神畏天命的迷信固然已经被常识所摧毁，然而做人时的义利取舍是非辨别也随同泯没了。"（《〈长河〉题记》）他并没有想把时间拉回去，回到封建宗法社会，归真返朴。他明白，那是不可能的。他只是希望能在一种新的条件下，使民族的热情、品德，那点正直朴素的人情美能够得到新的发展。他在回忆了划龙船的美丽情景后，想到"我们用什么方法，就可使这些人心中感觉一种对'明天'的'惶恐'，且放弃过去对自然的和平态度，重新来一股劲儿，用划龙船的精神活下去？这些人在娱乐上的狂热，就证明这种狂热能换个方向，就可使他们还配在世界上占据一片土地，活得更愉快更长久一些。不过有什么方法，可以改造这些人的狂热到一件新的竞争方面去，可是个费思索的问题。"（《箱子岩》）"希望到这个地面上，还有一群精悍结实的青年，来驾驭钢铁征服自然，这责任应当归谁？"——"一时自然不会得到任何结论。"他希望青年人能活得"庄严一点，合理一点"，这当然也只是"近乎荒唐的理想"。不过他总是希望着。

　　他把希望寄托在几个明慧温柔，天真纯粹的小儿女身上。寄托在翠翠身上，寄托在《长河》里的三姊妹身上，也寄托在"一个多情水手与一个多情妇人"身上。——这是一篇写得很美的散文。牛保和那个不知名字的妇人的爱，是一种不正常的爱（这种不正常不该由他们负责），然而是一种非常淳朴真挚，非常美的爱。这种爱里闪耀着一种悠久的民族品德的光。沈先生在《〈长河〉题记》中说："在《边城》题记上，曾提起一个问题，即拟将'过去'和'当前'对照，所谓民族品德的消失与重造，可能从什么地方着手。《边城》中人物的正直和热情，虽然已经成为过去陈迹了，应当还保留些本质在年轻人的血里或梦里，相宜环境中，即可重新燃起年轻人的自尊心和自信心。"提起《边城》和沈先生的许多其他作品，人们往往愿意和"牧歌"这个词联在一起。这有一半是误解。沈先生的文章有一点牧歌的调子。所写的多涉及自然美和爱情，这也有点近似牧歌。但就本质来说，和中世纪的田园诗不是一回事，不是那样恬静无为。有人说《边城》写的是一个世外桃源，更全部是误解（沈先生在《桃源与沅州》中就把来到桃源县访幽探胜的"风雅"人狠狠地嘲笑了一下）。《边城》（和沈先生的其他作品）不是挽歌，而是希望之歌。民族品德会回来么？

> 这个人也许永远不回来了，也许明天回来！

回来了！你看看张八寨那个弄船女孩子！

> 令我显得慌张的，并不是渡船的摇动，却是那个站在船头、嘱咐我不必慌张、自己却从从容容在那里当家作事的弄船女孩子。我们似乎相熟又十分陌生。世界上就真有这种巧事，原来她比我二十四年写到的一个小说中人翠翠，虽晚生十来岁，目前所处环境却仿佛相同，同样在这么青山绿水中摆渡，青春生命在慢慢长成。不同处是社会变化大，见世面多，虽对人无机心，而对自己生存却充满信心。一种"从劳动中得到快乐增加幸福成功"的信心。这也正是一种新型的乡村女孩子共同的特征。目前一位有一点与众不同，只是所在背景环境。

沈先生的重造民族品德的思想，不知道为什么，多年来不被理解。"我作品能够在市场上流行，实际上近于买椟还珠，你们能欣赏我故事的清新，照例那作品背后蕴藏的热情却忽略了，你们能欣赏我文字的朴实，照例那作品背后隐伏的悲痛也忽略了。""寄意寒星荃不察"，沈先生不能不感到寂寞。他的散文里一再提到屈原，不是偶然的。

寂寞不是坏事。从某个意义上，可以说寂寞造就了沈从文。寂寞有助于深思，有助于想象。"我有我自己的生活与思想，可以说是皆从孤独中得来的。我的教育，也是从孤独中得来的。"他的四十本小说，是在寂寞中完成的。他所希望的读者，也是"在多种事业里低头努力，很寂寞的从事于民族复兴大业的人。"(《〈长河〉题记》)安于寂寞是一种美德。寂寞的人是充实的。

寂寞是一种境界，一种很美的境界。沈先生笔下的湘西，总是那么安安静静的。边城是这样，长河是这样，鸭窠围、杨家岨也是这样。静中有动，静中有人。沈先生擅长用一些颜色、一些声音来描绘这种安静的诗境。在这方面，他在近代散文作家中可称圣手。

> 黑夜占领了全个河面时，还可以看到木筏上的火光，吊脚楼窗口的灯光，以及上岸下船在河岸大石间飘忽动人的火炬红光。这时节岸上船上都有人说话，吊脚楼上且有妇人在黯淡灯光下唱小曲的声音，每次唱完一支小曲时，就有人笑嚷。什么人家吊脚楼下有匹小羊叫，固执而且柔和的声音，使人听来觉得忧郁。
>
> 这些人房子窗口既一面临河，可以凭了窗口呼喊河下船中人，当船上人过了瘾，胡闹已够，下船时，或者尚有些事情嘱托，或者其他原因，一个晃着火炬停顿在大石间，一个便凭立在窗口，"大老你记着，船下行时又来！""好，我来的，我记着的。""你见了顺顺就说：'会呢，完了；孩子大牛呢，脚膝骨好了；细粉带三斤，冰糖或片糖带三斤。'""记得到，记得到，大娘你放心，我见了顺顺大爷就说：'会呢，完了。大牛呢，好了。细粉来三斤，冰糖来三斤。'""杨氏，杨氏，一共四吊七，莫错账！""是的，放心呵，你说四吊七就四吊七，年三十夜莫会多要你的！你自己记着就是了。"这样那样的说着，我一一都可听到，而且一面还可

以听着在黑暗中某一处咩咩的羊鸣。(以上引自《鸭窠围的夜》)

真是如闻其声。这样的河上河下喊叫着的对话,我好像在别一处也曾听到过。这是一些多么平常琐碎的话呀,然而这就是人世的生活。那只小羊固执而柔和地叫着,使沈先生不能忘记,也使我多年不能忘记,并且如沈先生常说的,一想起就觉得心里"很软"。

不多久,许多木筏皆离岸了,许多下行船也拔了锚,推开篷,着手荡桨摇橹了。我卧在船舱中,就只听到水面人语声,以及橹桨激水声,与橹桨本身被扳动时咿咿哑哑声。河岸吊脚楼上妇人在晓气迷濛中锐声的喊人,正好同音乐中的笙管一样,超越众声而上。河面杂声的综合,交织了庄严与流动,一切真是一个圣境。

岸上吊脚楼前枯树边,正有两个妇人,穿了毛蓝布衣服,不知商量些什么,幽幽的说着话。这里雪已极少,山头皆裸露作深棕色,远山则为深紫色。地方静得很,河边无一只船,无一个人,一堆柴。只不知河边某一个大石后面有人正在捶捣衣服,一下一下的捣。对河也有人说话,却看不清楚人在何处。(以上引自《一个多情水手与一个多情妇人》)

"空山不见人,但闻人语响","竹喧归浣女,莲动下渔舟",静中有动,以动为静,这是中国文学的一个长久的传统。但是这种境界只有一个摆脱浮世的营扰,习惯于寂寞的人方能于静观中得之。齐白石云:"白石老人心闲气静时一挥",寂寞安静,是艺术创作所必需的气质。一个热中于利禄,心气浮躁的人,是不能接近自然,也不能接近生活的。沈先生"习静"的方法是写字。在昆明,有一阵,他常常用毛笔在竹纸书写的两句诗是"绿树连村暗,黄花入梦稀"。我就是从他常常书写的这两句诗(当然不止这两句)里解悟到应该怎样用少量文字描写一种安静而活泼,充满生气的"人境"的。

> 我就是不想明白道理却永远为现象所倾心的人。我看一切,却并不把那个社会价值搀加进去,估定我的爱憎。我不愿问价钱上的多少来为万物作一个好坏批评,却愿意考查他在我官觉上使我愉快不愉快的分量。我永远不厌倦的是"看"一切。宇宙万汇在动作中,在静止中,在我印象里,我都能抓定它的最美丽与最调和的风度,但我的爱好显然却不能同一般目的相合。我不明白一切同人类生活相联结时的美恶,另外一句话来说,就是我不大领会伦理的美。接近人生时我永远是个艺术家的感情,却不是所谓道德君子的感情。(《自传·女难》)

沈先生五十年前所作的这个"自我鉴定"是相当准确的。他的这种诗人气质,从小就有,至今不衰。

《从文自传》是一本奇特的书。这本书可以从各种角度去看。你可以看到从辛亥革命到五四湘西一隅的怕人生活,了解一点中国历史;可以看到一个人"生活陷于完全绝望中,还能充满勇气与信心始终坚持工作,他的动力来源何在",从而增加一点自己对生活的勇气与信心。沈先生自己说这是一本"顽童自传"。我对这本书特别感兴趣,是因为这是一本培养作家的教科书,它告诉我人是怎样成为诗人的。一个人能不能成为一个作家,童年生活是起决定作用的。首先要对生活充满兴趣,充满好奇心,什么都想看看。要到处看,到处听,到处闻嗅,一颗心"永远为一种新鲜颜色,新鲜声音,新鲜气味而跳",要用感官去"吃"各种印象。要会看,看得仔细,看得清楚,抓得住生活中"最美的风度";看了,还得温习,记着,回想起来还异常明朗,要用时即可方便地移到纸上。什么都去看看,要在平平常常的生活里看到它的美,它的诗意,它的亚细亚式残酷和愚昧。比如,熔铁,这有什么看头呢?

然而沈先生却把这过程写了好长一段，写得那样生动！一个打豆腐的，因为一件荒唐的爱情要被杀头，临刑前柔弱的笑笑，"我记得这个微笑，十余年来在我印象中还异常明朗。"（《清乡所见》）沈先生的这本《自传》中记录了很多他从生活中得到的美的深刻印象和经验。一个人的艺术感觉就是这样从小锻炼出来的。有一本书叫做《爱的教育》，沈先生这本书实可称为一本"美的教育"。我就是从这本薄薄的小书里学到很多东西，比读了几十本文艺理论书还有用。

沈先生是个感情丰富的人，非常容易动情，非常容易受感动（一个艺术家若不比常人更为善感，是不成的）。他对生活，对人，对祖国的山河草木都充满感情,对什么都爱着,用一颗蔼然仁者之心爱着。

  山头一抹淡淡的午后阳光感动我,水底各色圆如棋子的石头也感动我。我心中似乎毫无渣滓,透明烛照,对万汇百物,对拉船人与小小船只,一切都那么爱着,十分温暖的爱着!(《一九三四年一月十八日》)

  因为充满感情,才使《湘行散记》和《湘西》流溢着动人的光彩。这里有些篇章可以说是游记,或报告文学,但不同于一般的游记或报告文学,它不是那样冷静,那样客观。有些篇,单看题目,如《常德的船》、《沅陵的人》,尤其是《辰溪的煤》,真不知道这会是一些多么枯燥无味的东西,然而你看下去,你就会发现,一点都不枯燥!它不同于许多报告文学,是因为作者生于斯,长于斯,在这里生活过(而且是那样的生活过),它是凭作者自己的生活经验,凭亲历的第一手材料写的;不是凭采访调查材料写的。这里寄托了作者的哀戚、悲悯和希望,作者与这片地,这些人是血肉相关的,感情是深沉而真挚的,不像许多报告文学的感情是空而浅的,——尽管装饰了好多动情的词句,因为作者对生活熟悉且多情,故写来也极自如,毫无勉强,有时不厌其烦,使读者也不厌其烦;有时几笔带过,使读者悠然神往。

  和抒情诗人气质相联系的,是沈先生还很富于幽默感。《一个爱惜鼻子的朋友》是一篇非常有趣的妙文。我每次看到:"姓印的可算得是个球迷。任何人邀他去踢球,他皆高兴奉陪,球离他不管多远,他总得赶去踢那么一脚。每到星期天,军营中有人往沿河下游四里的教练营大操场同学兵玩球时,这个人也必参加热闹。大操场里极多牛粪,有一次同人争球,见牛粪也拚命一脚踢去,弄得另一个人全身一塌糊涂",总难免失声大笑。这个人大概就是《自传》里提到的印鉴远。我好像见过这个人。黑黑,瘦瘦的,说话时爱往前探着头。而且无端地觉得他的脚背一定很高。细想想,大概是没有见过,我见过他的可能性极小。因为沈先生把他写得太生动，以至于使他在我印象里活起来了。沅陵的阙五老，是个多有风趣的妙人！沈先生的幽默是很含蓄蕴藉的。他并不存心逗笑，只是充满了对生活的情趣，觉得许多人，许多事都很好玩。只有一个心地善良，与人无忤，好脾气的人，才能有这种透明的幽默感。他是用微笑来看这个世界的，经常总是很温和地笑着，很少生气着急的时候。——当然也有。

　　仁者寿。因为这种抒情气质，从不大计较个人得失荣辱，沈先生才能经受了各种打击磨难，依旧还好好地活了下来。八十岁了，还是精力充沛，兴致勃勃。他后来"改行"搞文物研究，乐此不疲，每日孜孜，一坐下去就是十几个小时，也跟这点诗人气质有关。他搞的那些东西，陶瓷、漆器、丝绸、服饰，都是"物"，但是他看到的是人，人的聪明，人的创造，人的艺术爱美心和坚持不懈的劳动。他说起这些东西时那样兴奋激动，赞叹不已，样子真是非常天真。他搞的文物工作，我真想给它起一个名字，叫做"抒情考古学"。

　　沈先生的语言文字功力，是举世公认的。所以有这样的功力，一方面是由于读书多。"由《楚辞》、《史记》、曹植诗到'桂枝儿'曲，什么我都欢喜看看"。我个人觉得，沈先生的语言受魏晋人文章影响较大。试看："由沅陵南岸看北岸山城，房屋接瓦连椽，较高处露出雉堞，沿山围绕，丛树点缀其间，风光入眼，实不俗气。由北岸向南望，则河边小山间，竹园、树木、庙宇、高塔、居民，仿佛各个都位置在最适当处。山后较远处群峰罗列，如屏如障，烟云变幻，颜色积翠堆蓝。早晚相对，令人想象其中必有帝子天神，驾螭乘蜺，驰骤其间。绕城长河，每年三四月春水发后，洪江油船颜色鲜明，在摇橹歌呼中联翩下驶。长方形大木筏，数十精壮汉子，各据筏上一角，举桡激水，乘流而下。就中最令人感动处，是小船半渡，游目四瞩，俨然四围皆山，山外重山，一切如画。水深流速，弄船女子，腰腿劲健，胆大心平，危立船头，视若无事。"（《沅陵的人》）这不令人想到郦道元的《水经注》？我觉得沈先生写得比郦道元还要好些，因为《水经注》没有这样的生活气息，他多写景，少写人。另外一方面，是从生活学，向群众学习。"我文字风格，假若还有些值得注意处，那只因为我记得水上人的言语太多了。"（《我的写作与水的关系》）沈先生所用的字有好些是直接从生活来，书上没有的。比如："我一个人坐在灌满冷气的小小船舱中"的"灌"字（《箱子岩》），"把鞋脱了还不即睡，便镶到水手身旁去看牌"的"镶"字（《鸭窠围的夜》）。这就同鲁迅在《高老夫子》里"我辈正经人犯不上酱在一起"的"酱"字一样，是用得非常准确的。这样的字，在生活里，群众是用着的，但在知识分子口中，在许多作家的笔下，已经消失了。我们应当在生活里多找找这种字。还有一方面，是不断地实践。

沈先生说："本人学习用笔还不到十年，手中一支笔，也只能说正逐渐在成熟中，慢慢脱去矜持、浮夸、生硬、做作，日益接近自然。"（《从文自传·附记》）沈先生写作，共三十年。头一个十年，是试验阶段，学习使用文字阶段。当中十年，是成熟期。这些散文正是成熟期所写。成熟的标志，是脱去"矜持、浮夸、生硬、做作"。

沈先生说他的作品是一些"习作"，他要试验用各种不同方法来组织铺陈。这几十篇散文所用的叙事方法就没有一篇是雷同的！

"一切作品都需要个性，都必需浸透作者人格和感情，想达到这个目的，写作时要独断，彻底的独断！（文学在这时代虽不免被当作商品之一种，便是商品，也有精粗，且即在同一物品上，制作者还可匠心独运，不落窠臼，社会上流行的风格，流行的款式，尽可置之不问。）"（《从文小说习作选·代序》）这在今天，对许多青年作家，也不失为一种忠告。一个作家，要有自己的风格，经得起时间的考验，必需耐得住寂寞，不要赶时髦，不要追求"票房价值"。

"虽然如此,我还预备继续我这个工作,且永远不放下我一点狂妄的想象,以为在另外一时,你们少数的少数,会越过那条间隔城乡的深沟,从一个乡下人的作品中,发现一种燃烧的感情,对于人类智慧与美丽永远的倾心,康健诚实的赞颂,以及对愚蠢自私极端憎恶的感情。这种感情且居然能刺激你们,引起你们对人生向上的憧憬,对当前一切的怀疑。先生,这打算在目前近于一个乡下人的打算,是不是。然而到另外一时,我相信有这种事。"(《从文小说习作选·代序》)莫非这"另外一时"已经到了么?

一九八二年十一月三日上午写完

故乡水

这是三年前的事了。

我坐了长途汽车回我的久别的家乡去。真是久别了啊,我离乡已经四十年了。车上的人我都不认识。他们也都不认识我。他们都很年轻。他们用我所熟悉而又十分生疏了的乡音说着话。我听着乡音,不时看看窗外。窗外的景色依然有着鲜明的苏北的特点,但于我又都是陌生的。宽阔的运河、水闸、河堤上平整的公路、新盖的民房……

快到车逻了。过了车逻,再有十五里,就是我的家乡的县城了,我有点兴奋。

在车逻,我遇见一件不愉快的事。

车逻是终点前一站,下车,上车的不少,车得停一会。一个脏乎乎的人夹在上车的旅客中间挤上来了。他一上车,就伸开手向人要钱:

"修福修寿!修儿子!修孙子!"

"修福修寿!修儿子!修孙子!"

他用了我所熟悉的乡音向人乞讨。这是我十分熟悉的乡音。四十年前,我的家乡的乞丐就是用这样的言词要钱的。真想不到,今天还有这样的乞丐,并且还用了这种的言词乞讨。我讨厌这个人,讨厌他的声音和他乞讨时的神情。他并不悲苦，只是死皮赖脸，而且有点玩世不恭。这人差不多有六十岁了，但是身体并不衰惫。他长着一张油黑色的脸，下巴翘出，像一个瓢把子。他浑身冒出泔水的气味。他的裤裆特别肥大，并且拦裆补了很大的补丁。他有小肠气，—— 这在我的家乡叫做"大卵泡"。

他把肮脏的右手伸向一个小青年：

"修福修寿！修儿子！修孙子！"

邻座另一个小青年说：

"人家还没有结婚！"

"—— 修个好老婆！"

几个青年同时哄笑起来。我不知道为什么这样一句话会使得他们这样的高兴。

车上有人给他一角钱、五分钱……

上车的客人都已坐定，车要开了，他赶快下车。不料司机一关车门，车子立刻开动，并且开得很快。

"哎！哎！我下车！我下车！"

司机扁着嘴笑着，不理他。

车开出三四里，司机才减了速，开了车门，让他下去。司机存心捉弄他，要他自己走一段路。

他下了车，用手对汽车比划着，张着嘴，大概是在咒骂。他回头向车逻方向走去，一拐一拐的，样子很难看，走得却并不慢。

车上几个小青年看着他的蹒跚的背影，又一起快活地哄笑起来。

这个人留给我的印象是：丑恶；而且，无耻！

我这次回乡，除了探望亲友，给家乡的文学青年讲讲课，主要的目的是想了解了解家乡水利治理的情况。

我的家乡苦水旱之灾久矣。我的家乡的地势是四边高，当中洼，如一个水盂。城西面的运河河底高于城中的街道，站在运河堤上可以俯瞰堤下人家的屋顶。运河经常决口。五年一小决，十年一大决。民国二十年的大水灾我是亲历的。死了几万人。离我家不远的泰山庙就捞起了一万具尸体。旱起来又旱得要命。离我家不远有一条澄子河，河里能通小轮船，可到一沟、二沟、三垛，直达邻县兴化。我在《大淖记事》时写到的就是这条河。有一年大旱，澄子河里拉了洋车！我的童年的记忆里，抹不掉水灾、旱灾的怕人景象。在外多年，见到家乡人，首先问起的也是这方面的情况。有一个在江苏省水利厅工作的我的初中同学有一次到北京开会，来看我。他告诉我我们家乡的水治好了。因为修了江都水利枢纽，筑了洪泽湖大坝，运河的水完全由人力控制了起来，随时可以调节。水大了，可以及时排出；水不足，可以把长江水调进来——家乡人现在可以吃到江水，水灾、旱灾一去不复返了！县境内河也都重新规划调整了；还修了好多渠道，已经全面实现自流灌溉，我听了，很为惊喜。因此，县里发函邀请我回去看看，我立即欣然同意。

　　运河的改变我在路上已经看到了，我住的招待所离运河不远，几分钟就走上河堤了。我每天起来，沿着河堤从南门走到北门，再折回来。运河拓宽了很多。我们小时候从运河东堤坐船到西堤去玩，两篙子就到了。现在坐轮渡，得一会子。河面宽处像一条江了。原来的土堤全部改为石工。堤面也很宽。堤边密密地种了两层树。在堤上走走，真是令人身心舒畅。

　　我翻阅了一些资料，访问了几位前后主持水利工作的同志，还参观了两个公社。

　　农村的变化比城里要大得多。这两个公社的村子我小时候都去过，现在简直一点都认不出了。田都改成了"方田"，到处渠网纵横，照当地的说法是"田成方，渠成网"。渠道都是正南正北，左东右西。渠里悠悠地流着清水，

渠旁种了高大的芦竹或是杞柳，杞柳我们那里原来都叫做"笆斗柳"，是编笆斗的，大都是野生的。现在广泛种植了。我和陪同参观的同志在渠边走着，他们告诉我这条渠"一步一块钱"，是说每隔一步，渠边每年可收价值一块钱的柳条。柳条编制的柳器是出口的。我走了几个大队，没有发现一挂过去农村随处可见的龙骨水车，问：

"现在还能找到一挂水车吗？"

"没有了！这东西已经成了古董。现在是，要水一扳闸，看水穿花鞋。—— 穿了花鞋浇水，也不会沾一点泥。"

"应当保留一挂，放在博物馆里，让后代人看看。"

"这家伙太大了！—— 可以搞一个模型。"

我问起县里的自流灌溉是怎么搞起来的。

陪同的同志告诉我，要了解这个，最好找一个人谈谈。全县自流灌溉首先搞起来的，是车逻。车逻的自流灌溉是这个人搞起来的。这人姓杨。他现在调到地区工作了，不过家还没有搬，他有时回县里看看。我于是请人代约，想和他见见。

不料过了两天，一大早，这位老杨就到招待所来找我了。

下面就是老杨同志和我谈话的纪要：

"我是新四军小鬼出身，没搞过水利。

"那时我还年轻，在车逻当区长。

"车逻的粮食亩产一向在全县是最高的，—— 当然不能和现在比。现在这个县早过了'千斤县'，一般的亩产都在一千五百斤以上，有不少地方过了'吨粮'—— 亩产二千斤。那会，最好的田，亩产五百斤，一般的一二百斤。车逻那时的亩产就可达五百斤。但是农民并不富裕，还是很穷。为什么？因为农本高。高在哪里？车水。车逻的田都是高田。那时候，别处的田淹了，车逻是好年成。平常,每年都要车水。车逻的水车特别长!别处的,二十四轧,算是大水车了。车逻的:三十二轧,三十四轧,三十六轧!有的田得用两挂三十六轧大车接起来,才能把水车上来!车水是最重的农活。到了车栽秧水的日子,各处的人都来。本地的,兴化、泰州,甚至盐城的,都来。工钱大,吃食也好。一天吃六顿,顿顿有酒有肉。农本高,高就高在这上头。一到车水是'外头不住地敲'——车水都要敲锣鼓;'家里不住地烧'——烧吃的;'心里不住地焦'——不知道今天能不能把田里的水上满,一到太阳落山,田里有一角上不到水,这家子哭咧,——这一年都没指望了。"

我有点不明白,为什么栽秧水必须一天之内车好,第二天接着车不行吗?但是我没有来得及问。

"'外头不住地敲,家里不住地烧,心里不住地焦',真是一点都不错呀!

"大工钱不是好拿的,好茶饭不是好吃的。到车水的日子,你到车逻来看看,那真叫'紧张热烈'。到处是水车,一挂一挂的长龙。锣鼓敲得震天响。看,是很好看的:车水的都脱光了衣服,除了一个裤头子,浑身一丝不挂,腿上都绑了大红布裹腿。黑亮的皮肉,大红裹腿,对比强烈,真有点'原始'的味道。都是年青的小伙,——上岁数的干不了这个活,身体都很棒,一个赛似一个!赛着踩。几挂大车约好,看那一班子最后下车杠。坚持不住,早下的,认输。敲着锣鼓,唱着号子。车水有车水的号子,一套一套的:'四季花'、'古人名'……看看这些小伙,好像很快活,其实是在拚命。有的当场就吐了血。吐了血,抬了就走,二话不说,绝不找主家的麻烦。这是规矩。还有的,踩着踩着,不好了:把个大卵子忑下来了!"

我的家乡把忽然漏下来叫 te,有音无字,恐怕连《康熙字典》里都查不到,我只好借用了这个"忑"字,在音义上还比较相近。我找不到别的字来代替它,用别的字都不能表达那种感觉。

我问他,我在车逻车站遇见的那个伸手要钱的人,是不是就是这样得下的病。

"就是的！这人原来是车水的一把好手。他丧失了劳动力，什么也干，最后混成了这个样子！—— 我下决心搞自流灌溉和这病有直接关系。

"那年征兵我跟着医生一同检查应征新兵的体格，—— 那时的区长什么事都要管。检查结果，百分之八十不合格！—— 都有轻重不等的小肠气。我这个区的青年有这样多的得小肠气的，我这区长睡不着觉了！

"我想：车逻紧挨着运河，为什么不能用上运河水，眼瞧着让运河好水白白地流掉？车逻田是高田，但是田面比运河水面低，为什么不能把运河水引过来，浇到田里？为什么要从下面的河里费那样大的劲把水车上来？把运河堤挖通，安上水泥管子，不就行了吗？

"要什么没有什么。没有经费。—— 我这项工程计划没有报请上级批准，我不想报。报了也不会批。我这是自作主张，私下里干的。没有经费怎么办？我开了个牛市。"

"牛市？"

"买卖耕牛。区长做买卖，谁也没听说过。没听说过没听说过吧。我这牛市很赚钱，把牛贩子都顶了！

"有了钱，我就干起来了！我选了一个地方，筑了一圈护堤。—— 这一点我还知道。不筑护堤，在运河堤上挖开口子，那还得了！让河水从护堤外面走。我给运河东堤开了膛，安下管子，下了闸门，再把河堤填合，我以为这就万事大吉了。一开闸，水流过来了！水是引过来了，可是乱流一气！咳！我连要修渠都不知道！现在人家把我叫成'水利专家'。真是天晓得！我最初是什么也不懂的。

"怎么办？我就买了书来看。只要是跟水利有关的，我都看。我那阵看的书真不少！我又请教了好几位老河工。决定修渠！

"一修渠，问题就来了。为了省工、省料，用水方便，渠道要走直线，不能曲曲弯弯的。这就要占用一些私田。——那阵还没有合作化,田还是各家各户的。渠道定了,立了标竿,画了灰线,就从这里开,管他是谁家的田!农民对我那个骂呀!我前脚走,后脚就有人跳着脚骂我的祖宗八代。骂吧,我只当没听见。我随身都带着枪,——那阵区长都有枪,他们也不敢把我怎么样。

"有一家姓罗的,五口人。渠正好从他家的田中间穿过。罗老头子有一天带了一根麻绳来找我,——他要跟我捆在一起跳河。他这是找我拚命来了。这里有这么一种风俗,冤仇难解,就可以找仇人捆在一起跳河,——同归于尽。他跟我来这一套!我才不理他。我夺过他手里的麻绳,叫民兵把他捆起来,关在区政府厢屋里。直到渠修成了,才放了他。

"修渠要木料,要板子。——这一点,你这个作家大概不懂。不管它,这纯粹是技术问题。我上哪里找木料去?我想了想:有了!挖坟!我把挖出来的棺材板,能用的,都集中起来,就够用了。我可缺了大德了,挖人家的祖坟,这是最缺德的事。我这是没有办法中的办法。为了子孙,得罪祖宗,只好请多多包涵了!经我手挖的坟真不少!

"这就更不得了了!我可捅了个大马蜂窝,犯了众怒。当地人联名控告了我,说我'挖掘私坟'。县里、地区、省里,都递了状子。地委和县委组织了调查组,认为所告属实,我这是严重违法乱纪。地委发了通报。撤了我的职。党内留党察看,——我差一点把党籍搞丢了。

"'违法乱纪',我确实是违法乱纪了。我承认。对于给我的处分我没有意见。

"不过,车逻的自流灌溉搞成了。

"就说这些吧。本来想请你上我家喝一盅酒,算了吧,——人言可畏。我今天下午走,回来见!"

对于这个人的功过我不能估量,对他的强迫命令的作风和挖掘私坟的作法也无法论其是非。不过我想,他的所为,要是在过去,会有人为之立碑以记其事的。现在不兴立碑,——"树碑立传"已经成为与本义相反用语了,不过我相信,在修县志时,在"水利"项中,他做的事会记下一笔的。县里正计划修纂新的县志。

这位老杨中等身材,面白皙,说话举止温文尔雅,像一个书生,完全不像一个办起事来那样大刀阔斧、雷厉风行的人。

我忽然好像闻到一股修车轴用的新砍的桑木的气味和涂水车龙骨用的生桐油气味。这是过去初春的时候在农村处处可以闻到的气味。

再见,水车!

严子陵钓台

我小时即对桐庐向往，因为看过影印的黄子久的《富春山居图》，知道那里有个严子陵钓台，还听过一个饶有情趣的故事：严子陵和汉光武帝同榻，把脚丫子放在刘秀的肚子上，弄得观察天文的太史大惊失色，次日奏道"昨天晚上客星犯帝座"……因此，友人约作桐庐小游，便欣然同意。

桐庐确实很美。吴均《与朱元思书》是古今写景名作。"自富阳至桐庐一百许里，奇山异水，天下独绝"，并非虚语。严子陵是余姚人，为什么会跑到桐庐来钓鱼？我想大概是因为这里的风景好。蔡襄说："清风敦薄俗，岂是爱林泉"。恐怕"敦薄俗"是客观效果，"爱林泉"是主观愿望。

中国叫钓鱼台的地方很多，钓鱼为什么要有个台？据我的经验，钓鱼无一定处，随便哪里一蹲即可，最多带一个马扎子坐坐，没见过坐在台上钓鱼的。"钓鱼台"多半是假的。严子陵钓台在富春江边山上，山有东西两台。西台是谢翱恸哭天祥处，东台即子陵钓台。严子陵怎么会到山顶上钓鱼呢？那得多长的钓竿，多长的钓丝？袁宏道诗："路深六七寻，山高四五里，纵有百尺竿，岂能到潭底？"诗有哲理，也很幽默。唐人崔儒《严先生钓台记》就提出："吕尚父不应饵鱼，任公子未必钓鳌，世人名之耳。钓台之名，亦犹是乎？"这是很有见地的话。死乞白赖地说这里根本不是严子陵钓台，或者死乞白赖地去考证严子陵到底在哪里垂钓，这两种人都是"傻帽"。

对严子陵这个人到底该怎么看？

中国历史上有两个有名的钓鱼人，一个是姜太公，一个是严子陵。王世贞《钓台赋》说"渭水钓利，桐江钓名"，这说得有点刻薄。不过严子陵确是有争议的人物。

他的事迹很简单，《后汉书》有传。大略谓："严光……少有高名，与光武同游学。及光武即位，乃变名姓，隐身不见。帝思其贤，乃令以物色访之。后齐国上言，有一男子披羊裘钓泽中。帝疑其光……"《后汉书》未说明这是什么季节，但后来写诗的大都认为这是夏天。盛暑披裘，是因为没有钱，换不下季来？还是"心静自然凉"，不怕热？无从猜测。于是，"乃备安车玄纁遣使聘之。三反而后至。舍北军。"他是住在警备部队的营房里的。刘秀派了司徒侯霸去看他，希望他晚上进宫去和刘秀说说话。严光不答，只口授了一封给刘秀的信，信只两句："怀仁辅义天下悦，阿谀顺旨要领绝。"刘秀说："狂奴故态也！"于是，当天就亲自去看他。严光躺着不起来，刘秀就在他的卧所，摸摸严光的肚子，说："咄咄子陵，不可相助为理耶？"严光不应，过了好一会儿，才张开眼睛看了光武帝，说："昔唐尧著德，巢父洗耳，士故有志，何至相迫乎？"帝曰："子陵，我竟不能下汝耶？"于是叹息而去。过两天，又带严子陵进宫叙旧，这回倒是聊了很长时间，聊困了，"因共偃卧，光以足加帝腹上。"刘秀则抚摸严子陵的肚子，严子陵以足加帝腹，他们确实到了忘形的地步，君臣之间如此，很不容易。

刘秀封了严子陵一个官，谏议大夫。他不受。乃耕于富春山。建武十七年复特征，不至。年八十，终于家。

刘秀有《与严子陵书》，不知是哪一年写的，文章实在写得好，"古大有为之君，必有不召之臣，朕何敢臣子陵哉，惟此鸿业，若涉春冰，辟之疮痏须杖而行。若绮里不少高皇，奈何子陵少朕也。箕山颍水之风，非朕所敢望。"汉人文章多短峭而情致宛然。光武此书，亦足以名世。

对于严子陵，有不以为然的。说得直截了当的是元代的贡师泰："百战山河血未干，汉家宗社要重安。当时尽著羊裘去，谁向云台画里看？"说得很清楚，都像你们的反穿皮袄当隐士，这个国家谁来管呢？刘基的诗前两句比较委婉："伯夷清节太公功，出处行藏岂必同。"后两句即讽刺得很深刻："不是云台兴帝业，桐江无用一丝风！"刘伯温是帮助朱元璋打天下的，他当然不赞成严子陵的做法。

对严子陵颂扬的诗文甚多，不具引。最有名的是范仲淹的《严先生祠堂记》。范仲淹有两篇有名的"记"，一篇是《岳阳楼记》，一篇便是《严先生祠堂记》。此记最后的四句歌尤为千载传诵："云山苍苍，江水泱泱。先生之风，山高水长。"范仲淹是政治家，功业甚著，他主张"先天下之忧而忧，后天下之乐而乐"，是很入世的，为什么又这样称颂严子陵这样出世的隐士呢？想了一下，觉得这是范仲淹衡量读书人的两种尺度，也是中国知识分子的两面。这两面常常同时存在于一个人的身上：立功与隐逸，或者各偏于一面，也无不可。范仲淹认为严子陵的风格可以使"贪夫廉，懦夫立，是大有功于名教也"。我想即到今天，这对人的精神还是有作用的。

"无事此静坐"

我的外祖父治家整饬,他家的房屋都收拾得很清爽,窗明几净。他有几间空房,檐外有几棵梧桐,室内木榻、漆桌、藤椅。这是他待客的地方。但是他的客人很少,难得有人来。这几间房子是朝北的,夏天很凉快。南墙挂着一条横幅,写着五个正楷大字:

"无事此静坐"。

我很欣赏这五个字的意思。稍大后,知道这是苏东坡的诗,下面的一句是:

"一日当两日"。

事实上,外祖父也很少到这里来。倒是我常常拿了一本闲书,悄悄走进去,坐下来一看半天。看起来,我小小年纪,就已经有了一点隐逸之气了。

静,是一种气质,也是一种修养。诸葛亮云:"非淡泊无以明志,非宁静无以致远。"心浮气躁,是成不了大气候的。静是要经过锻炼的,古人叫做"习静"。唐人诗云:"山中习静朝观槿,松下清斋折露葵。""习静"可能是道家的一种功夫,习于安静确实是生活于扰攘的尘世中人所不易做到的。静,不是一味地孤寂,不闻世事。我很欣赏宋儒的诗:"万物静观皆自得,四时佳兴与人同。"唯静，才能观照万物，对于人间生活充满盎然的兴致。静是顺乎自然，也是合乎人道的。

世界是喧闹的。我们现在无法逃到深山里去，唯一的办法是闹中取静。毛主席年轻时曾采取了几种锻炼自己的方法，一种是"闹市读书"。把自己的注意力高度集中起来，不受外界干扰，我想这是可以做到的。

这是一种习惯，也是环境造成的。我下放张家口沙岭子农业科学研究所劳动，和三十几个农业工人同住一屋。他们吵吵闹闹，打着马锣唱山西梆子，我能做到心如止水，照样看书、写文章。我有两篇小说，就是在震耳的马锣声中写成的。这种功夫，多年不用，已经退步了，我现在写东西总还是希有个比较安静的环境，但也不必一定要到海边或山边的别墅中才能构思。

　　大概有十多年了，我养成了静坐的习惯。我家有一对旧沙发，有几十年了。我每天早上泡一杯茶，点一支烟，坐在沙发里，坐一个多小时。虽是块然独坐，然而浮想联翩。一些故人往事，一些声音、一些颜色、一些语言、一些细节，会逐渐在我的眼前清晰起来，生动起来。这样连续坐几个早晨，想得成熟了，就能落笔写出一点东西。我的一些小说散文，常得之于清晨静坐之中。曾见齐白石一小幅画，画的是淡蓝色的野藤花，有很多小蜜蜂，有颇长的题记，说这是他家山的野藤，花时游蜂无数，他有个孙子曾被蜂螫，现在这个孙子也能画这种藤花了，最后两句我一直记得很清楚："静思往事，如在目底"。这段题记是用金冬心体写的，字画皆极娟好。"静思往事，如在目底"，我觉得这是最好的创作心理状态。就是下笔的时候，也最好心里很平静，如白石老人题画所说："心闲气静时一挥。"

　　我是个比较恬淡平和的人，但有时也不免浮躁，最近就有点如我家乡话所说"心里长草"。我希望政通人和，使大家能安安静静坐下来，想一点事，读一点书，写一点文章。

一九八九年八月十六日

写字

写字总是从临帖开始。我比较认真地临过一个时期的帖,是在十多岁的时候,大概是小学五年级、六年级和初中一年级的暑假。我们那里,那样大的孩子"过暑假"的一个主要内容便是读古文和写字。一个暑假,我从祖父读《论语》,每天上午写大、小字各一张,大字写《圭峰碑》,小字写《闲邪公家传》,都是祖父给我选定的。祖父认为我写字用功,奖给了我一块猪肝紫的端砚和十几本旧拓的字帖:我印象最深的是一本褚河南的《圣教序》。这些字帖是一个败落的世家夏家卖出来的。夏家藏帖很多,我的祖父几乎全部买了下来。一个暑假,从一个姓韦的先生学桐城派古文、写字。韦先生是写魏碑的,他让我临的却是《多宝塔》。一个暑假读《古文观止》、唐诗,写《张猛龙》。这是我父亲的主意。他认为得写写魏碑,才能掌握好字的骨力和间架。我写《张猛龙》,用的是一种稻草做的纸——不是解大便用的草纸,很大,有半张报纸那样大,质地较草纸紧密,但是表面相当粗。这种纸市面上看不到卖,不知道父亲是从什么地方买来的。用这种粗纸写魏碑是很合适的,运笔需格外用力。其实不管写什么体的字,都不宜用过于平滑的纸。古人写字多用麻纸,是不平滑的。像澄心堂纸那样细腻的,是不多见的。这三部帖,给我的字打了底子,尤其是《张猛龙》。到现在,从我的字里还可以看出它的影响，结体和用笔。

　　临帖是很舒服的，可以使人得到平静。初中以后，我就很少有整桩的时间临帖了。读高中时，偶尔临一两张，一曝十寒。二十岁以后，读了大学，极少临帖。曾在昆明一家茶叶店看到一副对联："静对古碑临黑女，闲吟绝句比红儿"。这副对联的作者真是一个会享福的人。《张黑女》的字我很喜欢，但是没有临过，倒是借得过一本，反反复复，"读"了好多遍。《张黑女》北书而有南意，我以为是从魏碑到二王之间的过渡。这种字体很难把握，五十年来，我还没有见过一个书家写《张黑女》而能得其仿佛的。

写字，除了临帖，还需"读帖"。包世臣以为读帖当读真迹，石刻总是形似，失去原书精神，看不出笔意，固也。试读《三希堂法帖·快雪时晴》，再到故宫看看原件，两者比较，相去真不可以道里计。看真迹，可以看出纸、墨、笔之间的关系。尤其是"运墨"，"纸墨相得"，是从拓本上感觉不出来的。但是真迹难得看到，像《快雪时晴》、《奉橘帖》那样稀世国宝，故宫平常也不拿出来展览。隔着一层玻璃，也不便揣摩谛视。求其次，则可看看珂罗版影印的原迹。多细的珂罗版也是有网纹的，印出来的字多浅淡发灰，不如原书的沉着入纸。但是毕竟慰情聊胜无，比石刻拓本要强得多。读影印的《祭侄文》，才知道颜真卿的字是从二王来的，流畅潇洒，并不都像《麻姑仙坛》那样见棱见角的"方笔"；看《兴福寺碑》，觉赵子昂的用笔也是很硬的，不像坊刻应酬尺牍那样柔媚。再其次，便只好看看石刻拓本了。不过最好要旧拓。从前旧拓字帖并不很贵，逛琉璃厂，挟两本旧帖回来，不是难事。现在可不得了了！前十年，我到一家专卖碑帖的铺子里，见有一部《淳化阁帖》，我请售货员拿下来看看，售货员站着不动，只说了个价钱。他的意思我明白：你买得起吗？我只好向他道歉："那就不麻烦你了！"现在比较容易得到的丛帖是北京日报出版社影印的《三希堂法帖》。乾隆本的《三希堂法帖》是浓墨乌金拓。我是不喜欢乌金拓的，太黑，且发亮。北京日报出版社用重磅铜版纸印，更显得油墨堆浮纸面，很"暴"。而且分装四大厚册，很重，展玩极其不便。不过能有一套《三希堂法帖》已属幸事，还有什么话可说呢？

《三希堂法帖》收宋以后的字很多。对于中国书法的发展，一向有两种对立的意见。一种以为中国的书法，一坏于颜真卿，二坏于宋四家。一种以为宋人书是一个重要的突破。宋人宗法二王，而不为二王所囿，用笔洒脱，显出各自的个性和风格。有人一辈子写晋人书体，及读宋人帖，方悟用笔。我觉两种意见都有道理。但是，二王书如清炖鸡汤，宋人书如棒棒鸡。清炖鸡汤是真味，但是吃惯了麻辣的用味，便觉得什么菜都不过瘾。一个人多"读"宋人字，便会终身摆脱不开，明知趣味不高，也没有办法。话又说回来，现在书家中标榜写二王的，有几个能不越雷池一步的？即便是沈尹默，他的字也明显地看出有米字的影响。

"宋四家"指苏（东坡）、黄（山谷）、米（芾）、蔡。"蔡"本指蔡京，但因蔡京人品不好，遂以蔡襄当之。早就有人提出这个排列次序不公平。就书法成就说，应是蔡、米、苏、黄。我同意，我认为宋人书法，当以蔡京为第一。北京日报出版社《三希堂法帖与书法家小传》（卷二），称蔡京"字势豪健，痛快沉着，严而不拘，逸而不外规矩。比其从兄蔡襄书法，飘逸过之，一时各书家，无出其左右者""……但因人品差，书名不为世人所重。"我以为这评价是公允的。

这里就提出一个多年来缠夹不清的问题：人品和书品的关系。一种很有势力的意见以为，字品即人品，字的风格是人格的体现。为人刚毅正直，其书乃能挺拔有力。典型的代表人物是颜真卿。这不能说是没有道理，但是未免简单化。有些书法家，人品不能算好，但你不能说他的字写得不好，如蔡京，如赵子昂，如董其昌，这该怎么解释？历来就有人贬低他们的书法成就。看来，用道德标准、政治标准代替艺术标准，是古已有之的。看来，中国的书法美学，书法艺术心理学，得用一个新的观点，新的方法来重新开始研究。简单从事，是有害的。

蔡京字的好处是放得开，《与节夫书帖》、《与宫使书帖》可以为证。写字放得开并不容易。书家往往于酒后写字，就是因为酒后精神松弛，没有负担，较易放得开。相传王羲之的《兰亭序》是醉后所写。苏东坡说要"酒气拂拂从指间出"，才能写好字，东坡《答钱穆父诗》书后自题是"醉书"。万金跋此帖后云：

> 右军兰亭，醉时书也。东坡答钱穆父诗，其后亦题曰醉书，较之常所见帖大相远矣。岂醉者神全，故挥洒纵横，不用意于布置，而得天成之妙欤？不然则兰亭之传何其独盛也如此。

说得是有道理的。接连写几张字，第一张大都不好，矜持拘谨。大概第三四张较好，因为笔放开了。写得太多了，也不好，容易"野"。写一上午字，有一条满意的，就很不错了。有时一张都不好，也很别扭。那就收起笔砚，出去遛个弯儿去。写字本是遣兴，何必自寻烦恼。

一九九〇年七月十二日

雁不栖树

苏东坡《卜算子》：

缺月挂疏桐，漏断人初静。谁见幽人独往来？缥缈孤鸿影。
惊起却回头，有恨无人省。拣尽寒枝不肯栖，寂寞沙洲冷。

苕溪渔隐曰："'拣尽寒枝不肯栖'之句，或云：鸿雁未尝栖宿树枝，惟在田野苇丛间，此亦语病也。"雁不落在树上，只在田野苇丛间，这是常识，苏东坡会不知道么？他是知道的。他的诗《高邮陈直躬处士画雁》一开头说："野雁见人时，未起意先改。君从何处看？得此无人态。"虽未说出雁在何处，但给人的感觉是在沙滩上。下面就说得很清楚了："北风振枯苇，微雪落璀璀。惨澹云水昏，晶荧沙砾碎。"然而苏东坡怎么会搞出这样语病来呢？

这首词的副题作"黄州定慧院寓居作"。"缺月挂疏桐，漏断人初静"，是庭院中的即景。这只孤雁怎会在缺月疏桐之间飞来飞去呢？或者说：雁想落在疏桐的寒枝上，但又觉得不是地方，想回到沙洲，沙洲又寂寞而冷，于是很徬徨。不过这样解词未免穿凿。一首看来没有问题，很好懂的词竟成了谜语，这是我初读此词时所未想到的。

《能改斋漫录》卷十六:"东坡先生谪居黄州,作卜算子云云,其属意盖为王氏女子也,读者不能解。"这里似乎还有个浪漫故事。是怎么回事,猜不出。《漫录》又云:"张右史文潜继贬黄州,访潘邠老,当得其详,题诗以志之",读张文潜的题诗,更觉得莫名其妙。

雁为什么不能栖在树上? 因为雁的脚趾是不能弯曲的,抓不住树枝。雁、鹅、鸭都是这样。不能"赶着鸭子上架",因为鸭脚在架上呆不住。鸟类的脚趾有一些是不能弯曲的。画眉可以呆在"栖棍"上,百灵就不能,只能在砂底上跳来跳去,"哨"的时候也只能立在"台"上。

辛未年正月初四

烟赋

中国人抽烟,大概开始于明朝,是从外国传入的。从前的中国书里称烟草为淡巴菰,是 Tobacco 的译音。我年轻时,上海人还把雪茄叫做"吕宋"。吸烟成风,盖在清代。现存的几种烟草谱,都是清人的著作。纪晓岚就是"嗜食淡巴菰"的。我的高中国文老师史先生说,纪晓岚总纂《四库全书》时,叫人把书页平摊在一个长案上,他一边吸烟,一边校读,围着大案走一圈,一篇《〈四库全书〉总目提要》就出来了。这可能是传闻,但乾隆年间,抽烟的人已经颇多,是可以肯定的。

小说《异秉》里的张汉轩说,烟有五种:水、旱、鼻、雅、潮。雅(鸦片)不是烟草所制,潮州烟其实也是旱烟之一种,中国人以前抽的烟实只有旱烟、水烟两大类。旱烟,南方多切成丝,北方则是揉碎了,都是用烟袋,摁在烟锅里抽的。北方人把烟叶都称为关东烟。关东烟里的上品是蛟河烟。这是贡品。据说西太后抽的即是蛟河烟。真正的蛟河烟只产在那么一两亩地里。我在吉林抽过真蛟河烟,名不虚传! 其次则"亚布力"也还可以,这是从苏联引进的品种。河北省过去种"易县小叶"。旱烟袋,讲求白铜锅、乌木杆、翡翠嘴。烟袋有极长的。南方老太太用的烟袋,银嘴五寸,乌木杆长至八尺,抽烟时得由别人点火,自己是够不着的。有极短的,可以插在靴子里,称为"京八寸"。这种烟袋亦称骚胡子烟袋,说是公公抽烟,叫儿媳妇点火,瞅着没人看见,可以乘机摸一下儿媳妇的手。潮州的烟袋是用竹根做的,在一头挖一窟窿,嵌一小铜胎,以装烟,不另安锅。我1950年在江西土改,那里的农民抽的就是这种烟,谓之"吃黄烟"。山西、内蒙人用羊腿骨做烟袋。抽这种烟得点一盏烟灯,因为一次只装很小的一撮烟,抽一口就把烟灰吹掉,叫做"一口香",要不停地点火。云、贵、川抽叶子烟,烟叶剪成二寸许长,裹成小指粗细的烟支,可以说是自制小雪茄,但多数是插在烟锅里抽,也可算是旱烟类。我在鄂温克族地区抽过达斡尔人用香蒿子窨制的烟,一层烟叶,一层香蒿子,阴干,烟味极佳。是用纸卷了抽的。广东的"生切"也是用纸卷了抽的。新疆的"莫合烟",即苏联翻译小说里常常见到的"马霍烟",也是用纸卷了抽的。莫合烟是用烟梗磨碎制成的,不用烟叶。抽水烟应该是最卫生的,烟从水里滤过,有害物质减少了。但抽水烟很麻烦,每天涮水烟袋就很费事。水烟袋要保持洁净,抽起来才香。我有个远房舅舅,到人家作客,都由他的车夫一次带了五支水烟袋,换着抽,此人真是个会享福的人! 水烟的烟丝极细,叫做"皮丝",出在甘肃的兰州和福建的福州,一在西北,一在东南，制法质量也极相似，奇怪！云南人抽水烟筒，那得会抽，否则噘不出烟来。若论过瘾，应当首推水烟筒。旱烟、水烟，吸时都要在口腔内打一回旋，烟筒的烟则是直灌入肺，毫无缓冲。

卷烟，或称纸烟，北京人叫做烟卷儿，上海一带人叫做香烟。也有少数地方叫做洋烟的。早年的东北评剧《雷雨》里的四凤夸赞周萍的唱词道："穿西服，抽洋烟，梳的本是那个偏分。"可以为证。大概在东北人眼中这些都是很时髦的。东北是"十八岁的大姑娘叼着大烟袋"的地方，卷烟曾经是稀罕东西。现在卷烟已经通行全国。抽旱烟的还有，大都是上了年纪的人，但也相对地减少了。抽水烟的就更少了，白铜镂花的水烟袋已经成为古玩，年轻人都不知道这玩意是干什么用的了。说卷烟是洋烟，是有道理的。因为它本是从外国（主要是英国）输入的。上海一带流行的上等烟茄立克、白炮台、555……销行最广的中等烟红锡包（北方叫小粉包）、老刀牌（北方叫强盗牌）都是英国货。世界上的烟卷原分两大系。一类是海洋型，英国烟为其代表。英国烟的烟丝很细，有些烟如白炮台的烟盒上标明是 NAVY CUT，大概和海军有点关系。一类是大陆型，典型的代表是埃及烟、法国烟、苏联的白海牌（东北人叫它"大白杆"），以及阿尔巴尼亚等烟属之。抽大陆型烟的人数不多。现在卷烟分为两大派系，一类是烤烟型，即英国烟型；一类是混合型，是一半海洋型、一半大陆型的烟丝的混合，美国烟大都是混合型。英国型的烟烟丝金黄，比较柔和，有烟草的自然的香味，比较为中国人所喜欢。

后来有外商和华侨在中国设厂制烟，比较重要的是英美烟草有限公司和南洋兄弟烟草公司。大前门为南洋兄弟烟草公司所出，美丽牌好像就是英美烟草有限公司出的。也有较小的厂出烟，大联珠、紫金山……大概是本国的烟厂所出。

我到昆明后抽过很多种杂牌烟。有一种烟叫仙岛牌，不记得是什么地方出的，烟味极好，是英国烤烟型，价钱也不贵。后来就再不见了，可能是因为日本兵占领了越南，滇越铁路一断，没有来源了。有一种烟，叫"白姑娘"，硬盒扁支的，烟味很冲。有一种从湖南来的烟，抽起来有牙粉味。最便宜的烟是鹦鹉牌，十支装，呛得不得了，不知是什么树叶或草叶做的，肯定不是烟叶！

从陈纳德的飞虎队至美国空军到昆明后，昆明市面上到处是美国烟，多是从美国军用物资仓库中流出的。骆驼牌、老金、LUCKY STRIKE、CHESTERFIELD、PHILIPMORRIS……一时抽美国烟的人很多，因为并不太贵。

云南烟业的兴起盖在四十年代初。那里的农业专家和实业家，经过研究，认为云南土壤、气候适于种烟，于是引进美国弗吉尼亚的大金叶，试种成功。随即建厂生产卷烟。所出的牌子有两种：重九和七七。重九当时算是高档烟，这个牌子沿用至今。七七是中档烟，后来不生产了。

五十年代后，云南制烟业得到很大发展，云南烟的质量得到全国公认，把许多省市的卷烟都甩到后面去了。云南卷烟的三大名牌：云烟牌、红山茶、红塔山。最近几年，红塔山的声誉日隆，俨然夺得云南名烟的首席（红山茶似已不再生产）。说是已经是国产烟的第一，也不为过分。时间并不长，为什么会发生这样大的变化？

借中华文学基金会、中国作协创联部和《中国作家》联合举办的"红塔山笔会"的机缘，我们到玉溪卷烟厂作了几天客，饱抽"红塔山"，解开了这个谜。

对于抽烟，我可以说是个内行。

打开烟盒，抽出一支，用手指摸一摸，即可知道工艺水平如何。要松紧合度。既不是紧得吸不动，也不是松得跺一跺就空了半截。没有挺硬的烟梗，抽起来不会"放炮"，溅出火星，烧破衣裤。

放在鼻子底下闻一闻,就知道是什么香型。若是烤烟型,即应有微甜略酸的自然烟香。

最重要的当然就是入口、经喉、进肺的感觉。抽烟,一要过瘾,二要绵软。这本来是一对矛盾,但是配方得当,却可以兼顾。如果要对卷烟加以评品,我于"红塔山"得一字,曰:"醇"。

这是好烟。

红塔山得天时、地利、人和。

玉溪的经纬度和美国的弗吉尼亚相似,土质也相似,适宜烟叶生长。玉溪的日照时间比弗吉尼亚还要略长一点,因此烟叶质量有可能超过弗吉尼亚。玉溪地处滇中,气候温和,夏无酷暑,冬无严寒,雨量充足。空气的湿度天然利于烟叶的存放,不需要另作干湿调节的设施。更重要的是,玉溪卷烟厂有一个以厂长褚时健为核心的志同道合、协调一致、互相默契的领导班子。

褚厂长是个人物。面色深黑,双目有神,年过六十,精力充沛,说话是男中音,底气很足。他接受采访时从从容容,有条有理,语言表达得准确、清楚、简练,而又不是背稿子。他谈话时不带一张纸,不需要秘书在旁提供材料。他说话无拘束,很自然,所谈虽是实际问题,却具幽默感,偶出笑声。从谈吐中让人感到这是个很有自信而又随时思索着的人,一个有见识、有魄力、有性格的硬汉子,一个杰出的"人"。我一向不大承认什么"企业家",以为企业管理只是"形而下"的东西。自识褚时健,觉得坐在我身边侃侃而谈的这个人,确实是一位企业"家",因为他有那么一套"学问",他掌握了企业管理中某种规律性、某种哲理性的东西。

褚时健在未到玉溪卷烟厂之前,搞过一些规模较小的企业,在长期实践中他认识了一条最最朴素的真理:还是要重视物质,重视生产力。他不为"左"的政治经济气候所摇撼,不相信神话。

到了玉溪厂,他不停地思索着的是如何把红塔山的质量搞上去、保持住,使企业不停地发展。

质量，是企业的生命。

我和褚厂长只有两次短暂的接触，未能窥见他的"学问"，但是我觉得他抓到了"玉烟"管理的一个支点：质量。

为什么红塔山能够力挫群雄，扶摇直上？首先，红塔山有质量上好的烟叶。有一个美国烟草专家参观了云南烟业，说再不抓烟叶生产，云烟质量很难保持。这句话给褚厂长很大启发。他决定，首先抓烟叶。玉溪卷烟厂的第一车间，不在厂里，在厂外，在田间。玉烟给烟农很大帮助，从资金到化肥、农药。但是有一个条件：你得给我好烟叶。最初厂里有人想不通，我们和农民是买卖关系，怎么能在他们身上下这样大的本？现在大家都认识到了，这是具有战略意义的一步棋。许多曾经显赫一时的名牌烟，质量下来了，很重要的一个原因，是烟叶质量没有保证。

当年生产的烟叶，不能当年就用，得存放一个时期，这样杂质异味才会挥发掉。据闻英国的名牌烟的烟叶都要存放三年。二次世界大战，存烟用尽，质量也不如以前了。玉溪烟厂的烟叶都要存放二年至二年半。这是像中药店配制丸散一样："修合虽无人见，存心自有天知"的事。这个"天"就是抽烟的人。烟叶存放了多久，抽烟的人是看不到的，但是抽得出来。他们不知其所以然，但是知其然，能分辨出烟的好坏。

玉烟厂的主要设备都是进口的。有人说：国产设备和进口的差不多，要便宜得多，为什么要花那样大的价钱搞进口？褚时健笑答：过几年你们就知道了。从卷烟的质量看，进口设备，是划得来的。

我因为在红塔山下崴了脚，没有能去参观车间，据参观过的作家说："真是壮观！"

对烟的评价是最具群众性的，最公平的。卷烟不能像酒一样搞评比。我们国家是不允许卷烟作广告的。现在既不能像过去的美丽牌在《申报》和《新闻报》上作整幅的广告:"有美皆备,无丽弗臻", 也不能像克莱文·A一样借重梅兰芳的声誉,宣传这种烟对嗓音无害。卷烟的声誉,全靠质量,靠"烟民"们的口碑。北京人有言:"人叫人千声不语,货叫人点手就来。"这是假不得的。桃李不言,下自成蹊,红塔山之赢得声誉,岂虚然哉!

玉溪卷烟厂每年给国家创利税三四十个亿,这是个吓人一跳的数字。

厂里请作家题字留念,我写了一副对联:

技也进乎道
名者实之宾

我十八岁开始抽烟,今年七十一岁,从来没有戒过,可谓老烟民矣。到了玉溪烟厂,坚定了一个信念,一抽到底,决不戒烟。吸烟是有害的。有人甚至说吸一支烟,少活五分钟,不去管它了!写了一首五言诗:

玉溪好风日,
兹土偏宜烟。
宁减十年寿,
不忘红塔山。

诗是打油诗,话却是真话,在家人也不打诳语。

玉溪卷烟厂的礼堂里,在一块很大的红天鹅绒上缀了两行铜字:

天下有玉烟
天外还有天

据褚厂长说,这是从工人的文章里摘出来的,可以说是从群众中来的了。这是全厂职工的座右铭。这表现了全体职工的自豪感,也表现了他们的高瞻远瞩的胸襟。愿玉溪卷烟厂鹏程万里!

一九九一年五月二十一日,北京

书画自娱

《中国作家》将在封二发作家的画,拿去我的一幅,还要写几句有关"作家画"的话,写了几句诗:

> 我有一好处,平生不整人。写作颇勤快,人间送小温。或时有佳兴,伸纸画芳春。草花随目见,鱼鸟略似真。唯求俗可耐,宁计故为新。只可自怡悦,不堪持赠君。君若亦欢喜,携归尽一樽。

诗很浅显,不须注释,但可申说两句。给人间送一点小小的温暖,这大概可以说是我的写作的态度。我的画画,更是遣兴而已,我很欣赏宋人诗:"四时佳兴与人同"。人活着,就得有点兴致。我不会下棋,不爱打扑克、打麻将,偶尔喝了两杯酒,一时兴起,便裁出一张宣纸,随意画两笔。所画多是"芳春"——对生活的喜悦。我是画花鸟的。所画的花都是平常的花。北京人把这样的花叫"草花"。我是不种花的,只能画我在街头、陌上、公园里看得很熟的花。我没有画过素描,也没有临摹过多少徐青藤、陈白阳,只是"以意为之"。我很欣赏齐白石的话:"太似则媚俗,不似则欺世"。我画鸟,我的女儿称之为"长嘴大眼鸟"。我画得不大像,不是有意求其"不似",实因功夫不到，不能似耳。但我还是希望能"似"的。当代"文人画"多有烟云满纸，力求怪诞者，我不禁要想起齐白石的话，这是不是"欺世"？"说了归齐"（这是北京话），我的画画，自娱而已。"只可自怡悦，不堪持赠君"，是照搬了陶弘景的原句。我近曾到永嘉去了一次，游了陶公洞，觉得陶弘景是个很有意思的人，他是道教的重要人物，其思想的基础是老庄，接受了神仙道教影响，又吸取佛教思想，他又是个药物学家，且擅长书法，他留下的诗不多，最著名的是《诏问山中何所有》：

山中何所有？岭上多白云。只可自怡悦，不堪持赠君。

一个人一辈子留下这四句诗，也就可以不朽了。我的画，也只是白云一片而已。

一九九二年一月八日

《菰蒲深处》自序

我是高邮人。高邮是个水乡。秦少游诗云：

吾乡如覆盂，
地据扬楚脊，
环以万顷湖，
天粘四无壁。

我的小说常以水为背景，是非常自然的事。记忆中的人和事多带有点泱泱的水气。人的性格亦多平静如水，流动如水，明澈如水。因此我截取了秦少游诗句中的四个字"菰蒲深处"作为这本小说集的书名。

这些小说写的是本乡本土的事，有人曾把我归入乡土文学作家之列。我并不太同意。"乡土文学"概念模糊不清，而且有很大的歧义。舍伍德·安德森的小说算是乡土文学，斯坦因倍克算是乡土文学，甚至有人把福克纳也划入乡土文学，但是我们看，他们之间的差别有多大！中国现在有人提倡乡土文学，这自然随他们的便。但是有些人标榜乡土文学，在思想上带有排他性，即排斥受西方影响较深的所谓新潮派。我并不拒绝新潮。我的一些小说，比如《昙花、鹤和鬼火》、《幽冥钟》，不管怎么说，也不像乡土文学。我的小说有点水气，却不那么有土气。还是不要把我纳入乡土文学的范围为好。

我写小说，是要有真情实感的，沙上建塔，我没有这个本事。我的小说中的人物有些是有原型的。但是小说是小说，小说不是史传。我的儿子曾随我的姐姐到过一次高邮，我写的《异秉》中的王二的儿子见到他，跟他说："你爸爸写的我爸爸的事，百分之八十是真的。"可以这样说。他的熏烧摊子兴旺发达，他爱听说书……这都是我亲眼所见，他说的"异秉"——大小解分清，是我亲耳所闻，——这是造不出来的。但是真实度达到百分之八十，这样的情况是很少的。《徙》里的高先生实有其人，我连他的名字也没有改，因为小说里写到他门上的一副嵌字格的春联。这副春联是真的。我们小学的校歌也确是那样。但高先生后来一直教中学，并没有回到小学教书。小说提到的谈甓渔，姓是我的祖父的岳父的姓，名则是我一个做诗的远房舅舅的别号。陈小手有那么一个人，我没见过，他的事是我的继母告诉我的，但陈小手并未被联军团长一枪打死。《受戒》所写的荸荠庵是有的，仁山、仁海、仁渡是有的（他们的法名是我给他们另起的），他们打牌、杀猪，都是有的，惟独小和尚明海却没有。大英子、小英子是有的。大英子还在我家带过我的弟弟。没有小和尚，则小英子和明海的恋爱当然是我编出来的。小和尚那种朦朦胧胧的爱，是我自己初恋的感情。世界上没有这样便宜的事，把一块现成的、完完整整的生活原封不动地移到纸上，就成了一篇小说。从眼中所见的生活到表现到纸上的生活，总是要变样的。我希望我的读者，特别是我的家乡人不要考证我的小说哪一篇写的是谁。如果这样索起隐来，我就会有吃不完的官司。出于这种顾虑，有些想写的题材一直没有写，我怕所写人物或他的后代有意见。我的小说很少写坏人，原因也在此。

我的小说多写故人往事，所反映的是一个已经消逝或正在消逝的时代。我们家乡曾是一个比较封闭的小城。因为离长江不太远，自然也受了一些外来的影响。我小时看过清代不知是谁写的竹枝词，有一句"游女拖裙俗渐南"，印象很深。但是"渐南"而已，这里还保存着很多苏北的古风。我并不想引导人们向后看，去怀旧。我的小说中的感伤情绪并不浓厚。随着经济的发展，改革开放，人的伦理道德观念自然会发生变化，这是不可逆转的，也是无可奈何的事。但是在商品经济社会中保存一些传统品德，对于建设精神文明，是有好处的。我希望我的小说能起一点微薄的作用。"再使风俗淳"，这是一些表现传统文化，被称为"寻根"文学的作者的普遍用心，我想。

谨以此书献给我的家乡。

一九九二年三月二十一日

我的父亲

我父亲行三。我的祖母有时叫他的小名"三子"。他是阴历九月初九重阳节那天生的,故名菊生(我父亲那一辈生字排行,大伯父名广生,二伯父名常生),字淡如。他作画时有时也题别号:亚痴、灌园生……他在南京读过旧制中学。所谓旧制中学大概是十年一贯制的学堂。我见过他在学堂时用过的教科书,英文是纳氏文法,代数几何是线装的有光纸印的,还有"修身"什么的。他为什么没有升学,我不知道。"旧制中学生"也算是功名。他的这个"功名"我在我的继母的"铭旌"上见过,写的是扁宋体的泥金字,所以记得。什么是"铭旌",看《红楼梦》贾府办秦可卿丧事那回就知道,我就不噜苏了。

我父亲年轻时是运动员。他在足球校队踢后卫。他是撑杆跳选手,曾在江苏全省运动会上拿过第一。他又是单杠选手。我还见过他在天王寺外边驻军所设置的单杠上表演过空中大回环两周,这在当时是少见的。他练过武术,腿上带过铁砂袋。练过拳,练过刀、枪。我见他施展过一次武功。我初中毕业后,他陪我到外地去投考高中。在小轮船上,一个初来的侦缉队以检查为名勒索乘客的钱财。我父亲一掌,把他打得一溜跟头,从船上退过跳板,一屁股坐在码头上。我父亲平常温文尔雅,我还没见过他动手打人,而且,真有两下子！我父亲会骑马。南京马场有一匹烈马，咬人，没人敢碰它，平常都用一截粗竹筒套住它的嘴。我父亲偷偷解开缰绳，一骗腿骑了上去。一趟马道子跑下来，这马老实了。父亲还会游泳，水性很好。这些，我都不知道他是什么时候学的。

从南京回来后，他玩过一个时期乐器。他到苏州去了一趟，买回来好些乐器，笙箫管笛、琵琶、月琴、拉秦腔的胡胡、扬琴，甚至还有大小唢呐，唢呐我从未见他吹过。这东西吵人，除了吹鼓手、戏班子，一般玩乐器人都不在家里吹。一把大唢呐，一把小唢呐（海笛）一直放在他的画室柜橱的抽屉里。我们孩子们有时翻出来玩。没有哨子，吹不响，只好把铜嘴含在嘴里，自己呜呜作声，不好玩！他的一枝洞箫、一枝笛子，都是少见的上品。洞箫箫管很细，外皮作殷红色，很有年头了。笛子不是缠丝涂了一节一节黑漆的，是整个笛管擦了荸荠紫漆的，比常见的笛子管粗。箫声幽远，笛声圆润。我这辈子吹过的箫笛无出其右者。这两枝箫笛不是从乐器店里买的，是花了大价钱从私人手里买的。他的琵琶是很好的，但是拿去和一个理发店里换了。他拿回理发店的那面琵琶又脏又旧、油里咕叽的。我问他为什么要换了这么一面脏琵琶回来，他说："这面琵琶声音好！"理发店用一面旧琵琶换了他的几乎是全新的琵琶，当然乐意。不论什么乐器，他听听别人演奏，看看指法，就能学会。他弹过一阵古琴，说：都说古琴很难，其实没有什么。我的一个远房舅舅，有一把一个法国神父送他的小提琴，我父亲跟他借回来，鼓揪鼓揪，几天功夫，就能拉出曲子来。据我父亲说：乐器里最难，最要功夫的，是胡琴。别看它只有两根弦，很简单，越是简单的东西越不好弄。他拉的胡琴我拉不了，弓子硬，马尾多，滴的松香很厚，松香拉出一道很窄的深槽，我一拉，马尾就跑到深槽的外面来了。父亲不在家的时候我有时使劲拉一小段，我父亲一看松香就知道我动过他的胡琴了。他后来不大摆弄别的乐器了，只有胡琴是一直拉着的。

摒挡丝竹以后，父亲大部分时间用于画画和刻图章。他画画并无真正的师承，只有几个画友。画友中过从较密的是铁桥，是一个和尚，善因寺的方丈。我写的小说《受戒》里的石桥，就是以他为原型的。铁桥曾在苏州邓尉山一个庙里住过，他作画有时下款题为"邓尉山僧"。我父亲第二次结婚，娶我的第一个继母，新房里就挂了铁桥的一个条幅，泥金纸，上角画了几枝桃花，两只燕子，款题"淡如仁兄嘉礼　弟铁桥写贺"。在新房里挂一幅和尚的画，我的父亲可谓全无禁忌；这位和尚和俗人称兄道弟，也真是不拘礼法。我上小学的时候，就觉得他们有点"胡来"。这幅画的两边还配了我的一个舅舅写的一副虎皮宣的对子："蝶欲试花犹护粉，莺初学啭尚羞簧"，我后来懂得对联的意思了，觉得实在很不像话！铁桥能画，也能写。他的字写石鼓，画法任伯年。根据我的印象，都是相当有功力的。我父亲和铁桥常来往，画风却没有怎么受他的影响。也画过一阵工笔花卉。我们那里的画家有一种理论，画画要从工笔入手，也许是有道理的。扬州有一位专画菊花的画家，这位画家画菊按朵论价，每朵大洋一元。父亲求他画了一套菊谱，二尺见方的大册页。我有个姑太爷，也是画画的，说："像他那样的玩法，我们玩不起！"兴化有一位画家徐子兼，画猴子，也画工笔花卉。我父亲也请他画了一套册页。有一开画的是罂粟花，薄瓣透明，十分绚丽。一开是月季，题了两行字："春水蜜波为花写照"。"春水"、"蜜波"是月季的两个品种，我觉得这名字起得很美，一直不忘。我见过父亲画工笔菊花，原来花头的颜色不是一次敷染，要"加"几道。扬州有菊花名种"晓色"，父亲说这种颜色最不好画。"晓色"，很空灵，不好捉摸。他画成了，我一看，是晓色！他后来改了画写意，用笔略似吴昌硕，照我看，我父亲的画是有功力的，但是"见"得少，没有行万里路，多识大家真迹，受了限制。他又不会做诗，题画多用前人陈句，故布局平稳，缺少创意。

　　父亲刻图章，初宗浙派，清秀规矩。他年轻时刻过一套《陋室铭》印谱，有几方刻得不错，但是过于著意，很拘谨。有"兰带"、"折钉"，都是"做"出来的。有一方"草色入帘青"是双钩，我小时觉得很好看，稍大，即觉得纤巧小气。《陋室铭》印谱只是他初学刻印的成绩。三十多岁后，渐渐豪放，以治汉印为主。他有一套端方的《匋斋印存》，经常放在案头。有时也刻浙派小印。我记得他给一个朋友张仲陶刻过一块青田冻石小长方印，文曰"中匋"，实在漂亮。"中匋"两字也很好安排。

　　刻印的人多喜藏石。父亲的石头是相当多的，他最心爱的是三块田黄。我在小说《岁寒三友》中写的靳彝甫的三块田黄，实际上写的是我父亲的三块图章。

　　他盖章用的印泥是自己做的。用的是"大劈砂"，这是朱砂里最贵重的。

大劈砂深紫色的，片状，制成印泥，鲜红夺目。他说见过一些明朝画，纸色已经灰暗，而印色鲜明不变。大劈砂盖的图章可以"隐指"，即用手指摸摸，印文是鼓出的。他的画室的书橱里摆了一列装在玻璃瓶的大劈砂和陈年的蓖麻子油，蓖麻是调印色用的。

我父亲手很巧，而且总是活得很有兴致。他会做各种玩意。元宵节，他用通草（我们家开药店，可以选出很大片的通草）为瓣，用画牡丹的西洋红（西洋红很贵，齐白石作画，有一个时期，如用西洋红，是要加价的）染出深浅，做成一盏荷花灯，点了蜡烛，比真花还美。他用蝉翼笺染成浅绿，以铁丝为骨，做了一盏纺织娘灯，下安细竹棍。我和姐姐提了，举着这两盏灯上街，到邻居家串门，好多人围着看。清明节前，他糊风筝。有一年糊了一只蜈蚣（我们那里叫"百脚"），是绢糊的。他用药店里称麝香用的小戥子约蜈蚣两边的鸡毛，——鸡毛必须一样重，否则上天就会打滚。他放这只蜈蚣不是用的一般线，是胡琴的老弦。我们那里用老弦放风筝的，家父实为第一人。（用老弦放风筝，风筝可以笔直地飞上去，没有"肚子"。）他带了几个孩子在傅公桥麦田里放风筝。这时麦子尚未"起身"，是不怕踩的，越踩越旺。春服既成，惠风和畅，我父亲这个孩子头带着几个孩子，在碧绿的麦垄间奔跑呼叫，为乐如何？我想念我的父亲（我现在还常常梦见他），想念我的童年，虽然我现在是七十二岁，皤然一老了。夏天，他给我们糊养金铃子的盒子。他用钻石刀把玻璃裁成一小块一小块，再合拢，接缝处用皮纸浆糊固定，再加两道细蜡笺条，成了一只船、一座小亭子、一个八角玲珑玻璃球，里面养着金铃子。隔着玻璃，可以看到金铃子在里面爬，吃切成小块的梨，张开翅膀"叫"。秋天，买来拉秧的小西瓜，把瓜瓤掏空，在瓜皮上镂刻出很细致的图案，做成几盏西瓜灯。西瓜灯里点了蜡烛，撒下一片绿光。父亲鼓捣半天，就为让孩子高兴一晚上。我的童年是很美的。

我母亲死后，父亲给她糊了几箱子衣裳，单夹皮棉，四时不缺。他不知从哪里搜罗来各种颜色，砑出各种花样的纸。听我的大姑妈说，他糊的皮衣跟真的一样，能分出滩羊、灰鼠。这些衣服我没看见过，但他用剩的色纸，我见过。我们用来折"手工"。有一种纸，银灰色，正像当时时兴的"慕本缎子"。

  我父亲为人很随和，没架子。他时常周济穷人，参与一些有关公益的事情。因此在地方上人缘很好。民国二十年发大水，大街成了河。我每天看见他蹚着齐胸的水出去，手里横执了一根很粗的竹篙，穿一身直罗褂，他出去，主要是办赈济。我在小说《钓鱼的医生》里写王淡人有一次乘了船，在腰里系了铁链，让几个水性很好的船工也在腰里系了铁链，一头拴在王淡人的腰里，冒着生命危险，渡过激流，到一个被大水围困的孤村去为人治病。这写的实际是我父亲的事。不过他不是去为人治病，而是去送"华洋义赈会"发来的面饼（一种很厚的面饼，山东人叫"锅盔"）。这件事写进了地方上人送给我祖父的六十寿序里，我记得很清楚。

父亲后来以为人医眼为职业。眼科是汪家祖传。我的祖父、大伯父都会看眼科。我不知道父亲懂眼科医道。我十九岁离开家乡，离乡之前，我没见过他给人看眼睛。去年回乡，我的妹婿给我看了一册父亲手抄的眼科医书，字很工整，是他年轻时抄的。那么，他是在眼科上下过功夫的。听说他的医术还挺不错。有一个邻居的孩子得了眼疾，双眼肿得像桃子，眼球红得像大红缎子。父亲看过，说不要紧。他叫孩子的父亲到阴城（一片乱葬坟场，很大，很野，据说韩世忠在这里打过仗）去捉两个大田螺来。父亲在田螺里倒进两管鹅翎眼药，两撮冰片，把田螺扣在孩子的眼睛上。过了一会田螺壳裂了。据那个孩子说，他睁开眼，看见天是绿的。孩子的眼好了，一生没有再犯过眼病。田螺治眼，我在任何医书上没看见过，也没听说过。这个"孩子"现在还在，已经五十几岁了。是个理发师傅。去年我回家乡，从他的理发店门前经过，那天，他又把我父亲给他治眼的经过，向我的妹婿详细地叙述了一次。这位理发师傅希望我给他的理发店写一块招牌。当时我很忙，没有来得及给他写。我会给他写的。一两天就写了托人带去。

我父亲配制过一次眼药。这个配方现在还在，但是没有人配得起，要几十种贵重的药，包括冰片、麝香、熊胆、珍珠……珍珠要是人戴过的。父亲把祖母帽子上的几颗大珠子要了去。听我的第二个继母说，他制药极其虔诚，三天前就洗了澡（"斋戒沐浴"），一个人住在花园里，把三道门都关了，谁也不让去。

父亲很喜欢我。我母亲死后，他带着我睡。他说我半夜醒来就笑。那时我三岁（实年）。我到江阴去投考南菁中学，是他带着我去的。住在一个茶庄的栈房里，臭虫很多。他就点了一支蜡烛，见有臭虫，就用蜡烛油滴在它身上。第二天我醒来，看见席子上好多好多蜡烛油点子。我美美地睡了一夜，父亲一夜未睡。我在昆明时，他还在信封里用玻璃纸包了一小包"虾松"寄给我过。我父亲很会做菜，而且能别出心裁。我的祖父春天忽然想吃螃蟹。这时候哪里去找螃蟹？父亲就用瓜鱼（即水仙鱼），给他伪造了一盘螃蟹，据说吃起来跟真螃蟹一样。"虾松"是河虾剁成米大小粒，掺以小酱瓜丁，入温油炸透。我也吃过别人做的"虾松"，都比不上我父亲的手艺。

我很想念我的父亲。现在还常常做梦梦见他。我的那些梦本和他不相干，我梦里的那些事，他不可能在场，不知道怎么会搀和进来了。

一九九二年五月二十八日

我的小学

我读的小学是县立第五小学,简称五小,在城北承天寺的旁边,五小有一支校歌。我在小说《徙》的开头提到这支校歌。歌词如下:

西挹神山爽气,
东来邻寺疏钟,
看吾校巍巍峻宇,
连云栉比列其中。
半城半郭尘嚣远,
无女无男教育同。
桃红李白,芬芳馥郁,
一堂济济坐春风。
愿少年,乘风破浪,
他日毋忘化雨功。

"神山爽气"是秦邮八景之一。"神山"即"神居山",在高邮湖西,我没有去过,"爽气"也不知道是一种什么样子的气。"东来邻寺疏钟"的"邻寺"

即承天寺。这倒是每天必须经过的。这是一座古寺,张士诚就是在承天寺称王的。张士诚攻下高邮在至正十三年(1353),称王在次年。那时就有这座寺了。以后也没听说重修过(我没见过重修碑记)。这也就是一个一般的寺庙。一个大雄宝殿,三世佛;殿后是站在鳌鱼头上的南海观音;西侧是罗汉堂,罗汉堂有一口大钟,我写的《幽冥钟》就是写的这口钟;东边是僧众的宿舍和膳堂,廊子上挂了一条很大的木头鱼,画出蓝色的鱼鳞,一口像倒挂的如意云头的铁磬,木鱼铁磬从来没听见敲响过。寺古房旧僧白头,佛像髹漆都暗淡了。看不出一点张士诚即位称王的痕迹。他在什么地方坐朝的呢?总不能在大雄宝殿上,也不会在罗汉堂里。

学校的对面,也就是承天寺的对面,是"天地坛"。原来大概是祭天地的地方,但我从小就没有见过祭天地。这是一片很大的空地,安下一个足球场还有富余。天地坛四边有砖砌的围墙,但是除了五小的学生来踢球、跑步,可以说毫无用处。坛的四面长满了荒草,草丛中有枸杞,秋天结了很多红果子,我们叫它"狗奶子"。

"巍巍峻宇","连云栉比",实在过于夸张了。一个只有六个班的小学,怎么能有这样高大,这样多的房子呢!

学校门外的地势比校内高,进大门,要下一个慢坡,慢坡是"站砖"铺的。不是笔直的,而是有点弯。不知道为什么,我们对这道弯弯的慢坡很有感情。如果它是笔直的,就没有意思了。

慢坡的东端是门房,同时也是斋夫(校工)詹大胖子的宿舍。詹大胖子墙上挂着一架时钟,桌上有一把铜铃,一个玻璃匣子放着花生糖、芝麻糖,是卖给学生吃的。学校不许他卖,他还是偷偷地卖。

詹大胖子的房子的对面,隔着慢坡,是大礼堂。大礼堂的用处是做"纪念周",开"同乐会"。平常日子,是音乐教室,唱歌。

大礼堂的北面是校园。校园里花木不多,比较突出的是一架很大的"十姊妹"。我对这个校园留下很深的印象是:有一年我们县境闹蝗虫,蝗虫一过,遮天蔽日,学校里遍地都是蝗虫,我们就见蝗虫就捉,到校园里用两块砖头当磨子,把蝗虫磨得稀烂。蝗虫太可恶了!

校园之北,是教务处。一个很大的房间,两边靠墙摆了几张三屉桌,供教员备课,批改学生作业。当中有一张相当大的会议桌。这张会议桌平常不开会,有一个名叫夏普天的教员在桌上画炭画像。这夏普天(不知道为什么学生背后都不称他为"夏先生",径称之为"夏普天",有轻视之意)在教员中有其特别处。一是他穿西服(小学教员穿西服者甚少);二是他在教小学之外还有一个副业:画像。用一个刻有方格的有四只脚的放大镜,放在一张照片上,在大张的画纸上画了经纬方格,看着放大镜,勾出铅笔细线条,然后用剪秃了的羊毫笔，蘸炭粉，涂出深浅浓淡。说是"涂"不大准确，应该说是"蹭"。我在小学时就知道这不叫艺术，但是有人家请他画，给钱。夏普天的画像真正只是谋生之术。夏家原是大族，后来败落了。夏普天画像，实非得已。过了好多年，我才知道夏普天是我们县的最早的共产党员之一！夏普天给我的印象是：一个非常聪明的人。

教务处的北面是幼稚园。现在一般都叫幼儿园，我入园时叫幼稚园。五小设幼稚园是创举。这个幼稚园是全县第一个幼稚园。

幼稚园的房子是新盖的。一切都是新的。新砖、新瓦、新门、新窗。这座房子有点特别，是六角形的。进门，是一个宽敞明亮的大厅。铺着漆成枣红色的地板，用白漆画出一个很大的圆圈。这圆圈是为了让"小朋友"沿着唱歌跳舞而画出的。"小朋友"每天除了吃点心，大部分时间是唱歌跳舞。规定：上幼稚园的"小朋友"的家里都要预备一双"软底鞋"，——普通的布鞋，但是鞋底是几层布"䌹"出来的软底。

幼稚园的老师是王文英，她是我们县里头一个从"幼稚师范"毕业的专业老师。整个幼稚园只有一个老师，教唱歌、跳舞都是她。我在幼稚园学过很多歌，有一些是"表演唱"。我至今记得的是《小羊儿乖乖》，母亲出去了，狼来了：

> 狼：小羊儿乖乖，
> 　　把门儿开开，
> 　　快点儿开开，
> 　　我要进来。
> 小羊：不开不开不能开，
> 　　母亲不回来，
> 　　谁也不能开。
> 狼：小兔子乖乖，

把门儿开开,

　　　快点儿开开,

　　　我要进来。

　小兔:不开不开不能开,

　　　母亲不回来,

　　　谁也不能开。

　狼:小螃蟹乖乖,

　　　把门儿开开,

　　　快点儿开开,

　　　我要进来。

　螃蟹:就开就开我就开——(开门)

　狼:啊呜!(把小螃蟹吃了)

　小羊、小兔:

　　　可怜小螃蟹,

　　　从此不回来。

另外还有:

　　拉锯,送锯,

　　你来,我去。

　　拉一把,推一把,

　　哗啦哗啦起风啦。

　　小小狗,快快走;

　　小小猫,快快跑!

（王老师除了教唱，领着小朋友唱，还用一架风琴伴奏。）

幼稚园门外是一个游戏场，有一个沙坑，一架秋千，还有一个"巨人布"。一根粗大柱，半截埋在土里，柱顶有一个火炬形的顶子，顶与柱之间是铁的轴棍，柱顶牵出八条粗麻绳，小朋友各攥住一根麻绳，连跑几步，拳起腿一悠，柱顶即转动，小朋友能悠好多圈。我到现在还不知道这个游戏器械为什么叫"巨人布"。也许应该写成"巨人步"。这种游戏大概是从外国传进来的。

在全班小朋友中我是最受王老师宠爱的。我们那一班临毕业前曾在游戏场上照了一张合影。我骑在一头木马上。这是我第一次留了一回马上英姿（另外还有一个同学骑在一个灰色的木鸭子上，其他小朋友都蹲着，坐着）。

我离开五小后很少和王老师见面。我十九岁离开家乡。和王老师不通音问。她和我的初中国文老师张道仁先生结了婚，我也不知道。

1981年我回了一次故乡，带了两盒北京的果脯，去看张老师和王老师。我给张老师和王老师都写了一张字。给王老师写的是一首不文不白的韵文：

  "小羊儿乖乖，
  把门儿开开"，
  歌声犹在，耳畔徘徊。
  念平生美育，
  从此培栽。
  我今亦老矣，
  白髭盈腮。
  但师恩母爱，
  岂能忘怀。

愿吾师康健,
长寿无灾。

这首"诗"使王老师哭了一个晚上。她对张先生说:"我教了那么多学生,还没有一个来看看我的。"张先生非常感慨地再三说:"师恩母爱! 师恩母爱! ……"他说王老师告诉他,我上幼稚园的时候还戴着我妈妈的孝。王老师不说,我还真不记得。

教务处和幼稚园的东面,是一、二、三、四年级教室。两排。两排教室之前是一片空地。空地的路边有几棵很大的梧桐。到了秋天,落了一地很大的梧桐叶。我很小的时候就知道"一叶落而天下惊秋",而且不胜感慨。我们捡梧桐子。梧桐子炒熟了,是可以吃的,很香。

往后走,是五年级、六年级教室。这是另外一个区域,不仅因为隔着一个院子,有几棵桂花,而且因为五、六年级是"高年级"(一、二年级是初年级,三、四年级是中年级),到了这里俨然是"大人"了,不再是毛孩子了。

五年级教室在西边的平地上。教室外面是一口塘。塘里有鱼。常常看到有打鱼的来摸鱼,有时摸上很大的一条。从五年级的北窗伸出钓竿,就可以钓鱼。我有一次在窗里看着一条大黑鱼咬了钩,心里怦怦跳。不料这条大黑鱼使劲一挣,把钩线挣断了,它就带着很大的一截钓线游走了!

六年级教室在一座楼上。这楼是承天寺的旧物,年久失修,真是一座"危楼",在楼上用力蹦跳,楼板都会颤动。然而它竟也不倒。

我小时了了。去年回乡,遇到一个小学同班姓许的同学(他现在是有名的中医),说我多年都是全班第一。他大概记得不准,我从三年级后算术就不好。语文(初中年级叫"国语",高年级叫"国文")倒是总是考第一的。

我觉得那时的语文课本有些篇是选得很好的。一年级开头虽然是"大狗跳，小狗叫"，后面却有《咏雪》这样的诗：

一片一片又一片，
两片三片四五片，
七片八片九十片，
飞入芦花都不见。

我学这一课时才虚岁七岁，可是已经能够感受到"飞入芦花都不见"的美。我现在写散文、小说所用的方法，也许是从"飞入芦花都不见"悟出的。

二年级课文中有两则谜语，其中一则是：

远观山有色，
近听水无声，
春去花还在，
人来鸟不惊。

谜底是：画。这对培养儿童的想象力是有好处的。

我希望教育学家能搜集各个时期的课本，研究研究，吸取有益的部分，用之今日。

教三、四年级语文的老师是周席儒。我记不得他教的课文了，但一直觉得他真是一个纯然儒者。他总是坐在三年级和四年级教室之间的一间小屋的桌上批改学生的作文，"判"大字。他判字极认真，不只是在字上用红笔画圈，遇有笔划不正处，都用红笔矫正。有"间架"不平衡的字，则于字旁另书此字示范。我是认真看周先生判的字而有所领会的。我的毛笔字稍具功力，是周先生砸下的基础。周先生非常喜欢我。

教五年级国文的是高北溟先生。关于高先生，我写过一篇小说《徙》。小说，自然有很多地方是虚构，但对高先生的为人治学没有歪曲。关于高先生，我在下一篇《初中》中大概还会提到，此处从略。

教六年级国文的是张敬斋，张先生据说很有学问，但是他的出名却是因为老婆长得漂亮，外号"黑牡丹"。他教我们《老残游记》，讲得有声有色。我留下印象最深的是大明湖上的对联："四面荷花三面柳，一城山色半城湖"，这使我对济南非常向往。但是他讲"黑妞白妞说书"，文章里提到一个湖南口音的人发了一通议论，张先生也就此发了一通议论，说：为什么要说"湖南口音"呢？因为湖南话很蛮，俗说是"湖南骡子"。这实在是没有根据。我长大后到过湖南，从未听湖南人说自己是"骡子"。外省人也不叫湖南人是"湖南骡子"。不像外省人说湖北人是"九头鸟"，湖北人自己也承认。也许张先生的话有证可查，但我小时候就觉得他是胡说。不知道为什么，我对张先生的"歪批"总也忘不了。

我在五小颇有才名，是因为我的画画得不错。教我们图画的老师姓王，因为他有一个口头语："譬如"，学生就给他起了个外号："王譬如"。王先生有时带我们出校"野外写生"，那是最叫人高兴的事。常去的地方是运河堤，因为离学校很近。画得最多的是堤上的柳树，用的是6个B的铅笔。

1991年10月，我回高邮，见到同班同学许医生，他说我曾经送过他一张画：只用大拇指蘸墨，在纸上一按，加几笔犄角、四蹄、尾巴，就成了一头牛。大拇指有腑纹，印在纸上有牛毛效果。我三年级时是画过好些这种牛。后来就没有再画。

我对五小很有感情。每天上学，暑假、寒假还会想起到五小看看。夏天，到处长了很高的草。有一年寒假，大雪之后，我到学校去。大门没有锁，轻轻一推就开了。没有一个人，连詹大胖子也不在。一片白雪，万籁俱静。我一个人踏雪走了一会，心里很感伤。

我十九岁离乡，六十六岁回故乡住了几天。我去看看我的母校：什么也没有了。承天寺、天地坛，都没有了。五小当然没有了。

这是我的小学，我亲爱的，亲爱的小学！

　　愿少年，乘风破浪，
　　他日毋忘化雨功！

一九九二年八月六日

我的初中

初中全名是高邮县立初级中学,是全县的最高学府。我们县过去连一所高中都没有。

地点在东门。原址是一个道观,名曰"赞化宫"。我上初中时,二门楣上还保留着"赞化宫"的砖额,字是《曹全碑》体隶书,写得不错,所以我才记得。

赞化宫的遗物只有:一个白石砌的圆形的放生池,池上有石桥。平日池干见底,连日大雨之后有水。东北角有一座小楼,原是供奉吕祖的。年久失修,岌岌可危。吕祖楼的对面有一土阜。阜上有亭,倒还结实。亭子的墙壁外面涂成红色。我们就叫它"小亭子"。亭之三面有圆形的窗洞。拳起两脚,坐在窗洞里,可以俯看墙外的土路。小亭之下长了相当大一丛紫竹。紫竹皮色深紫,极少见。我们县里好像只有这一丛紫竹。不知是何年,何人所种。小亭子左边有一棵楮树,我们那里叫"壳树"。楮树皮可造纸,但我们那里只是采其大叶以洗碗,因为楮叶有细毛,能去油腻。还有一棵很奇怪的树,叫"五谷树",一棵结五种形状不同的小果子,我们家乡从哪一种果子结得多少,以占今年宜豆宜麦。

初中的主要房屋是新建的。靠南墙是三间教室,依次为初一、初二、初三，对面是教导处和教员休息室。初三教室之东，有一个圆门，门外有一座楼，两层。楼上是图书馆，主要藏书是几橱万有文库。楼下是"住读生"的宿舍。初中学生大部分是"走读"，有从四乡村镇来的学生，城区无亲友家可寄住，就住在学校里，谓之"住读"。

初中的主课是"英（文）、国（文）、算（数学）"。学期终了结算学生的总平均分数，也只计算这三门。

初一、初二的英文没有学到什么东西，因为教员不好。初三却有一门奇怪的课："英文三民主义"。不知道这是国民党的统一规定，还是我们学校里特别设置的。教这一课的是校长耿同霖。耿同霖解放后被枪毙了，不知道他有什么罪恶，但他在当我们的校长时看不出有多坏。他有一个习惯，讲话或上课时爱用两手摩挲前胸。他老是穿一件墨绿色的毛料的夹袍。在我的想象里，他被枪毙时也是穿的这件夹袍。

初一、初二国文是高北溟先生教的。他的教学法大体如我在小说《徙》中所写的那样。有些细节是虚构的，如小说中写高先生编过一本《字形音义辨》，实际上他没编过这样一本书，他只是让学生每周抄写一篇《字辨》上的字。但他编过一些字形的歌诀，如："戌横、戍点、戊中空。"《国学常识》是编过一本讲义的，学生要背："三坟五典八索九丘"，"乾三连、坤六断、震仰盂、艮覆碗"……他讲书前都要朗读一遍。有时从高先生朗读的顿挫中学生就能体会到文义。"小子识之：苛政猛于虎也！""永州之野，产异蛇，黑质而白章……"他讲书，话不多，简明扼要。如讲《训俭示康》："……'厅事前仅容旋马'，闭目一想，就知道房屋有多狭小了。"这使我受到很大启发，对写小说有好处。小说的描叙要使读者有具体的印象。如果记录厅事的尺寸，即无意义。高先生教书很严，学生背不出书来，是要打手心的。我的堂弟汪曾炜挨过多次打。因为他小时极其顽皮，不用功。曾炜后来发愤读书，现在是著名的心脏外科专家了。我的同班同学刘子平后来在高邮中学教书，和高先生是同事了，曾问过高先生："你从前为什么对我们那么严？"高先生叹了一口气，说："我现在想想，真也不必。"小说《徙》中写高先生在初中未能受聘，又回小学去教书了，是为了渲染高先生悲怆遭遇而虚构的，事实上高先生一直在高邮中学任教，直至寿终。

教初三国文的是张道仁先生。他是比较有系统地把新文学传到高邮来的。他是上海大夏大学毕业的。我在写给张先生的诗中有两句："汲源来大夏，播火到小城"。1986年，我和张先生提起，他说他主要根据的是孙俍工的一本书。

教初二代数的是王仁伟先生。王先生少孤。他的父亲曾游食四方。王先生曾拿了一册他的父亲所画的册页，让我交给我父亲题字。我看了这套册页，都是记游之作。其中有驴、骡、骆驼，大概是在北方的时候多。王先生学历不高，没有上过大学。他的家境不宽裕，白天在学校上课，晚上还要在家里为十多个学生补习，够辛苦的。也许因为他的脾气不好，多疑而易怒，见人总是冷着脸子。我的代数不好，但王先生却很喜欢我。我有一次病了几天，他问我的堂哥汪曾浚（他和我同班）："汪曾祺的病怎么样？"我那堂哥回答："他死不了。"王先生大怒，说："你死了我也不问！"

教初三几何的是顾调笙先生。他同时是教导主任。他是中央大学毕业的，中央大学是名牌国立大学，因此他看不起私立大学毕业的教员，称这种大学为"野鸡大学"，有时在课堂公开予以讥刺。他对我的几何加意辅导。因为他一心想培养我将来进中央大学，学建筑，将来当建筑师。学建筑同时要具备两种条件，一是要能画画，一是要数学好，特别是几何。我画画没有问题，数学——几何却不行。他在我身上花了很多功夫，没有效果，叹了一口气说："你的几何是桐城派几何！"桐城派文章简练，而几何是要一步步论证的，我那种跳跃式的演算，不行！顾先生走路总是反抄着两手，因为他有点驼背，想用这种姿势纠正过来。他这种姿势显得人更为自负。

教美术的是张杰夫先生。"夫"字的行草似"大人"两个字合在一起，学生背后便称之为"杰大人"。他不是本地人，是盐城人，上海艺专毕业。他画水彩，也画国画。每天写大字一张，临《礼器碑》。《礼器碑》用笔结体都比较奇峭，高邮人不欣赏。他的业绩是开辟了一个图画教室，就在吕祖楼东边的一排闲房里。订制了画架，画板（是银杏木的）。我们这才知道画西洋画是要把纸钉在画板上斜立在画架上画的（过去我们画画都是把纸平放在桌子上画的）。二年级以后，画水彩画，我开始知道分层布色，知道什么叫"笔触"。我们画的次数最多的是鱼，两条鱼，放在瓷盘里。我们最有兴趣的是倒石膏模子。张先生性格有点孤僻，和本地籍的同事很少来往。算是知交的，只有一个常州籍教地理的史先生。史先生教了一学年，离开了。张先生写了一首诗送他："侬今送君人笑痴，他日送侬知是谁？"这是活剥《葬花词》，但是当时我们觉得写得很好,很贴切。大概当时的教员都有一点无端端的感伤主义。

教音乐的也是一位姓张的先生,他的特别处是发给学生的乐谱不是简谱,是线谱;教了一些外国歌。我学会《伏尔加船夫曲》就是在那时候。张先生郁郁不得志,他学历不高,薪水也低。

东门外是刑场。出东门,有一道铁板桥,脚踏在上面,咚咚地响。桥下是水闸,闸上闸下落差很大,水声震耳,如同瀑布。这道桥叫做"掉魂桥",说是犯人到了桥上,魂就掉了。过去刑人是杀头的。东门外南北大路也有四五个圆的浅坑,就是杀人的遗迹。据说,犯人跪在坑里,由刽子手从后面横切一刀,人头就落地了。后来都改成枪毙了,我们那里叫做"铳人"。在教室里上着课,听到凄厉的拉长音的号声,就知道:铳人了。一下课,我们就去看。犯人的尸首已经装在一具薄皮材里,抬到城墙外面的荒地里,地下一摊泛出蓝光的血。

东门之东,过一小石桥,有几间瓦房。原来大概是一个什么祠,后来成了耕种学田的农民的住家。瓦房外是打谷场。有一棵大桑树。桑树下卧着一头牛。不知道为什么,我一想起桑树和牛,就很感动,大概是因为看得太熟了。

城墙下是护城河,就是流经掉魂桥的河。沿河种了一排很大的柳树。柳树远看如烟,有风则起伏如浪。我第一次体会到什么是"烟柳"、"柳浪",感受到中国语言之美。可以这样说:这排柳树教会我怎样使用语言。

往南走,是东门宝塔。

除了到打谷场上看看,沿护城河走走,我们课余的活动主要有:爬城墙、跳河。

操场东面,隔一道小河,即是城墙。城墙外壁是砖砌的,内壁不封砖,只是夯土。内壁有一点坡度,但还是很陡。我们几乎每天搞一次登山运动。

上了陡坡,手扶垛口,心旷神怡。然后由陡坡飞奔而下。这可是相当危险的,无法减速,下到平地,收不住脚,就会一直蹿到河里去。

操场北面,沿东城根到北城根,虽在城里,却很荒凉。人家不多,很分散。有一些农田,东一块,西一块,大大小小,很不规整。种的多是杂粮,豆子、油菜、大麦……地大概是无主的地,种地的也不正经地种,荒秽不治,靠天收。地块之间,芦荻过人。我曾经在一片开着金黄的菊形的繁花的茼蒿上面(茼蒿开花时高可尺半)看到成千上万的粉蝶,上下翻飞,真是叫人眼花缭乱。看到这种超常景象,叫人想狂叫。

这里有很多野蔷薇,一丛一丛,开得非常旺盛。野蔷薇是单瓣的,不耐细看,好处在多,而且,甜香扑鼻。我自离初中后,再也没有看到这样多的野蔷薇。

稍远处有一片杂木林。我有一次在林子里看到一个猎人。我从来没有看到过猎人。我们那里打鱼的很多,打猎的几乎没有。这个猎人黑瘦黑瘦的,眼睛很黑。他穿了一身黑的衣裤,小腿上缠了通红的绑腿。这个猎人给我一种非常猛厉的印象。他在追逐一只斑鸠。斑鸠已经发觉,它在逃避。斑鸠在南边的树头枝叶密处,猎人从北往南走。他走得从容不迫,一步,一步。快到树林南边,斑鸠一翅飞到北边树上。猎人又由南往北走,一步,一步。这是一种无声的紧张,持续的意志的角逐。我很奇怪,斑鸠为什么不飞出树林。这样往复多次,斑鸠慌神了,它飞得不稳了。一声枪响,斑鸠落地。猎人拾起斑鸠,放进猎袋,走了。他的大红的绑腿鲜明如火。我觉得斑鸠和猎人都很美。

这一片荒野上有一些纵横交错的小河。我们几乎每天来比赛"跳河"。起跑一段,纵身一跳,跳到对岸。河阔丈许,跳不好就会掉在河里。但我的记忆中似没有一人惨遭灭顶。

跳河有大王,大王名孙普,外号黑皮。他是多宽的河也敢跳的。

赞化宫之外，有一处房屋也是归初中使用的：孔庙。孔庙离赞化宫很近，往西走三分钟即到。孔庙大门前有一个半圆形的"泮池"，常年有水，池上围以石栏。泮池南面是一片大坪场，整整齐齐地栽了很多松树，都已经很大了。孔庙的主体建筑是"明伦堂"，原是祭孔的地方，后来成了初中的大礼堂。至圣先师的牌位被请到原来住"训导"、"教谕"的厢房里去了，原来供牌位的地方挂了孙中山像。明伦堂的东西两壁挂了十六条彩印的条幅，都是民族英雄，有苏武牧羊、闻鸡起舞、班超投笔、木兰从军……其余的，记不得了。为什么要挂这样的画？这时"九一八"事变已经发生，全国上下抗战救国情绪高涨。我们的国文、历史课都增加培养民族意识的内容，作文也多出这方面的题目。有一次高北溟先生出了一道作文题："救国策"，我那堂哥汪曾浚劈头写道："国将亡，必欲求，此不易之理也。"他的名句我一直记得。他大概读了一些《东莱博议》之类的书，学会了这种调调。这有点可笑，一个初中学生能拿出什么救国之策呢？但是大敌当前，全民奋起，精神可贵。我到现在还觉得应该教初中、小学的学生背会《木兰辞》，唱"苏武，留胡节不辱"。这对培养青少年的情操和他们的审美意识，都是有好处的。

一九九二年八月二十四日

看画

上初中的时候,每天放学回家,一路上只要有可以看看的画,我都要走过去看看。

中市口街东有一个画画的,叫张长之,年纪不大,才二十多岁,是个小胖子。小胖子很聪明。他没有学过画,他画画是看会的。画册、画报、裱画店里挂着的画,他看了一会就能默记在心。背临出来,大致不差。他的画不中不西,用色很鲜明,所以有人愿意买。他什么都画。人物、花卉、翎毛、草虫都画。只是不画山水。他不只是临摹,有时也"创作"。有一次他画了一个斗方,画一棵芭蕉,一只五彩大公鸡,挂在他的画室里(他的画室是敞开的)。这张画只能自己画着玩玩,买是不会有人买的,谁家会在家里挂一张"鸡巴图"?

他擅长的画体叫做"断简残篇"。一条旧碑帖的拓片(多半是汉隶或魏碑)、半张烧糊一角的宋版书的残页、一个裂了缝的扇面、一方端匋斋的印谱……七拼八凑,构成一个画面。画法近似"颖拓",但是颖拓一般不画这种破破烂烂的东西。他画得很逼真,乍看像是剪贴在纸上的。这种画好像很"稚",而且这种画只有他画,所以有人买。

这个家伙写信不贴邮票,信封上的邮票是他自己画的。

> 去看一个画展
> 看得特别仔细里面就我一人
> 边看有边窗写笔记
> 癸卯冬日所遇 老树 圆

　　有一阵子，他每天骑了一匹大马在城里兜一圈，郭答郭答，神气得很。这马是一个营长的。城里只要驻兵，他很快就和军官混得很熟。办法很简单，每人送一套春宫。

　　1947年，我在上海先施公司二楼卖字画的陈列室看到四条"断简残篇"，一看署名，正是"张长之"！这家伙混得能到上海来卖画，真不简单。

　　北门里街东有一个专门画像的画工，此人名叫管又萍。走进他的画室，左边墙上挂着一幅非常醒目的朱元璋八分脸的半身画，高四尺，装在镜框里。

朱洪武紫棠色脸，额头、颧骨、下巴，都很突出。这种面相，叫做"五岳朝天"。双眼奕奕，威风内敛，很像一个开国之君。朱皇帝头戴纱帽，著圆领团花织金大红龙袍。这张画不但皮肤、皱纹、眼神画得很"真"，纱帽、织金团龙，都画得极其工致。这张画大概是画工平生得意之作，他在画的一角用掺揉篆隶笔意的草书写了自己的名字：管又萍。若干年后，我才体会到管又萍的署名后面所挹注的画工的辛酸。画像的画工是从来不署名的。

若干年后，我才认识到管又萍是一个优秀的肖像画家，并认识到中国的肖像画有一套自成体系的肖像画理论和技法。

我的二伯父和我的生母的像都是管又萍画的。二伯父端坐在椅子上，穿著却是明朝的服装，头戴方巾，身著湖蓝色的斜领道袍。这可能是尊重二伯父的遗志，他是反满的。我没有见过二伯父，但是据说是画得很像的。我母亲去世时我才三岁，记不得她的样子，但我相信也是画得很像的，因为画得像我的姐姐，家里人说我姐姐长得很像我母亲。画工画像并不参照照片，是死人断气后，在床前直接勾描的。

然后还得起一个初稿。初稿只画出颜面，画在熟宣纸上，上面蒙了一张单宣，剪出一个椭圆形的洞，像主的面形从椭圆形的洞里露出。要请亲人家属来审查，提意见，胖了，瘦了，颧骨太高，眉毛离得远了……管又萍按照这些意见，修改之后，再请亲属看过，如无意见，即可定稿。然后再画衣服。

画像是要讲价的，讲的不是工钱，而是用多少砗砂，多少石绿，贴多少金箔。

为了给我的二伯母画像，管又萍到我家里和我的父亲谈了几次，所以我知道这些手续。

管又萍的"生意"是很好的，因为他画人很像，全县第一。

这是一个谦恭谨慎的人，说话小声，走路低头。

出北门，有一家卖画的。因为要下一个坡，而且这家的门总是关着，我没有进去看过。这家的特点是每年端午节前在门前柳树上拉两根绳子，挂出几十张钟馗。饮酒、醉眠、簪花、骑驴、仗剑叱鬼、从鸡笼里掏鸡、往胆瓶里插菖蒲、嫁妹、坐着山轿出巡……大概这家藏有不少钟馗的画稿，每年只要照描一遍。钟馗在中国人物画里是个很有人性，很有幽默感的可爱的形象。我觉得美术出版社可以把历代画家画的钟馗收集起来出一本《钟馗画谱》，这将是一本非常有趣的画册。这不仅有美术意义，对了解中国文化也是很有意义的。

新巷口有一家"画匠店"，这是画画的作坊。所生产的主要是"家神菩萨"。家神菩萨是几个本不相干的家族的混合集体。最上一层是南海观音和善财龙女。当中是关云长和关平、周仓。下面是财神。他们画画是流水作业，"开脸"的是一个人，画衣纹的是另一个人，最后加彩贴金的又是一个人。开脸的是老画匠，做下手活的是小徒弟。画匠店七八个人同时做活，却听不到声音，原来学画匠的大都是哑巴。这不是什么艺术作品，但是也还值得看看。他们画得很熟练，不会有败笔。有些画法也使我得到启发。比如他们画衣纹是先用淡墨勾线，然后在必要的地方用较深的墨加几道，这样就有立体感，不是平面的，我在画匠店里常常能站着看一个小时。

这家画匠店还画"玻璃油画"。在玻璃的反面用油漆画福禄寿或老寿星。这种画是反过来画的，作画程序和正面画完全不同。比如画脸，是先画眉眼五官，后涂肉色；衣服先画图案，后涂底子。这种玻璃油画是作插屏用的。

我们县里有几家裱画店，我每一家都要走进去看看。但所裱的画很少好的。人家有古一点的好画都送到苏州去裱。本地裱工不行，只有一次在北市口的裱画店里看到一副王匋民写的八尺长的对子，给我留下深刻的印象。我认为王匋民是我们县的第一画家。他的字也很有特点。我到现在还说不准他的字的来源，有章草，又有王铎、倪瓒。他用侧锋写那样大的草书对联，这种风格我还没有见过。

（一九九三年六月一日）

北京人的遛鸟

遛鸟的人是北京人里头起得最早的一拨。每天一清早，当公共汽车和电车首班车出动时，北京的许多园林以及郊外的一些地方空旷、林木繁茂的去处，就已经有很多人在遛鸟了。他们手里提着鸟笼，笼外罩着布罩，慢慢地散步，随时轻轻地把鸟笼前后摇晃着，这就是"遛鸟"。他们有的是步行来的，更多的是骑自行车来的。他们带来的鸟有的是两笼——多的可至八笼。如果带七八笼，就非骑车来不可了。车把上、后座、前后左右都是鸟笼，都安排得十分妥当。看到它们平稳地驶过通向密林的小路，是很有趣的，——骑在车上的主人自然是十分潇洒自得，神清气朗。

养鸟本是清朝八旗子弟和太监们的爱好，"提笼架鸟"在过去是对游手好闲，不事生产的人的一种贬词。后来，这种爱好才传到一些辛苦忙碌的人中间，使他们能得到一些休息和安慰。我们常常可以在一个修鞋的、卖老豆腐的、钉马掌的摊前的小树上看到一笼鸟。这是他的伙伴。不过养鸟的还是以上岁数的较多，大都是从五十岁到八十岁的人，大部分是退休的职工，在职的稍少。近年在青年工人中也渐有养鸟的了。

北京人养的鸟的种类很多。大别起来，可以分为大鸟和小鸟两类。大鸟主要是画眉和百灵，小鸟主要是红子、黄鸟。

鸟为什么要"遛"？不遛不叫。鸟必须习惯于笼养，习惯于喧闹扰攘的环境。等到它习惯于与人相处时，它就会尽情鸣叫。这样的一段驯化，术语叫做"压"。一只生鸟，至少得"压"一年。

让鸟学叫，最直接的办法是听别的鸟叫，因此养鸟的人经常聚会在一起，把他们的鸟揭开罩，挂在相距不远的树上，此起彼歇地赛着叫，这叫做"会鸟儿"。养鸟人不但彼此很熟悉，而且对他们朋友的鸟的叫声也很熟悉。鸟应该向哪只鸟学叫，这得由鸟主人来决定。一只画眉或百灵，能叫出几种"玩艺"，除了自己的叫声，能学山喜鹊、大喜鹊、伏天、苇乍子、麻雀打架、公鸡打架、猫叫、狗叫。

曾见一个养画眉的用一架录音机追逐一只布谷鸟，企图把它的叫声录下，好让他的画眉学。他追逐了五个早晨（北京布谷鸟是很少的），到底成功了。

鸟叫的音色是各色各样的。有的宽亮，有的窄高；有的鸟聪明，一学就会；有的笨，一辈子只能老实巴交地叫那么几声。有的鸟害羞，不肯轻易叫；有的鸟好胜，能不歇气地叫一个多小时！

养鸟主要是听叫，但也重相貌。大鸟主要要大，但也要大得匀称。画眉讲究"眉子"（眼外的白圈）清楚。百灵要大头，短喙。养鸟人对于鸟自有一套非常精细的美学标准，而这种标准是他们共同承认的。

因此，鸟的身份悬殊极大。一只生鸟（画眉或百灵）值二三元人民币，甚至还要少，而一只长相俊秀能唱十几种"曲调"的值一百五十元，相当于一个熟练工人一个月的工资。

养鸟是很辛苦的。除了遛，预备鸟食也很费事。鸟一般要吃拌了鸡蛋黄的棒子面或小米面，牛肉——把牛肉焙干，碾成细末。经常还要吃"活食"，——蚱蜢、蟋蟀、玉米虫。

养鸟人所重视的，除了鸟本身，便是鸟笼。鸟笼分圆笼、方笼两种。一般的鸟笼值一二十元，有的雕镂精细，近于"鬼工"，贵得令人咋舌。——有人不养鸟，专以搜集名贵鸟笼为乐。鸟笼里大有高低贵贱之分的是鸟食罐。一副雍正青花的鸟食罐，已成稀世的珍宝。

除了笼养听叫的鸟，北京人还有一种养在"架"上的鸟。所谓架，是一截树杈。养这类鸟的乐趣是训练它"打弹"，养鸟人把一个弹丸扔在空中，鸟会飞上去接住。有的一次飞起能接连住两个。架养的鸟一般体大嘴硬，例如锡嘴和交喙鹊。所以，北京过去有"提笼架鸟"之说。